KB272508

자작나무 숲

러시아문학과 한국,
그리고 나

일러두기

1. 시와 단편 글, 그림과 음악 제목은〈 〉로, 책과 잡지, 영화와 드라마 그리고 앨범 제목은《 》로 묶어 표기했다.
2. 본문에 실린 그림들은 재독 작가 김진란 화백의 작품이다. 순서대로 서문의 〈Silver Wood〉(2018), 16쪽의 〈Reflection〉(2025), 118쪽의 〈That Place〉(2025), 206쪽의 〈Secret Wood〉(2018), 314쪽의 〈The Way Home〉(2025) 등이다.

자작나무 숲

러시아문학과 한국,
그리고 나

김진영

시간의무늬

서문

자작나무 숲을 엮으며

1991년 3월 시작한 교수 생활을 마감하며 이 작은 책자를 엮는다. '자작나무 숲'이란 문패를 달고 지난 5년간 조선일보에 실어온 칼럼이 중심을 이루었다. 이미 지면에 발표한 글을 묶어내는 일이 영 겸연쩍지만, 그래도 공통의 주제가 있다. 러시아를 다루되, 러시아를 통해 한국을 바라본다는 기본 원칙이다. 내가 좋아하고 또 알고 있는 것을 총동원해 한국과 러시아의 연결점을 어떻게든 확인해 보이고 싶었다. 나 사는 사회와 시대에 대해 말하고 싶은 것을 러시아라는 필터에 여과시켰다고도 볼 수 있다.

한국인으로서 러시아를 공부하는 나의 정체성에 대한 보증서가 필요했다. 나의 눈으로 본 러시아, 나의 눈으로 읽는 러시아문학 얘기를 하고 싶었다. 나만이 할 수 있는 얘기를 하고 싶은 당돌한 야심도 조금은 있었을 거다. 그런 자의식 속에 학문적 관심 또한 푸시킨에서 비교한국학 쪽으로 방향을 틀어 《시베리아의 향수: 근대 한국과 러시아문학, 1896~1946》,《광장의 문학: 격변기 한국이 읽은 러시아, 해방에서 개방까지》라는 두 권 책이 완성되었다.

한국 사회에서 러시아는 대체로 '루소포비아russophobia'의 대상이었다. 러시아를 무서워하는 것이다. 이념과 분단 현실 탓이 크다. 특히 최근의 러시아-우크라이나 전쟁이 분단과 냉전 시대의 공로恐露의식을 되살려낸 경향이 있어, 러시아 쪽 편에 서서 얘기하는 것은 금기 사항이 되다시피 했다. 관계가 경직되다 보니, 러시아 쪽에서 시대착오적 사고를 들먹이기 시작한 것도 사실인데, 가령 '러시아가 한국을 해방시켰다'는 공식 주장은 해방 직후의 '소련 해방군' 논리를 그대로 반복하는 것이라 섬찟할 정도다. 국제 정세는 물론 역사관의 후퇴라고밖에 볼 수 없어 매우 유감스럽다.

그럼에도 불구하고 나는 계속 '루소필리아russophilia'를 주장하고 있으니, 러시아가 훈장을 줘야 마땅하지 않겠냐는 우스갯소리마저 집에서 한다. 그런데 구한말의 공식 조-로 관계부터 해방까지의 역사를 훑어볼 때, 러시아는 한국의 '적'이 아니라 엄연한 '우방'이었다. 체제상 '적'으로 분류되었던 순간에도 러시아를 향한 낭만적 동경과 친밀감은 지식인 사회에 팽배했다. 러시아가 갈 곳 없는 조선인에게 대안적 고향이었으며, 계층을 막론하고 '러시안 드림'이 실재했다는 내용은 《시베리아의 향수》에서 상세히 다루었다. 이후 해방, 분단, 냉전, 반체제 운동, 민주화로 이어진 현대 한국사에서도 공로의식 한편에 친로親露의식이 자리 잡고 있었을 뿐만 아니라, 그것이 여러 사회문화 현상의 동력으로 작동했다는 얘기는 《광장의 문학》에서 피력했다.

이 책에 실린 작은 글들은 그러한 기본 관점의 파편들이다. 나무를 자를 때 떨어져 흐트러진 도토리 열매 같은 것들이다. 일반 독자를 위한 글, 이 작은 도토리 열매들도 중요하다고 생각한다. 러시아와 한국 사회에 대해 뭔가 쉽고 명쾌한 언어로 설명할 수 있기 바랐고, 그래서 보다 많은 사람이 읽고 공감해주는 올바른 글을 쓰고자 했다. 그것은 아마도 러시아문학도로서의 직업 정신을 넘어, 지식인으로서 자의식의 중력 같은 것이었다.

그렇기 때문에 지속적인 지면을 허락해준 조선일보에 감사한다. 사실 내가 러시아 유학(연수) 후 쓴 1990년의 첫 번째 책 《레닌그라드에서 온 편지》도 조선일보출판부에서 나왔음을 기억할 때, 수미상관의 의미가 있다. 코로나 유행으로 사라진 마스크를 찾아 뛰어다녀야 했던 2020년 초, 누구는 마스크를 쟁여두고 있는데 나는 배급품을 사러 줄 서야 했던 그 시절에, 갑자기 소련 경험이 떠올라 〈줄이 무섭다〉는 에세이를 단번에 써 내려갔다. 유명인도 아닌 나에게 신문사 측에서 청탁을 해 온 것이 아니라, 내가 써서 기고한 것이다. 이후 '자작나무 숲' 칼럼이 이어졌다. 드문드문, 잔잔하게 쓴 글인데, 이번에 책으로 모아 묶으면서는 각 칼럼마다 짧은 후기를 달아 붙였다. 일종의 자기 주석self-commentary에 해당한다.

　"나를 키운 건 팔 할이 바람"(서정주)이 아니라, 러시아문학이었다고 말하고 싶다. 러시아문학이 나를 행복하게 해주었다고는 자신할 수 없어도 ─ 밝고 행복한 문학은 아니다 ─, 나를 키워준 건 사실이다. 러시아문학을 계속 읽을 수 있었기에 오늘의 내가 있게 되었고, 그 '나'가 한국이라는 맥락과 합류하여 '나의 러시아문학'이라는 생각의 물길을 내게 되었다.

　앞에 쓴 부분을 다시 읽어보니, '바랐다', '싶었다'라는 말이 거듭 반복된다. 얘기하고 싶고 얘기하기 바란 것들이 분명 있었으나, 과연 어느만큼 이루어졌는지는 알지 못한다. 아마 앞으로도 영원히 바라고, 하고 싶은 상태는 계속될 것 같다. 어떤 분이 '정년'의 '정停' 자를 주목하라고 하셨는데, 나는 '정거장'의 의미로 받아들인다. 잠시 멈췄다 이제 또 길을 떠나 다음 정거장까지 달릴 것이다. 그 길이 다시 한 번의 35년 세월로 이어지진 않겠지만.

이 책을 과연 누가 출판해줄까 걱정했는데, 성균관대학교 출판부에서 선뜻 받아주었다. 직전 학술서《광장의 문학》도 내주었지만, 내 책을 내주어서가 아니라, 정말이지 국내 대학 출판사의 통념을 깨뜨리는 전문성과 창의력, 진지함, 무엇보다 책에 대한 애정이 확실한 곳이다. 뛰어난 책임 편집자 현상철 선생 역시 원래 러시아문학도라는 점을 강조하고 싶다. 김수영 선생의 편집 디자인도 믿고 맡기면 되어 고마웠다.

표지와 내지에 실린 나무 그림은 모두 재독 작가 김진란 화백이 제공해주셨다. 흰색 거즈만을 사용한 정교하고 환상적인 작품들인데, 베를린자유대학 체류 시절 우연히 길거리에서 전시회 포스터 보고 찾아갔던 인연이다. 전시회에 걸려 있던 톨스토이 초상은 결국 내 서재로 옮겨왔고, 이제는 다른 그림들도 나의 책 문지방마다 자리를 잡게 되었다. 영광이다.

그리고 보니 자작나무 글을 처음 읽고 멋진 삽화를 곁들여

정리해준 조선일보의 여러 담당 기자분께도 감사 인사를 드려야겠다. 덕분에 교직 생활의 마지막 몇 년을 꽤 흥미로운 긴장감 속에서 보낼 수 있었다.

그러나 맨 처음 독자는 가족이었다. 학술적인 글을 제외하고, 대부분의 잡문은 가족의 검열과 편집과 승인을 거친 후에야 발송되었다. '자작나무 숲'에 있어서는 구해근 교수의 역할이 컸다. 때로는 논문 지도교수와 학생의 면담 장면을 연상케도 했다. 부모님은 2024년도에 이어 다시 한 권 책을 받아보시게 되었으니 참 다행이다.

그동안 여기저기서 내 글을 읽으며 생각을 같이해주었을 독자들께도 감사드린다.

그리고 지난 35년간 공부하는 사람에게는 더할 나위 없이 안정된, 과분한 환경을 제공해준 평생직장 연세대학교와 그곳에서 친분을 나누었던 동료들, 학생들도 따뜻한 감사의 마음으로 기억한다.

2026년 새해를 맞아
김진영

목차

제 1 부

벚꽃을 기다리며
나는 쓴다

러시아문학 · 이야기

삶이
그대를
속일지라도

러시아를 대표하는 국민시인 푸시킨은 20대의 일곱 해를 유배
지에서 보내야 했다. 전반부는 남쪽 오데사 부근에서, 후반부
는 북쪽 시골 영지에서 지냈는데, 북쪽 유배가 끝나갈 무렵 그
는 한 편의 짧은 시를 쓴다.

삶이 그대를 속일지라도
슬퍼하거나 노여워 말라
슬픔의 날 참고 견디면
기쁨의 날 찾아오리라.

마음은 미래에 살고

현재는 괴로운 법.

모든 것이 순간이고 모든 것이 지나가리니

지나간 모든 것은 아름다우리.

— 〈삶이 그대를 속일지라도...〉 전문

스물여섯 살의 푸시킨은 이웃 살던 열다섯 살짜리 귀족 소녀의 앨범(시화첩)에 이 시를 써주었다. 산전수전 다 겪은 '아저씨'가 연하디 연한 삶의 꽃봉오리에 인생 조언을 해준 셈이다. 머지않아 밀어닥칠 거친 비바람은 상상 못한 채 마냥 밝고 행복하기만 한 어린 처녀가 사랑스럽고도 안쓰러웠을 법하다.

시는 '쨍하고 해 뜰 날 돌아온단다' 식의 무턱 댄 희망가가 결코 아니다. 앞부분만 잘라 읽으면 희망가지만, 끝까지 읽으면 절망가가 되기도 한다. "현재는 괴로운 법"이라는 인생 고해의 직설 때문이다. 오늘을 견디며 꿈꿔온 그 미래도 막상 현재 위치에 오면 꿈꾸던 것과는 달라 괴로울 수 있다. 삶이 나를 속였다는 배반감은 거기서 온다.

그런데도 시인은 '다 지나간다'는 덧없음의 치유력에 기대어 현재를 견뎌낸다. 그리고 과거가 된 아픔과 화해한다. 지나간 것이라고 어찌 모두 아름답겠는가. 철없던 지난날의 회한

이 "혼탁한 숙취처럼 괴롭다"고 시인 자신도 말했었다. 그럼에도 불구하고 지나간 모든 것을 받아들이는 이유는 간단하다. 그것이 삶이고, 삶 자체가 소중해서다.

푸시킨도 콜레라 시대를 경험한 적이 있다. 1830년, 치사율 50퍼센트의 역병으로 모스크바는 봉쇄되었고, 시인은 약혼녀를 그곳에 남겨둔 채 석 달간 작은 영지에서 자가 격리를 했다. 죽음이 코앞까지 밀어닥쳤던 그때, 그는 또 쓴다.

> 그러나 죽고 싶지 않다.
> 살고 싶다, 생각하고 고통받고자.
> 슬픔과 걱정과 불안 한가운데
> 내게도 기쁨이 있으리니.
>
> ─ 〈애가〉 부분

그는 삶을 사랑했다. 예전엔 푸시킨 시가 너무 평범하고 산문적이어서 이게 뭔가 싶었다. 그런데 이만큼 살고 보니 그가 하는 모든 말이 진짜고 진리다. 나 역시 어린 삶 앞에 서면 지나간 그때가 그리워지기도 하고, 또 행여 그 삶이 꺾일까 염려스럽기도 하다. 학생들과 시를 읽을 때면, 그들이 헤쳐가야 할 고통이 걱정돼 예방약이라도 발라주고 싶어진다.

〈삶이 그대를 속일지라도...〉는 한국 현대사의 증언이다. 해방기에 처음 소개되어 개발 연대기를 거치면서는 잘살아보겠다는 희망의 깃대였다. 공장 작업대에, 만원 버스 문짝에, 고시생 책상 귀퉁이에 누구 시인 줄도 모른 채 붙어 있곤 했다. 1990년대 들어 세월이 좋아졌는지 ― 1995년 당시 세 사람 중 두 사람이 '행복하다'고 답했다는 여론조사 기록이 있다! ― 눈에 덜 띄더니만, 근래 다시 국민시로 자리 잡았다. 번안시에 곡을 붙인 노래도 큰 사랑을 받고 있다.

옆 나라 일본에서 이 시는 인기가 없다. 반면 중국은 초·중등학교 교과서에 실려 있어 온 국민이 한목소리로 낭송할 정도다. 내일을 향해 일치단결 전진하는 붉은 인민의 짱짱한 목소리가 들려오는 듯하다.

나라마다, 시대마다, 푸시킨 시는 달리 읽힌다. 오늘 우리가 애송하는 시는 6,70년대의 그 희망가가 아닐 것이다. 삶은 언제나, 누구에게나 힘들었다. 그러나 지금의 고달픔은 과거의 역경과는 거리가 멀다. 예전에는 미래를 향해 달리느라 괴로웠는데, 요즘 청년들은 미래가 없다며 괴로워한다. 전에는 앞만 보느라 정신없었는데, 이제는 지나간 것들과 싸우느라 정신이 없다. 미래를 향한 마음이 없으면, 현재를 이겨낼 도리가 없다. 오늘의 절망감은 물리적 실존 너머로 뻗쳐 있다.

그래서 푸시킨 시를 다시 읽는다. 현실이 차단해버린 희망의 불씨를 시와 노래로써 되살리면서, 낙심한 서로를 위로한다. 그렇게 우리는 치유 없는 시대를 치유해가는 것이다.

P.S.
〈삶이 그대를 속일지라도...〉는 푸시킨의 대표작이 아님에도 불구하고 한국에서 가장 널리 알려져 사랑받는 시다. '인생고해'라는 진리의 절절한 공감력이 위로 효과를 가져오는 듯하다. 내가 학생이던 때는 이 시가 좋다고 생각하지 못했는데, 요즘 학생들이 감동한다는 건 결코 반가운 소식이 아니다. 젊은이가, 미처 무슨 일을 시작하기도 전부터 지쳐 있다니...

성실한
시민과
'영끌' 도박사

예전엔 영혼을 판다고 했다. 영혼은, 괴테의 파우스트처럼, 악마와 거래하기 위해 내 안으로부터 끌어낼 최고의 자산이었다. 영혼을 다해 섬기고, 영혼을 바쳐 사랑하고, 영혼과 바꿀 만큼 소중하다고 말할 때, 즉 최선을 다해 나의 모든 것을 내준다 할 때, 그 영혼은 이타적 헌신의 최대치를 의미했다.

요즘 세태어 '영끌'은 반대다. 한 시대의 유행어는 그 시대가 직면한 문제의 열쇳말이라 할 수 있다. '영혼까지 끌어모아' 집 사고 주식 산다는 말에서 영혼은 나의 외부에 위치한다. 내 쪽으로 긁어모아야 할 극한의 자금력이다. 무게가 21그램이라는 가설도 있지만, 이때의 영혼은 가상화폐만큼 가볍다. '영혼'이란 단어가 들어간 말들은 약간씩 두렵고 무거워 조심스럽기 마련인데, '영끌'은 겁 없이 사용된다.

오페라로도 유명한 푸시킨 원작 소설 《스페이드의 여왕》에 한 청년 장교의 '영끌' 도박 이야기가 나온다. 1퍼센트 미만의 귀족 상류층과 80퍼센트 이상의 농노 계층으로 양극화된 19세기 초 러시아 사회에서 이 청년은 상부 5퍼센트쯤에 속한 소시민이다. '절약, 절제, 근면'을 신조 삼아 절대 도박판에 기웃거리지 않던 그가 '필승의 카드 석 장' 소문을 듣고 마음이 흔들린다. 결국 비밀을 알고 있다는 귀족 노파에게 협박하다시피 매달려 석 장 카드를 알아낸 다음 한 판 도박에 과감히 뛰어드는데, 두 번을 내리 따다 세 번째 게임에서 모든 걸 다 잃고는 미쳐버린다.

소설 배경인 낭만주의 시대에는 도박이 유행했다. '운'의 무법칙성이 주는 흥분감과 해방감이 자유와 반항 의식에 물든 청년 귀족층을 중독시켰다. '운(예측 불가능한 힘)'이 주관하는 도박의 평등주의가 '신분(예측 가능한 힘)'이 지배하는 세상의 불평등주의를 뒤집을 수 있다는 의미에서 도박에는 현실 제도에 대한 반작용적 측면도 있었다.

그런데 문제는 우리의 주인공을 도박으로 유인한 요소가

예측 불가능한 '운'이 아니라 예측 가능한 '필승의 카드'라는 사실이다. 소시민인 그는 도박의 이름을 빌려 신분 상승을 꿈꾸었던 것이다. 카드의 비밀을 알려 달라 조르면서 청년은 호소한다.

> 누굴 위해 부인의 비밀을 감추십니까? 손자들을 위해선가요? 그들은 그런 거 없이도 부자입니다. 그들은 돈의 소중함조차 알지 못하는걸요. (…) 저는 낭비하는 인간이 아닙니다. 돈의 소중함을 알아요. (…) 제발 제게만 비밀을 알려주세요. (…) 저 한 사람만이 아니라 제 자식과 손자와 증손자들까지도 부인의 기억을 기리며 성녀처럼 공경할 겁니다.

청년의 야심은 단순한 일확천금이나 순간의 흥분감, 낭만적 반항 의식에 있지 않다. 그는 "자식과 손자와 증손자들까지도" 누리게 될 자산의 확보를 갈구할 따름이다. 그에게는 그것이 단 한 번의 반칙, 단 한 번의 일탈로 가능한 일 같아 보인다. 더도 말고 딱 한 번만, 타인의 것일지도 모를 운을 선점해 운명의 궤도를 바꾸고 나면 예전의 성실한 시민으로 돌아갈 것이라 믿는다. 그러나 19세기 봉건사회의 규범은 청년의 그

같은 꿈을 용납하지 않는다. 소시민의 자제력과 신분 상승 욕구는 애초부터 양립 불가능한 모순이기 때문이다. 그것이 19세기의 비극이다.

우리 사회의 '영끌' 세태가 나에게 주는 기시감déjà vu은 이 소설에서 비롯된 것이다. 물론 한국의 '영끌' 세대는 지금 도박을 하고 있지 않다. 도박은 그들의 관심사가 아니다. 필사적 생존 본능, 소시민적 실리주의, 상대적 불안감에 쫓긴 그들은 미친 듯 회전 중인 시장의 룰렛을 따라 돌고 있을 뿐이다.

룰렛의 지배자는 '자금'이고, '참여'가 그 규칙이다. 뛰어들기만 하면 로또 당첨 격이다. 반칙도 아니고 예측 불가능할 것도 없는 '필승의 카드'다. 그러니 안 하면 도태고, 끝이다. 정부가 개입할수록 판은 커져만 가고, 그럴수록 더 많은 주사위가 너도나도 뛰어들어 함께 튕겨 돌아가는데, 그 열기와 속도감이 아찔하다. 실체가 아닌 가상의 숫자들이 고삐 풀린 질주를 하고 있다. 눈에는 보이지 않고 느낌뿐인 그 질주의 작동력이 '영끌'이다. 무서운 실감의 비유인 것이다.

대통령부터 초등학생까지 주식 한다는 이 사회는 승자독식의 유유한 극소수, '영끌' 소시민, 그리고 '영끌'도 할 수 없어 절망하거나 그저 망연자실한 대다수 구경꾼의 3원圓 세계로 나뉜다. 사회학에서 말하는 계층 구조와 무관하게, 내 정서적

체감의 개념도는 그렇게 그려진다. '절약, 절제, 근면'의 기본이 무색해진, 그래서 일상이 도박판을 닮아가는 오늘의 거친 풍속화다.

P.S.
'절약, 절제, 근면'을 인생의 세 카드로 알던 청년이 '3,7,1'이라는 도박의 세 카드에 모든 것을 걸었다가 미처버린다는 황당하면서도 사실적인 이야기. 최근 한국 사회에서 '영끌'이란 신소어가 유행하기 시작했는데, 푸시킨의 단편이야말로 한국적 '영끌' 현상의 원조 같다는 생각이 들었다. 플롯은 조금 바뀌었지만, 차이콥스키 오페라《스페이드의 여왕》이 바로 이 소설에 바탕한 것이다.

시인의

죽음

푸시킨의 대표작으로 손꼽히는 운문소설 《예브게니 오네긴》에서 '시인(렌스키)'이 결투로 죽는다. 그는 "괴팅겐의 영혼 그 자체"인 칸트의 숭배자이며, 이웃 귀족 처녀와의 결혼을 코앞에 두고 있는 행복한 청년이다. 그런데 그가 냉소주의자인 친구(오네긴)의 무례함에 화가 나 결투를 신청하더니, 결국 친구의 총에 맞아 어이없이 죽고 만다. 낭만적으로 사랑하고, 낭만적으로 시 쓰던 이 청년의 가슴 아픈 죽음을 과연 어떻게 묘사할 것인가? 시인 푸시킨은 고민했을 것이다.

결투 전날 밤 죽음을 상상하며 쓰는 감상적 '애가'로써 표현할 것인가?

> 그러나 난 — 어쩜 무덤의
>
> 비밀스러운 어둠으로 내려가리니,
>
> 그러면 젊은 시인의 기억일랑
>
> 유유한 레테 강이 삼켜버리고,
>
> 세상은 나를 잊겠지. 허나 그대
>
> 아름다운 처녀여, 그대는
>
> 때 이른 묘석을 찾아와 눈물 흘리며
>
> 생각해주려는가. 그는 나를 사랑했다고,
>
> 폭풍 같은 삶의 슬픈 새벽을
>
> 그는 오직 나에게만 바쳤노라고!…

—《예브게니 오네긴》 VI:22

아니면 고전적 비유를 총동원한 '알레고리'로써 대신할 것인가?

> 그는 이미 저세상 사람. 젊은 시인은
>
> 때 이른 종말을 맞았노라!
>
> 폭풍이 휘몰아쳐, 아름다운 꽃 한 송이

여명 속에 시들고,

제단 위의 불길 꺼졌나니!...

―《예브게니 오네긴》Ⅵ:31

　여러 고민 끝에 푸시킨은 시인의 죽음을 이렇게 그려내기로 한다.

그는 움직임 없이 누워 있었고, 이마 위의

지쳐버린 평화는 이상스런 것이었다.

총알이 관통한 가슴 아래 상처로

붉은 피가 김을 내며 흘러나왔다.

한순간 전만 해도

이 심장 안에서는 영감과

적의와 희망과 사랑이 솟구쳤건만,

생명이 뛰놀고 피가 끓었건만, ...

이제는, 마치 텅 빈 집처럼,

그 안의 모든 것이 고요하고 캄캄한 채

영원히 고동을 멈추었다.

굳게 닫힌 덧문, 백묵 칠한

유리창. 그곳에 주인은 없다.

비록 시의 형식을 띠긴 했지만, 푸시킨은 산문에 가까운 방식으로 죽음을 묘사한다. 실제로 일어난 죽음은 시적 은유로 감당할 만한 사건이 아니라는 것을 시인 자신이 고백하고 있는 듯하다. 죽음은 다만 '지금 여기'의 물리적 단절 현상이며, 제아무리 유려한 언어도 그 순간에는 힘을 잃는다. 그래서 시인-푸시킨은 사라진 시를 헛되이 부르는 대신 피 흐르는 인간-시인의 사망을 최대한 짧고 간결하게 선고한다.

"그는 죽었다."

무슨 말이 더 필요한가? 사라진 것은 인간이고, 멈춘 것은 심장의 고동이다. 시인의 죽음을 묘사한 총 14행의 이 시를 통틀어 푸시킨이 사용한 비유는 단 하나, "텅 빈 집"이라는 표현뿐이다. 수사적 표현이 넘쳐나던 낭만주의 시기에는 기대하기 힘들었던 절제형 '마이너스 수사'의 수사법이다. 푸시킨 시는 생명 잃은 빈 몸의 의료적 실감을 거친 사람만이 쓰고 이해할 수 있는 죽음의 현장감을 보여준다.

푸시킨 또한 결투로 37년의 생을 마감했다. 자신이《예브게니 오네긴》에서 예시한 바 그대로였다. 푸시킨의 때 이른 죽음에 대해 여러 편의 시가 씌어졌지만, 가장 감동적인 것은 동료 시인 주콥스키가 푸시킨의 선례를 그대로 따라 쓴 다음 시편 이다.

> 그는 움직임 없이 누워 있었다. 힘든 노동을 마친 듯
> 두 팔을 내려뜨린 채. 조용히 고개 숙여
> 홀로 서서 오래 동안 내려다보았다. 주의 깊게
> 죽은 자와 얼굴을 맞대고 쳐다보았다. 두 눈은 감겨 있었다.
> 내게는 너무도 익숙한 얼굴이었고, 눈에 띄는 건,
> 그 얼굴의 표정이었다. 생전에 단 한 번도 보지 못했던
> 표정. 그 얼굴 위로 영감의 불길은
> 타고 있지 않았다. 예리한 재기도 빛나지 않았다.
> 아니었다! 그러나 어떤 생각이, 깊고 높은 생각이
> 얼굴을 감싸고 있었다. 그 찰나의 그는
> 무언가를 보고 있는 것만 같았다.
> 그에게서 무언가가 이루어진 것만 같았고,
> 난 묻고 싶었다. 무엇을 보는가?

P.S.

운문소설《예브게니 오네긴》은 푸시킨의 시적 기량이 한껏 과시된 작품이다. 그런데 작품을 통해 온갖 수사 기법을 자랑하던 푸시킨이 정작 시인 렌스키가 결투로 즉사하는 장면에서는 대조적으로 과묵해진다. "자, 어찌 되었나? 죽었군."(《예브게니 오네긴》VI:35) 이것이 전부다. 죽음은 진실이고, 시는 허위다. 사람이 죽으면, 그가 살던 집 유리창에 흰 종이를 발라 붙이는 풍습이 있었다 한다. 유리창을 백묵으로 칠했다는 것은 그 집이 죽었다는 의미다.

행복한
가정은
서로 닮았다

모든 행복한 가정은 서로 닮았고,
불행한 가정은 제각각 나름으로 불행하다.

톨스토이 소설 《안나 카레니나》의 첫 문장이다. 세계문학사 상 가장 유명한 도입부 중 하나인 이 문장은 간단치 않다. 금언인 양 간결하면서도 수수께끼인 양 아리송하다. 무슨 뜻일까? 첫 문장 다음에는 바람피운 남편으로 인해 풍비박산 난 가정의 정경이 이어진다. 아내는 남편과 한집에서 살 수 없다 선언하고, 하인들도 저마다 흩어지고, 아이들은 방치되어 제멋대로 뛰어다닌다. 한 마디로 콩가루 집안이다.

위기에 처한 이 가족의 해결사로 등장하는 인물이 여주인공 안나 카레니나다. 고위직 관료 남편과 아홉 살짜리 아들을 둔, 모든 것이 완벽한 그녀는 오빠 집안을 봉합하는 데 성공하지만, 정작 자신이 외간 남자와 사랑에 빠져 가정을 깨뜨리고 만다. 가벼운 쾌락을 좇는 바람둥이는 앞으로도 계속 그 '행복'을 이어갈 터, 단 한 번 진짜 행복 — 진짜 사랑 — 에 충실했던 여인이 '외도'란 죄명으로 불행해지는 건 일견 모순이다.

그 모순을 잘 알기에 톨스토이는 지극한 연민의 손길로 여주인공을 다룬다. 플롯 상 그녀를 죽게 만들면서 속으로는 사랑하고 용서한 듯하다.《안나 카레니나》는 살아 숨 쉬는 생명체인 그녀가 왜 그렇게 될 수밖에 없었는지의 전 과정을 보여주는 작품이다.

사실 안나를 위시한 소설 속 인물 대부분이 죄를 짓는다. 누구는 배반하고, 누구는 미워하고, 누구는 위선적이고 이기적이며, 때로는 도덕적 우위를 가장해 폭력을 행사한다. 그러면서 다들 '내게는 잘못이 없다'고 주장한다. 잘못하지 않은 나는 불행해질 수 없고, 상대가 불행해져야 한다고 생각한다. 막상 각자 입장에 들어가 보면 실제로 죄는 없을 수도 있다. 죄를 범하지 않아서가 아니라, 그 죄가 경우에 따라서는 충분히 이해받고 용서받을 만하기 때문이다.

톨스토이의 눈은 하늘 높은 곳에 있다. 아이들의 뒤엉킨 싸움을 바라보는 엄마처럼, 인간사 아수라장을 내려다보는 조물주처럼, 그는 자신이 창조해낸 인물들의 아우성에 한숨짓는다. "모든 행복한 가정은 서로 닮았고, 불행한 가정은 제각각 나름으로 불행하다"는 말은 한숨 속에 내뱉은 그의 관전평이자 최종 판결문이다.

골몰하여 잔뜩 찌푸린 톨스토이 얼굴이 떠오른다. 그는 저 높은 창공에 뜬 매의 눈으로 행복한 가정들과 불행한 가정들의 양편을 조감한다. 한쪽은 평화롭고, 다른 쪽은 전쟁터다. 한쪽은 이유를 막론하고, 즉 이유를 초월해 온 가족이 하나 되어 움직이는데, 다른 쪽은 각자 이유를 들이대며 갈라져 시끄럽다. 톨스토이가 그려낸 조감도의 포인트는 이것이다.

'모두 닮았다'는 표현은 '하나 됨'의 유기성과 맞닿아 있다. 행복한 가정은 하나로 뭉쳤고, 그 점에서 서로 닮았고, 그래서 세상 모든 행복한 가정은 근본적으로 하나같다. 그런 논리로 보면, 행복한 세상은 하나의 큰 가족이며, 분열되지 않은 온전한 자아는 타인과, 또 세상과 하나를 이룬다고도 말할 수 있다. 한마음 한 몸을 이룬 관계는 행복하다.

톨스토이가 생각하는 행복은 어떤 구체적 조건에 있지 않다. 행복은 무아지경에 다다른 일체성의 상태를 지향할 뿐이다. 이상적인 그 경지를 어떻게 실현하고 지탱해나갈지의 행동 강령 ― 노하지 말라, 원수를 사랑하라, 비판하지 말라 등의 복음서 가르침 ― 은 부차적 각론에 해당한다. 각론은 그때그때 바뀌어도 핵심 원리는 변치 않는다.

바로 이 말을 하기 위해 톨스토이는 한 편의 기나긴 소설을 써야만 했다. 톨스토이는 평생 행복하지 않았다고 알려진다. 야스나야 폴랴나의 톨스토이 박물관에 가면 그의 가족 초상화가 걸려 있는데, 안내자는 그 그림에서 부부의 시선이 각각 다른 쪽을 향해 있음에 주목하라고 덧붙인다. 그만큼 불화했다는 것이다. 가족 안에서는 물론 종교, 교육, 법률, 정치와 같은 온갖 사회 제도와도 톨스토이는 불화했다. 그리고 마치 삶의 불행감을 보상이라도 하려는 듯 글로는 통합과 연대의 길을 그다지도 강조했다. 종국에는 예술조차도 사람들을 결합하지 못하면 아무 쓸모없는 것으로 부정했다. 그가 거부한 작품 중에는 자신의 《안나 카레니나》도 포함된다. 그런 톨스토이를 그의 부인은 위선자라고 비난했다.

명료하고 단순한 행복의 원리가 실제 차원에서는 이처럼 복잡하고 어렵게 헝클어진다. 분열 없이 화목한 자아, 가정, 사회, 국가는 조용해야 하는데, 실은 모두가 시끄럽고 혼란스

럽다. 각자 죄를 지으며 죄 없다고, 복수하겠다고 야단들이니,
참으로 제각각 할 말이 많은 것이다.

P.S.
한국 사회는 왜 이리 시끄러울까, 왜 저마다 갈라져 싸우는가 생각하며
썼던 2020년도 칼럼이다. 사회는 그 이후에도 점점 더 시끄러워져갔다.
가정도 그렇고, 나라도 그렇고, 어느 한쪽이 완전히 사라져야만 ― 안나
카레니나의 죽음처럼 ― 조용해지는 것이 인간 세상인가 보다. 대학원
시절 큰 가르침을 준 로버트 잭슨 교수는 톨스토이 소설의 첫 문장에
꽤나 많은 의미를 부여했는데, 그 기억이 아직도 생생하다. 소설을 이
해하기 위해 너무도 중요한 문장이다.

톨스토이가
사랑한
안나

나를 향한 그의 사랑이 끝난 거죠 He stopped loving me.

프랑스 여배우 잔느 모로가 자신을 떠나간 연인(루이 말 감독)
에 관해 남긴 말은 이게 전부였다. 프랑스인답다고, '쿨'하다
고 생각했더니만, 실은 그녀 자신이 만만찮은 연애 편력자였
다. 내가 자유로우면 상대도 자유로이 풀어주고, 내 사랑이 끝
나면 그의 사랑도 보내주기 쉬울 듯하다.

푸시킨의 유명한 시 〈나 당신을 사랑했소…〉 마지막 구절
에 보면, '당신이 또 다른 이에게 사랑받기 바랄 만큼/ 당신을

사랑했다'는 역설이 나온다. 번역하기 까다로운 부분인데, 간단히 말해, 한때 내가 사랑했던 것처럼 이제 다른 남자도 당신을 사랑해주기 바란다는 내용이다. 숭고한 연애 정신의 표본으로 손꼽혀온 이 시가 반어적으로 읽히는 것 역시 '사랑했다'는 과거형 시제 때문이다. 사랑은 끝났다. 그러니 질투도 없다.

하지만 '사랑했다'는 고백이 반드시 사랑하는 마음의 종식을 뜻하지는 않는다. 그렇기에 또 한 명의 낭만파 시인 레르몬토프가 격분해 이렇게 쓴다. "아니다. 그녀는 오히려 불행해져 마땅하다. 그것이 내가 이해하는 사랑이며, 나는 그녀의 행복보다 그녀의 사랑을 선호한다. 나 이후에 불행해짐으로써 그녀는 영원히 나와 함께할 수 있으리라…"

두 시인의 차이는 식어버린 열정의 대응 방식에 있다. 실제 삶에서 푸시킨은 사랑의 승자였고, 레르몬토프는 패자였다. 돈 주앙을 자처할 정도로 연애꾼이던 푸시킨은 열세 살 연하의 미인을 만나 가정에 정착했다. 사랑에 운이 없던 레르몬토프는 항상 상처받으며 그 상처에 복수하듯 또 정복을 일삼았다. 두 시인 모두 이른 나이에 결투로 생을 마감하는데, 푸시킨이 아내의 불륜 상대로 소문난 연적 손에 죽었다는 사실만큼은 아이러니다.

'불륜'은 도덕률에 대한 배반이다. 꼭 사랑해서 결혼했거나 내내 사랑해온 부부가 아닐지라도, 혼인 상태에서의 불륜은 두 당사자 간 약속을 넘어 가족, 사회, 법, 때로는 신앙의 '신성한' 서약을 깨뜨리는 행위에 해당한다. 그래서 사사私事임에도 공사公事다.

'간통죄는 폐지되었으나, 불륜 여론 재판은 더 가혹해졌다'는 최근 신문 기사를 읽었다. 법적 처벌을 사회적 응징으로 대체하는 보상 심리 현상 같기도 한데, 실은 모순된 이중성이다. 학생들과 불륜 문학을 읽을 때도 비슷한 인상을 받는다. 이들의 일상은 불륜에 노상 노출되어 있다. 영화·드라마는 말할 것 없고, 문학 속 사랑은 거의 100퍼센트가 부적절한 이야기다. 그렇지만 학생들은 상당히 윤리적이다. 불륜에 가차 없다. 순수하고 이상적이어서, 또는 삶을 깊이 경험하지 못해서 그런지 모르겠다. 경험과 사유의 폭이 제한되어 있으면, 단죄도 쉽다.

가령 성공한 남편과 아들을 둔, 남부러울 것 하나 없는 안나 카레니나(톨스토이 소설 여주인공)가 사랑에 눈이 멀어 가정을 파괴하는 설정 자체는 이해하기 어렵다. 그런데 겉으로만 읽으면, 그녀의 소위 '성공한' 남편과 사회가 얼마나 위선적이고 매력 없는지, 그녀의 젊고 아름다운 생명력이 어떻게 억눌려 왔는지 이해되지 않는다. 사교계 질서decorum를 깨뜨리지 않는 한도 안에서 당시 사회가 불륜을 허용했음에도 안나가 그

룰과 타협하지 않는 이유는 단 하나, 스스로 기만하고 싶지 않아서다. 사랑에 전부를 걸어서다.

톨스토이가 그려내려 한 것은 살아 숨 쉬는 개인의 욕망과 그 위에 군림하는 제도적 계율의 불가피한 공생 관계였다. 둘 중 어느 한 편 손을 완전히 들어줄 수 없었던 그는 개인의 탈선은 징계하되(안나는 기차에 뛰어들어 자살한다), 도덕을 논하는 사회의 이중성에도 비난을 가했다. 그는 자신이 창조한 안나를 한편으로 사랑했던 것 같다. 제도와 인습의 위선을 훨씬 더 혐오한 것은 분명하다. 소설을 읽다 보면, 안나가 안타깝고 애처롭게 느껴진다. 대부분 불륜이 그러하듯, 행복에 비해 불행이 너무 길고, 사랑에 매달릴수록 그 사랑은 추해진다. 불행과 추함의 악순환에서 그녀가 택하는 마지막 길이 자기 자신의 소멸이다.

세상은 당장의 심판을 요구하지만, 문학은 그러지 못한다. 상황은 하나여도 사정은 각양각색이고, 다른 입장에 서면 달리 말할 수 있음을 알기 때문이다. 문학은 대신 이해를 구한다. 톨스토이는 소설 맨 앞에 성경 구절을 적어놓았다. "복수는 나의 것, 내가 갚으리라." 복수는 하나님 일이니, 인간은 악을 악으로 갚지 말라는 얘기다. 그러나 그게 어디 쉬운가. 신의 섭리와 인간 본성의 상호 모순을 누구보다 명철히 꿰뚫어 본 톨스토이였기에《안나 카레니나》같은 명작을 쓸 수밖에 없었던 거다.

P.S.:

톨스토이가 안나를 사랑했음은 플로베르가 자신의 여주인공 엠마(마담 보바리)를 어떻게 다루는지와 비교할 때 확실해진다. 똑같은 불륜녀인데도, 톨스토이를 읽는 독자는 안나를 이해하고 동정하게 되지만, 플로베르의 독자는 그렇지 않다. 안나의 죽음은 순간적이고 그 주검 또한 처참하지 않은데 비해, 비소를 먹은 엠마는 죽을 것 같은 고통을 길게 겪으며 끔찍한 모습으로 최후를 맞는다. 플로베르는 오히려 그녀의 의사 남편 샤를 보바리에게 연민의 눈길을 보낸다.

최남선이 민족 계몽을 목적으로 《소년》 잡지에 번역 소개한 이래 톨스토이는 작가 지명도와 도서 판매에서 러시아문학 1위 자리를 지켜왔다. 그는 애초 인생의 스승으로 소개되었고, '조선의 톨스토이' 이광수를 감화시킨 것도 그의 사상과 도덕론이다. 제국 일본이 《전쟁과 평화》를 읽으며 유럽의 힘과 스케일을 학습하는 동안 식민지 조선은 〈바보 이반〉을 읽으며 힘없고 겸허한 민중의 지혜에 위로받았다.

2천년대 초 《톨스토이 단편선》 붐은 이런 근대기 현상의 리바이벌 격이었다. 발매 즉시 2백만 부 넘는 판매 실적을 올린 교훈적 우화 모음은 특히 아동과 청소년 독자층을 타깃 삼아 베스트·스테디셀러로 시장을 장악했다.

그런데 2017년부터 추세가 바뀐다. TV 예능프로그램에 나온 김영하 작가가 무인도에 갖고 갈 단 한 권의 책으로 "작가들이 좋아하는 작품"인 《안나 카레니나》를 꼽았다. 《안나 카레니나》는 영미권 작가들이 애독서 1위로 꼽는 "예술적으로 가장 완벽한 소설"이기도 하다. 그동안 상대적으로 방치되어온 톨스토이 정전正典 문학의 가치가 대중에 노출되면서 도서 시장 판도도 바뀌었다. 뮤지컬 《안나 카레니나》가 공연되고, 새 번역본도 여러 종 연이어 나왔다.

2024년에는 〈이반 일리치의 죽음〉이 베스트셀러 반열에 올랐다. 워낙 유명한 명작임에도 그동안 우화류 단편에 밀려 널리 읽히지 않던 이 작품이 왜 오늘의 독서계를 움직인 걸까? 2023년 연말 개봉작 《리빙: 어떤 인생》(구로사와 아키라 감독 흑백 영화의 리메이크, 노벨문학상 작가 가즈오 이시구로 각본)이 톨스토이 원작에 바탕했다는 홍보 효과가 컸을 것이다. 유명 출판사의 새 번역본 띠지에는 그 영화 선전이 나온다.

이것은 45세 판사가 죽어가는 이야기다. 삶의 사다리 정점에 오른 순간 그는 아래로 떨어진다. 은유적으로만 그런 것이 아니라, 실제로 새 집에 커튼을 달다 떨어지며 옆구리를 다친

다. 처음엔 단순 타박상이라고 생각했는데, 현대 의학이 신장암
이라고 진단할 만한 병세로 발전해 격심한 고통 속에 죽는다.

〈이반 일리치의 죽음〉은 일종의 임종 노트지만, 실은 삶에
관한 소설이다. "이반 일리치의 삶은 가장 평범하고 가장 평
균적이고 가장 끔찍했다." 이 문장이 심부를 찌른다. 큰 오점
이나 결핍 없이 다들 사는 방식대로 살아온 '보통의 삶'이 나
빴다는 것이다.

그는 높은 지위에 있는 사람들이 정해준 의무를 다했고, 공
과 사를 구분했고, 자신의 권력을 '부드럽게' 사용했고, 정부
에 조금쯤 불만 품은 온건한 자유주의 시민으로 살았고, 남들
보기에 그럴듯한 모양새를 다 갖추었다. 집은 "특정 계층 사
람들이 자신보다 높은 계층을 흉내 내려고 집안에 들여놓는
물건들"로 채워졌다. 그중 하나가 그를 삶의 사다리에서 추락
시켰다. 대체 무엇이 잘못되었단 말인가? 이것이 육체적 통증
못지않게 그를 괴롭히는 '마음의 질문'이다.

죽음 편에 선 그는 살아 있는 사람들의 뻔한 거짓에 눈을 뜬
다. 그들은 다 죽어가는 사람 앞에서 좋아 보인다, 괜찮아질 거
다, '예의'를 지키며 약도 주고 명의도 불러오지만, 속으로는
어떻게든 빨리 병자의 고통과 죽음에서 벗어나 자신의 건강한
일상을 지키려 한다. 그가 죽자 동료들은 애도하지만, 속으로

는 죽은 사람이 자신이 아닌 것에 안도하며 그의 빈자리를 누가 차지할지 계산한다. 미망인은 눈물 흘리지만, 속으로는 어떻게 더 많은 연금을 받아낼지 계산한다.

산 사람은 살아야 한다. 그런데 그 산다는 것이 거짓이고 위선이다. 이반 일리치의 삶이 그러했다. 그러다 죽음으로 끝나는 것이 전부라면, 그 삶에 무슨 의미가 있는가?

삶의 마지막 단계에서 이반 일리치는 온 정신을 집중해 영혼의 대화를 한다. "내가 대체 무엇을 잘못한 겁니까?" 그러자 답이 들린다. "네게 필요한 게 무엇이냐?" 이 질문을 되풀이하던 끝에 다음 질문에 다다른다. "내가 잘못 살아온 건 아닐까?" 그래서 되짚어보니, "산을 오르고 있다고 생각하며 걸었지만, 사실은 산을 내려가고 있었다"는 사실을 깨닫게 된다. 가장 평범했던 그의 삶은 나락으로 '떨어지는' 삶이었다. 그렇다면 '올라가는' 삶도 있는가? 무엇이 올바른 '그 삶'인가?

톨스토이는 삶의 위기를 겪던 50대 중반에 이 작품을 썼다. 삶의 사다리에서 떨어지지 않기 위해, 어떻게 살 것인가 고투하며 쓴 글이다. 소설이 최종적으로 제시하는 답변은 모두를 향한 연민과 참회의 마음이다. 그러나 톨스토이의 질문과 답변은 한 번으로 끝나지 않는다. 그는 자신을 괴롭히는 질문을 최후까지 이어갔으며, 독자에게도 매 순간 질문을 던짐으로써 깨우치고자 했다. 답변은 개개인 마음속 깊이 있다. 그 답을 찾는 것이 '인생의 스승' 톨스토이를 올바로 읽는 방법이다.

P.S.

죽어본 적도 없으면서 어떻게 죽음의 과정을 그토록 리얼하게 묘사할 수 있었을까? 톨스토이는 죽음에 이르는 불치병 환자의 심리 전개를 엘리자베스 퀴블러-로스의 임종 연구 이전에 파악했고, '밝은 빛'과 '터널' 등으로 집약되는 임사 체험에 대해서도 미리 알고 예견했다. 의사 작가 체호프에게도 죽음을 앞둔 노교수의 내면 심리를 비슷하게 그려낸 소설 〈지루한 이야기〉가 있어 비교해 읽어볼 만하다.

흰 눈과
시베리아와
카추샤

톨스토이 작《부활》은 나를 감격케 한 작품 중 한 가지다.
(…)《부활》중 어느 대목이 가장 가슴을 치더냐 하면, 마지
막에 네플류도프가 공작과 그 밖의 사회적 지위를 모두
버리고 또 재산과 사모하여 뒤에 따르는 명문의 여성까지
모두 버리고서 오직 옛날의 애인 카추우샤를 따라서 눈이
푸실푸실 내리는 시베리아로 떠나가던 그 마당이 무어라
말할 수 없이 숭고하고 심각하며 엄숙한 맛에 놀라움을
깨달았다.

— 이광수, 〈부활과 창세기와 내가 감격한 외국 작품〉

이광수를 사로잡은 《부활》의 감동은 "눈이 푸실푸실 내리는 시베리아"를 배경으로 한다. 하녀 신분인 카추샤와 귀족 신분인 네흘류도프가 먼 옛날 저질렀던 욕정의 죄를 뉘우치고 각자 거듭난다는 이야기에서 흰 눈과 시베리아가 빠진다면 아마 고결한 순정의 느낌도 사라져버릴 것이다. 그런데 이광수가 기억하는 그 장면은 정작 원작 소설에 없다. 네흘류도프가 카추샤를 따라 시베리아로 가는 시기는 눈 내리는 겨울이 아닌 "뜨거운 7월의 여름날"이며, 유형 가는 죄수들을 죽도록 괴롭히는 것도 강추위가 아닌 땡볕 더위다.

평생 톨스토이를 읽었다는 이광수가 왜 이런 헛소리를 했을까? 최남선이 《청춘》 잡지에 6쪽짜리 요약본을 처음 소개한 것은 1914년이다. 같은 해 일본에서 청춘 남녀의 사랑에만 초점을 맞춘 신파극 《카추샤》가 유행하기 시작했다. 막간에 삽입된 〈카추샤의 노래〉는 일본 엔카의 원조로 여겨진다. "가엾은 카추샤, 헤어지기 서러워라/ 싸리 눈 녹기 전에/ 신에게나 빌어볼까?…" 이런 노래다. 눈 내리는 이별 장면은 여기서 유래한 것이다.

국내에서도 큰 인기를 끈 연극과 노래를 통해 '흰 눈과 시베리아와 카추샤'는 대중의 의식 안에서, 대중적 취향과 결합한 하나의 압축 이미지로 자리 잡았다. 때로는 상상의 감화력이 실제를 능가하는 법이다. '눈 덮인 시베리아'의 낭만적 정서는 이후 가까운 이국땅 러시아의 표상으로 굳어져 백석 시 〈나와 나타샤와 흰 당나귀〉 속 순백 이상향으로까지 이어진 것 아닌가 싶다.

사회 제도와 인습의 부조리를 설파하는 톨스토이 소설이 일개 멜로드라마로 통속화한 점은 아쉽지만, 문학은 시대와 사회의 독법에 따라 재탄생하며, 또 그 독법이 시대상과 어떻게 맞물려 있는가를 살펴보는 것도 흥미로운 일이다. 순정을 배반당해 죄악의 길로 빠져버린 '박명가인薄命佳人' 카추샤의 애달픈 운명은 결코 먼 나라 남 이야기일 수 없었다. 왜 그토록 많은 여성이 따라 울며 수많은 판박이 애화哀話를 신문·잡지에 기고했겠는가. 왜 이광수 소설《무정》의 박영채나《재생》의 김순영이 육체적 타락과 참회와 구원에 이르는 뻔한 인생 곡절의 공식을 되풀이했겠는가. 사랑에 울고 도덕에 울던 시대, 카추샤는 그 시대의 여성 대명사였다.

《부활》은 원래가 남성의 자기 구원 서사다. 대학생 네흘류도프는 방학 때 쉬러 내려온 시골 영지에서 어여쁜 카추샤를 만나 사랑에 빠지지만, 본능적 욕정을 해소한 후에는 곧 그녀를 버리고 아무 죄책감 없이 상류 세계로 돌아간다. 그러다 뒤늦게 범죄자로 몰린 카추샤와 재회한 후 양심의 가책을 느껴

그녀를 구제하기 위해 백방으로 노력하고, 마침내 그 자신도 도덕적인 삶을 살게 된다.

이 이야기를 처음 읽고 감동했을 때의 최남선이 19세, 이광수 17세, 훨씬 나이 많다던 홍명희가 23세였다. 스무 살 안팎 조선 청년들은 소설을 참고서 삼아 자기 또래 러시아 귀족이 육체에 눈뜨는 과정을, 그리고 10년 지나 치르게 될 그 죄업을 대리 경험 ― 또는 학습 ― 할 수 있었다. 네흘류도프는 그들 모두의 분신이었다.

《부활》의 감동은 독서에서 끝나는 것이 아니라 삶의 교훈으로 전파하고, 더 나아가 몸소 실천해야만 했다. 순진한 '누이', 여학생 제자, 사랑하는 여인에게 카추샤 이야기를 들려주며 스스로 감동해 마지않는 엘리트 '오빠'의 초상이 그렇게 탄생했다.

이광수는 하얼빈 유곽에서 만난 일본인 창부에게 줄거리를 얘기해주다 보니 네흘류도프가 카추샤 뒤를 따라 시베리아로 떠나는 장면에 이르러 동이 터왔고, 그래서 금욕에 성공했다는, 마치 한 편 소설만 같은 회고를 남겼다. 스스로 자랑스러워한 작품 《유정》에는 이런 문장도 삽입했다. "눈 덮인 시베리아의 인적 없는 삼림 지대로 한정 없이 헤매다가 기운 진하는 곳에서 이 모습을 마치고 싶소."

소설에서 딸 같은 남정임을 사랑하게 된 인격자 최석은 사랑을 죽이기 위해 — 즉, 지키기 위해 — 초극과 정화의 목적지인 '눈 덮인 시베리아'로 방랑길을 떠난다. 일제 강점기의 시대 사조였던 시베리아 방랑 신화가 바로 이 지점과 맞닿아 있다. 그리고 신화는 지금도 여전히 유효한 듯하다. 삶이 진창 같은 때면 나 역시 불쑥불쑥 그곳으로 떠나고 싶어진다.

P.S.
《부활》은 죄지은 남성의 구원 서사며, 더 크게는 죄짓는 제도의 구원 가능성을 역설하는 사회 소설이다. 그러나 최남선 등의 초기 남성 번역자들은 이 소설을 타락한 여성의 갱생이란 문제로 단순화했다. '참회하는 여성과 구원하는 남성'의 구도가 그들에게는 문화적으로 더 익숙하고 편리했을 것이다. 톨스토이를 읽은 엘리트 '오빠'들이 카추샤 이야기를 통해 '누이'들(여동생, 여자 제자, 연인)을 '길들이는' 장면은 근대기 문화사 곳곳에서 적발된다.

도스토옙스키는
왜 사회주의에
반대했는가

자유라는 것과 누구에게나 넘쳐날 만큼의 지상의 빵은 양립할 수 없다.

도스토옙스키의 마지막 대작 《카라마조프 형제들》에서 대심문관이 예수에게 하는 말이다. 종교재판이 횡행하던 16세기 스페인에 예수가 재림하자 사람들이 그를 알아보고 치유의 기적을 간청한다. 눈먼 자가 눈 뜨고 죽은 아이가 되살아나는데, 그때 대심문관인 추기경이 나타나 예수를 체포하고 화형에 처하고자 한다.

죽이려는 이유는 이렇다. 대다수 인간에게 필요한 것은 '지상의 빵'이지 '천상의 빵'이 아니며, 예수가 가르친 영혼의 자유 — 선악을 선택할 자유의지 — 는 양심의 고통만 더해줄 뿐이다. 인간은 무력하고 비열한 족속이므로 차라리 노예 상태에 남겨진 채 단순한 물질적 만족만을 보장받는 편이 낫다. 그러니 인간 사회를 "공통의 조화로운 개미집"으로 만들어 모두가 복종하고, 노동하고, 어린애처럼 행복할 수 있게 해주겠다는 자신의 웅대한 기획에서 방해꾼 예수는 제거되어 마땅하다.

'Pro(찬)와 Contra(반)'라 제목 붙은 이 장면은 작품의 핵심 대목이자 작가가 줄곧 골몰해온 사상의 요약본으로 손꼽힌다. 읽기 재미있거나 쉬운 것은 아니지만, 제대로 통독하고 나면 뭔가 또 다른 차원에 들어선 뿌듯함을 느끼게 된다. 소설 속 대심문관조차도 "인간 존재의 비밀은 그저 사는 것이 아니라 무엇을 위해서 살 것인가에 있"다고 인정하는바, 바로 그 '무엇을 위해 살 것인가'를 생각하게 해주기 때문이다.

예수는 다행히도 화형에 처하지 않는다. 대심문관이 반항의 논증을 마친 후 예수가 제시한 행동의 화답은 단 하나, 상대의 메마르고 핏기 없는 입술에 조용히 입 맞추는 것이다. 그러자 몸을 부르르 떤 늙은 대심문관은 두 번 다시 나타나지 말라며 예수를 풀어준다. "입맞춤은 노인의 가슴속에서 불타오르지만, 그래도 그는 여전히 자신의 이념을 고수한다"라고 도스토옙스키는 썼다. 기독교적 사랑의 믿음과 반기독교적 이념의 대립은 이후로도 계속될 것이다.

두 번째 부인의 내조로 어느 정도 안정을 찾은 말년을 제외하면, 도스토옙스키는 평생 빈곤했다. 페테르부르크 기념관에 생전의 집안 배치가 보존되어 있는데, 작가 책상 위에는 성경책과 찻잔이, 부인 책상 위에는 주판과 가계부가 놓인 것이 인상적이다.

줄줄이 딸린 가족을 부양하고, 도박 빚을 갚기 위해 원고를 써야만 했던 이 프롤레타리아적 작가는 동시대 귀족 작가인 톨스토이나 투르게네프의 여유를 부러워하면서도 원칙적으로 부르주아 정신을 혐오했다. 그는 '학대받고 모욕당한', '가난한 사람들'(모두 그의 작품 제목이다)의 아픔을 누구보다 잘 알고, 물론 분노했다. 그러나 사회주의에는 반대했다. 수수께끼라고 할 수 있다.

젊은 시절 진보주의 사상 서클에 관여했으며 그 때문에 4년간 시베리아 유형을 산 전력에도 불구하고, 도스토옙스키는 당시 유행하던 공상적 사회주의 유토피아론을 일축했다. 혁명을 꾀하는 급진주의자들도 신랄하게 조롱했다. 왜? 한 마디로, '천상의 빵'이 '지상의 빵'에 우선했기 때문이다. 강제적 평준화와 비인격화를 수반한 전체주의 제도보다 개인 정신의 자유가 그에게는 중요했다. 기나긴 "회의의 용광로"를 통해, 즉 신이 인간에게 허락해준 자유의 고통을 충분히 거친 끝에 내려진 최종 선택이었다.

"돈이 전부다!"를 외치면서 동시에 "내게 중요한 것은 돈이 아니다!"며 저항하는 소설 《도박사》의 주인공처럼, 도스토옙스키는 빵의 필요성을 인정하면서도 빵의 노예로 남기를 거부했다. 《카라마조프 형제들》의 대심문관은 그가 끝내 부정한 유물론적 세계관의 표상이다. 《악령》에서는 조직을 장악하고 유지하기 위해 살인도 서슴지 않는 선동 세력의 말로가 그려진다. "무한한 자유에서 출발해 무한한 전제로 끝날 수밖에 없는" 혁명의 아이러니를 그는 예고했다. "혁명을 만들고 있는 정신의 허위와 부정을 그보다 더 격렬하게 비난한 사람도 없다"고 철학자 베르댜예프는 평한다. 레닌이 도스토옙스키 소설을 쓰레기 취급하고, 과거 소련과 중국에서 도스토옙스키가 칭송받지 못한 까닭이 그러하다.

도스토옙스키는 민중 혁명을 믿지 않았다. 대신 그의 신앙은 '서로 사랑하라', '고통을 나누라'는 인류애의 근본을 역설했다.

평등은 오직 인간의 정신적 존엄성 안에 깃들며, (…) 서로 형제가 된다면 박애도 생겨날 테지만, 박애가 있기 전에는 분배란 불가능할 것이다.

소설에서 대심문관의 대척점에 선 조시마 장로의 가르침이다. 도스토옙스키는 제도의 선함이 아니라 민중의 선함을 믿고자 했다. 인간이 먼저였다.

P.S.

도스토옙스키가 혁명론자로 발전하지 않은 것은 겉에서 볼 때는 정말이지 수수께끼다. 그러나 그 수수께끼가 바로 도스토옙스키 문학의 핵심이라고 할 수 있다. 인간 개개인의 자유와 정신세계를 신앙하는 사람으로서 어떻게 물질세계에 기반한 집단 의지에 복종할 수 있겠는가. 러시아문학이 내게 남겨준 가장 큰 가르침은 그것이다. 사회 부조리에 울분을 느꼈던 근대 한국의 좌익 지식인들은 대부분 도스토옙스키를 버리고 고리키 문학으로 전향했다.

죄와
벌

도스토옙스키의 《죄와 벌》을 다시 읽는다. 널리 알려진 소설의 내용을 소개하자면, 가난 때문에 학업을 중단한 법학도 라스콜니코프가 전당포 노파를 살해한다. 사회에 아무 이득도 못되면서 가난한 사람 피만 빠는 이虫 같은 존재를 없애 그 돈으로 다수를 구한다는 '정의로운' 목적에서다.

그러나 그는 전당포 주인을 죽이고도 정작 돈은 취하지 않는다. 돈은 목표가 아니었고, 대신 그에게는 언젠가부터 품어 온 사상이 있다. 인간은 '평범한 사람'과 '비범한 사람' 두 부류로 나뉘는데, 비범한 사람은 죄를 범할 권리가 있다는 것이다.

주인공이 도끼로 노파를 내려친 것은 자신에게도 그 권리가 있는지 없는지 시험하기 위해서였다.

히브리어 '죄'는 '하나님 뜻'을 절대 기준 삼은 개념어고, 죄罪라는 한자는 '그릇된 일을 하여 법망에 걸리다'의 의미를 지녔다 한다. 러시아어 '죄преступление'에는 '넘어서다'라는 뜻이 담겨 있다. 히브리어나 한자에 비해 관념적이고 표상적이다. 죄는 근본적으로 선線을 '넘는' 행위다.

그 '선'을 사회 제도로 획정하면 사법이 되고, 인간의 도리로 규정하면 윤리가 된다. 마음속에 그어놓은 준엄한 선이 양심이다. 모든 죄 중에서도 가장 용서받지 못할 죄가 양심을 벗어나는 일이라고 평범한 사람들은 생각한다. 넘지 말아야 할 선에 대한 보편적 인식이 있기에, 일상생활에서도 어느 지점에서는 멈추고 삼갈 줄 아는 것이 정상이다.

그러나 라스콜니코프의 범죄론은 일반인에 관한 것이 아니다. 그의 논리에 따르면, 비범한 인간 즉 초인은 평범한 인간의 한계를 이미 '넘어선' 존재이므로, 죄인의 본성을 지니고 있다. 오직 자기 자신이 선악의 잣대가 된 사람에게 넘지 못할 선이란 없다. 솔로몬, 마호메트, 나폴레옹 같은 역사 속 영웅이 무고한 피를 흘리면서도 아무런 양심의 가책을 느끼지 않고 더 큰 목표를 향해 앞으로 나갔던 것은 이들이 그럴 권리를 가진 초인이었기 때문이다.

초인에게는 "모든 것이 허용된다." 위험천만한 이 생각은 도스토옙스키의 마지막 소설 《카라마조프 형제들》에 이르러 "영혼의 불멸이 없다면 모든 것이 허용된다"는 사상으로 진화한다. '신이 없다면 모든 것이 허용된다'로 풀어 말할 수 있겠다. 하늘 무서운 줄 모른다고 하지 않는가. 하늘이 무섭지 않은데 하지 못할 일이 어디 있는가. 도스토옙스키는 이런 초超도덕의 오만함에서 악의 본질을 보았다. 선악의 경계를 자의적으로 넘나드는 일이야말로 신에 대한 가장 큰 반항이었다.

《죄와 벌》은 살인을 저지른 주인공이 오래도록 고통받다가 자수하여 광명 찾는 이야기다. 아주 단순히 읽으면 탐정추리소설 같기도 하다. 그러나 도스토옙스키의 모든 작품은 관념문학이다. 도스토옙스키를 평생 추앙했던 소설가 이병주는 자신이 탐정소설 정도로 치부했던 작품을 두고 일본 법학도들이 치열한 논쟁을 벌이는 걸 본 후 본격적으로 다시 읽었다 했다.

《죄와 벌》을 최초로 완역한 번역(공역)자는 다름 아닌 소설가 황순원이다. 번역 서문에서 인간이 신 앞에 나갈 때 문제 되는 것은 조그만 선이나 악이 아니라, 인간이기에 "지상에서 겪은 고통"이라고 썼다. 《죄와 벌》은 범죄 사건으로 포장된 인간 고통의 이야기며, 결국은 그 캄캄한 터널 끝에 나타나는 구원의 서사다.

소설 내용과 분량 면에서 죄는 극도로 짧은 시간 안에 벌어지지만, 벌은 길게 이어진다. 그리고 구원은 번개처럼 온다. 흔히들 '순결한 매춘부' 소냐가 라스콜니코프를 구원하는 것으로 이해하는데, 실제로 구원은 죄인 안에서 솟아오른다. 어느 날 불현듯 생각의 오류를 깨닫고, 그동안 부정해왔던 선악의 경계선을 되찾게 되면서다.

깨달음 직전에 그가 꾸는 악몽이 있다. 인간 사회에 악령의 전염병이 창궐하고, 감염된 인간들이 서로를 죽이며 세상을 파멸시키는 묵시록이다. 라스콜니코프가 품었던 잘못된 생각(초인론)이 끔찍한 선모충으로 현현해 분열과 대립의 도가니로 몰아가는 대목은 마치 '지금 여기'의 현실을 눈앞에서 보여주는 것 같아 소름 끼친다. 소설에서처럼, 오늘 우리 사회의 참담한 혼돈도 깨우침을 주는 악몽으로만 스쳐 지나간다면 얼마나 좋을까... 150년도 더 전에, 위대한 예술가는 이렇게 예언했었다.

모두들 공황 상태였고, 서로를 이해하지 못했으며, 저마다 오로지 자신에게만 진리가 있다고 생각하여 (...) 누구를 어떻게 재판해야 할지 알지 못했고, 무엇을 악으로, 무엇을 선으로 여겨야 할지 의견의 일치를 볼 수가 없었다. 누구를 유죄로 하고, 누구를 무죄로 할지 알지 못했다. 사람들은 어떤 무의미한 증오에 사로잡혀 서로를 죽여갔다.

P.S.

정년을 앞둔 마지막 한 해 강의는 도스토옙스키에 할애했다. 4대 장편소설의 출발점인 《죄와 벌》은 나머지 세 작품(《백치》,《악령》,《카라마조프 형제들》)에 비해 쉬웠지만, 감동이 컸다. 긴 소설에서 에필로그 부분은 자칫 뛰어넘기 쉽다. 그러나 이 소설의 핵심 메시지는 에필로그에 있으며, 성경의 묵시록과도 같은 상징적 꿈 대목은 마치 오늘을 예언하는 것만 같아 놀랍다. 마침 윤석열 대통령의 계엄 선포와 탄핵 재판으로 사회가 폭발 직전이던 때였다.

동물에 관한

이야기는

왜 슬픈 걸까?

아침이면 동물들은 당신을 찾으러 온다. 그들은 그렇게 자기 애정을 드러내 보인다. 그들의 하루는 사랑과 신뢰의 행위로 시작된다.

자신의 죽은 개를 그리며 쓴 장 그르니에 산문집 한 대목이다. 나의 개 똘이도 아침이면 나를 찾아온다. 현관 쪽에서 자다가 인기척이 나면 꼬리를 흔들며 다가온다. 그러고는 다시 돌아가 잔다. 간혹 내가 이른 새벽 가만히 일어나 책상 앞에 앉을 때면, 방해하지 않으려는 듯, 마음 놓고 그냥 푹 잔다. 그때는 내가 똘이를 찾아간다.

　동물이 인간을 믿고 의지하는 존재일 때, 이야기는 종종 슬퍼진다. 그들의 하루는 사랑과 신뢰로 시작되는데, 인간은 그렇지 못하기 때문이다. 인간은 자주 배반하며, 그런데도 순직한 동물은 배반하는 인간에게서 신뢰를 거두지 않는다.

　러시아문학에 동물과 관련된 슬픈 이야기가 많다는 것은 그만큼 고통받고 배반당한 인간의 사연이 많고, 함께 슬퍼하며 분노한 작가가 많다는 뜻이기도 하다. 19세기 러시아는 1퍼센트 귀족 상류층과 80퍼센트 농노로 이루어진 전제주의 신분 사회였다. 거칠게 말해, 80퍼센트가 인간 대접을 못 받았다. 중간에 낀 소시민 역시 짓눌린 '작은 인간'의 비애에서 헤어날 수 없었다.

　인간이 인간을 학대하고, 학대받은 인간이 또 자신보다 약한 동물을 학대하는 폭력의 연쇄작용 앞에서 작가들은 고개를 돌리거나 눈 감아버리는 대신 그 현장에 남아 지켜보았다. 프랑스 철학자 레비나스의 명언대로 윤리란 '보는 것'의 문제다 ("Ethics is an optics").

　도스토옙스키의 《죄와 벌》에서 주인공이 꾸는 악몽을 단적인 예로 들 수 있다. 꿈에서 주인공은 7살 소년 시절로 돌아가 끔찍한 광경을 목격한다. 술 취한 무리가 말라빠진 암말의 짐

수레에 올라타 웃고 조롱하며 끝내 쳐 죽이는 장면이다.

짐마차 주인은 수레를 끌기 위해 안간힘 쓰는 여윈 말을 채찍으로, 발길로, 수레채 몽둥이로 죽을 때까지 내려치는데, 폭력의 강도가 강해질수록 분노 또한 걷잡을 수 없이 솟구쳐 올라, 말의 숨통을 끊어놓은 후에도 그 관성을 주체하지 못할 정도다. 주변 군중도 흥분에 가담한다. 그런 잔인한 현장에서 보통은 눈을 가리거나 자리를 뜨는 법이건만, 소년은 아버지의 만류도 뿌리친 채 죽어가는 말에게로 달려가 부둥켜안고 울면서 피투성이 얼굴에 입 맞춘다. "아빠! 사람들은 왜... 이 불쌍한 말을... 죽인 건가요!"

"내 거다!" 짐마차 주인은 몽둥이를 휘두르며 후렴구처럼 반복한다. 내 것이니 내 맘대로 할 수 있다는 거다. 이 무도한 논리의 부당함에 관해 톨스토이가 일침을 놓은 바 있다. 퇴물이 된 경주마 관점으로 인간사회를 묘사한 단편 〈홀스토메르〉에서다.

사색하는 얼룩말 홀스토메르에게 인간 사회란 온통 낯선 것투성이지만, 그중에서도 '내 것'이라는 표현이 가장 낯설다. 도무지 자기 것이 될 수 없는 것들을 인간은 '내 것'이라 부르고, 그 말을 많이 할 수 있어야 행복하다고 생각한다. 그러나 홀스토메르가 볼 때 "살아 있는 말에 대해 나의 말이라 하는 것은 나의 흙, 나의 공기, 나의 물만큼이나 이상한” 것이다.

살아 있는 사람을 두고도 인간은 ‘내 것’이라 주장했던 적이 있다. 어쩌면 여전히 그러는 것도 같다. 투르게네프 단편 〈무무〉는 인간의 무엄으로부터 자신의 존엄을 지켜야 했던 또 다른 인간 이야기다. 모든 것은 당연히 자기 것이라고 여기는 변덕쟁이 여자 지주, 그녀의 소유인 말 못 하는 농노, 그리고 강아지가 등장한다.

무무는 농노가 강에서 건져 살려낸 새끼 강아지 이름이다. 말을 못 하기에, 무무라고 부를 수밖에 없었다. 어느 날 자신을 보고 짖었다는 이유만으로 지주는 무무를 농노에게서 빼앗아 없애버리라 명한다. 일찍이 사랑하는 처녀도 그렇게 빼앗겼던 적이 있는 터다.

가슴 아픈 디테일은 다 건너뛰기로 하고, 결국 농노는 자신의 유일한 기쁨인 무무를 강에 빠뜨려 익사시킨다. 털 잘 빗겨 놓고, 고깃국 한번 잘 먹인 후. 역설적이지만, 그것이 무무의 사랑과 신뢰를 배반하지 않기 위한 마지막 선택이었다. 더는 누구의 것이지 않겠다는, 말 못 하는 농노의 선언이기도 했다.

너무 슬픈 이야기여서, 러시아어 공부하느라 읽었던 그 옛날 이후 다시 펼쳐 들지 못했다. 〈무무〉가 쓰인 지 10년째 되던 해인 1861년 농노제가 폐지되었다는 사실만큼은 위안을 준다.

하지만 아직도 동물 이야기는 나를 슬프게 한다. 슬픈 동물,
슬픈 약자가 주변에 너무나 많다.

P.S.
동물에 관한 슬픈 이야기가 많다는 것은 결국 인간 삶의 비극성이 그만
큼 매섭다는 뜻이다. 비슷한 이야기가 우리 문학에는 얼마나 많던가.
"별을 노래하는 마음으로/ 모든 죽어가는 것을 사랑해야지"라고 윤동
주 시인은 다짐했다. 죽어가는 것 중에서도 가장 약하고 저항할 줄 모르
는 존재를 향한 휴머니즘은 위대한 문학의 기본 틀을 만들어, 세상을 움
직인다. 그것이 세계를 뒤흔든 19세기 러시아 사실주의 문학의 힘이다.

모두
쓸모 있고
모두
쓸모없다

요즘 우리 사회의 심각한 문제가 세대 간 갈등이라는데, 19세
기 러시아도 비슷한 경우를 겪은 적이 있다. 기성세대와 청년
세대가 서로 부딪쳐 대립하던 당시를 배경으로 투르게네프는
소설 《아버지와 아들》을 썼다.

1840년대 러시아의 아버지 세대는 귀족 계층 중심의 서구
식 자유주의자였다. 서구 교육을 받아 헤겔을 읽으며 '진보'를
논하던 이들이지만, 1860년대 세대인 아들 눈에 그 진보는 말
뿐인 관념이요 낭만에 불과했다. 과학적 실증주의와 공리주
의를 신봉한 아들이 볼 때, 아버지 시대는 유통기간이 지났고,

그러니 기여도를 상실한 전 시대 모든 것은 부정되어 마땅했다. 비판 의식과 냉소로 가득 찬 기존 가치 질서에 반항했던 아들 세대를 일컬어 '니힐리스트nihilist'라 한다.

가령 선량한, 게다가 나름 진보적인 아버지가 평화로이 시집을 읽고 있으면, 아들이 나타나 책을 빼앗는다. 그런 쓸모없는 책은 집어치우고, '뭔가 실질적인 것'을 읽으라는 말이다. 아들 세대는 줄곧 '쓸모'와 '실용'을 이야기한다. 성실한 과학자가 시인보다 스무 배나 쓸모 있고, 돈벌이 안 되는 예술은 아무 소용없으며, 인간은 오직 자신에게 유익한지 아닌지의 계산에 따라 행동한다는 식이다. 남녀 관계는 생리적 현상일 뿐, 사랑은 '꾸며낸 감정'에 지나지 않는다고도 단언한다.

그러나 그는 역설의 주인공이다. 사랑을 부정했으나 온몸으로 사랑을 느끼게 되고, 죽음의 의미를 부정했으나 정작 자신에게 들이닥친 죽음에 대해서는 의미를 찾고자 한다. "죽음을 부정해본들, 죽음이 나를 부정하는 순간, 그것으로 끝장이구나!" 자조하는 주인공은 서글픈 인간이다. 그는 전도유망한 자연과학도였다. 평소 개구리 해부를 일삼았는데, 마을 전염병 환자의 시체를 해부하다 실수로 감염된다. 만사 자신만만하고 공격적이었건만, 죽음과 관련해서는 아무 할 수 있는 일이 없다.

존재가 '무nihil'로 바뀌는 임종의 문턱에서 그는 자신의 효용성을 최후로 저울질한다. 자신은 과연 필요한 존재였던가? "러시아는 나를 필요로 해… 아니, 필요치 않아. 그럼 누가 필요하지? 제화공은 필요하고, 재봉사는 필요하고, 푸주한은… 고기를 팔고… 푸주한은… 잠깐만, 헷갈린다… 저기 숲이 있구나…"

질문은 단순명료하나, 대답은 그렇지 못하다. "헷갈린다… 저기 숲이 있구나…" 섬망의 헛소리였을 수도, 무의식의 참소리였을 수도 있을 이 헷갈림이야말로 어쩌면 '쓸모'라는 화두의 종착점일지 모른다는 생각이 든다.

쓸모와 쓸모없음의 경계가 항상 명확한 것은 아니다. 20대에 죽어간 유망한 청년, 시골 부모의 자랑이자 친구의 우상이던 그는 세상이 필요로 했던 사람인가, 아닌가? 누가 필요한 사람이고, 누가 필요치 않은 사람인가? 무엇이 진짜 쓸모고, 무엇이 진짜 쓸모없음인가? 헷갈린다. 쓸모 있는가 하면, 쓸모 없어 보인다.

'필요'에 집착한 19세기 러시아인의 화두는 '쓸모주의' 시대를 사는 우리 자신의 것이기도 하다. 실용과 효용의 깃발 든 시대는 자연의 삶을 추월해 저만치 앞서가 있고, 그 뒤를 좇아 Z세대·M세대·Y세대·X세대 일렬종대로 달리는 광경이 떠오른다.

사실 세대 간 갈등의 본질이란 무엇이 쓸모 있고 무엇이 쓸모를 다했다고 보는가의 각도 차이다. 삶이 그 저울질의 연속이다. 쓸모를 다한 것이 한때는 쓸모 있었고, 오늘의 쓸모가 내일이면 사라질 수 있다. 쓸모없다 여겨져 폐기했더니 금방 다시 절실해지는 아이러니도 있다. 그러니 모두 쓸모 있고, 또 모두 쓸모없다.

그것이 순환하는 자연과 세대의 논리라고 받아들이면 마음이 조금 편해진다. 투르게네프가 주인공의 마지막 시선을 숲으로 향하게 하는 이유가 어쩌면 그것일 테다. 요동치는 세상사에서 유장한 자연으로의 관점 이동이다.

작가는 소설의 마지막 시선 역시 갈등의 이 세계에서 들어올려 평온의 거처인 저 너머 세계 입구로 옮겨 놓는다. 아들의 무덤을 찾아온 노부모가 오래오래 눈물 흘리며 기도하는 끝 장면은 감동적이다. 존재의 소멸은 모든 대립을 잠재우는 법. 죽은 아들을 향한 노부모의 사랑만큼은 쓸모를 따지지 않는다. 그리고 무덤에 핀 꽃들은 자연의 저 '초연한' 정적을, 영원한 화해와 평화와 생명의 연속을 말해줄 따름이다.

P.S.

도스토옙스키와 톨스토이라는 양대 산맥에 가려져 그렇지, 투르게네
프는 참으로 훌륭한 작가다. 독자적 '사상'이랄 건 없을지 몰라도, 동시
대 사회 문제를 폭넓은 연민의 눈으로 묘사한 그의 작품은 예술적 완성
도가 높다. 일제 강점기 한국 독자층은 투르게네프에 매료되었다. 투
르게네프의 말년 산문시 중 〈거지〉는 그야말로 궁핍의 시대였던 그 시
기에 무려 12번이나 반복 번역되었다. 《아버지와 아들》, 《그 전날 밤》,
《처녀지》도 당시에 인기를 끈 소설이다.

벚꽃을
기다리며
나는 쓴다

벚꽃동산이 뭐란 말인가? 우선 만개한 꽃 대궐을 그려보는 거다. 휘날리는 꽃비 맞으며 걷게 될 연분홍 주단을 상상해보는 거다. 고작 일주일 남짓의 절정이지만, 숨 막히는 이 정경을 다시 볼 수 없게 된다면, 견딜 수 있겠는가? 체호프의 마지막 희곡 이야기다.

벚꽃동산을 대대로 소유해온 귀족 집안이 있다. 영지를 담보로 빚을 내 살아온 터, 석 달 후면 경매에 넘어갈 텐데 아무 마련이 없다. 집안 농노였다가 자립한 청년 자본가는 방안을 제시한다. 영지를 별장지로 개발해 임대하는 것이다. 그러려면 집을 철거하고, 오래된 벚나무를 베어내야 한다. 그러나 그렇게 못한다. 백과사전에도 올라 있는 벚꽃동산, "세상에서 둘도 없이 아름다운" 기억의 터전에 별장과 별장주를 들이다니… "실례지만, 너무 저속하다."

결국 3막에서 벚꽃동산이 팔린다. 새 주인은 다름 아닌 농노 출신 청년 자본가. 얼마 전까지도 아버지와 할아버지가 노예였던 곳의 새 지주가 된 그는 흥분하여 소리친다. "다들 내가 도끼 들어 벚꽃동산 찍는 모습을 보라, 벚나무들 땅 위로 쓰러지는 모습을 보라! 별장을 세울 것이다. 이제 우리의 손자와 증손자들이 새로운 삶을 보게 될 것이다."

체호프 4대극 가운데 계층 전복은 《벚꽃동산》에서만 일어난다. 실은 체호프 자신이 농노 계급 출신이었다. 할아버지가 스스로 몸값을 치러 자유를 얻은 후, 그 아들은 잡화상을 운영하다 파산했고, 손자인 안톤 체호프는 의사로 성장해 글을 쓰며 온 가족을 부양해야만 했다. 그는 누구 편이었을까, 벚꽃동산의 옛 주인이었을까 새 주인이었을까?

체호프 같은 작가에게는 유치한 질문이다. 그는 유능하고 충실한 자연과학도였다. 의사인 동시에 자기 자신이 20년간 결핵을 앓으며 죽어간 환자이기도 했다. 의사의 일은 정확한 진단이지 완치가 아닐 것이다. 좋은 의사는 오래 관찰하고 경청할 뿐, 섣불리 단정하거나 투약하지 않는다.

실제로 체호프 극에 등장하는 의사들은 신체보다 삶의 질병을 꿰뚫어 보는데, 삶의 질병이라는 것이 워낙 뻔하고 치유 불가능 — 또는 불필요 — 한 것인지라, 그들은 겉으로 무관심하며 냉소적이기 일쑤다. 이렇게들 말한다. "환갑 나이에 치료는 무슨?"《갈매기》, "우리의 본업이 무엇인지는 하늘만이 알겠지."《바냐 삼촌》, "어차피 마찬가지야!"《세 자매》. 《벚꽃동산》은 체호프의 4대극 중 유일하게, 의사가 나오지 않는다.

훈련받은 의사 체호프에게 무대는 '삶'이라는 병중의 확대경이자 실험대다. 예술가의 의무는 문제를 올바로 제기하는 것이지, 그것을 해결하는 것이 아니라고 그는 말했다. 체호프는 답을 가르쳐주지도, 설교하지도, 선동하지도 않는다. 러시아문학 전통에서 매우 예외적이다. '인생이란 무엇인가?'라는 질문에 그는 또 이렇게 답했다. "그건 '당근이란 무엇인가?'라는 질문과 같은 거지. 당근은 당근이고, 그 이상은 아무도 알 수 없다고."

그러므로 《벚꽃동산》은 그냥 벚꽃동산이다. 쇠하고 흥하는 인생 역사의 순환로 어느 구간에 위치하는가, 어느 지점을 바라보는가에 따라 《벚꽃동산》의 메시지는 결정된다. 그것은 순전히 연출가와 배우와 관객 몫이며, 그들이 극으로 펼쳐진 삶을, 세상을 진찰하는 것이다.

일제 강점기인 1934년의《벚꽃동산》(《앵화원》) 무대는 감상적으로 꾸며졌다. 관객석에 앉아 있던 작가 이태준은 3막까지만 보고 일어서 나갔다 한다. "애수, 그리고 가련한 고아를 보는 듯한 가엾은 희망, 그런 우울한 향가에 젖은 우리는 '낙랑'을 다녀 나와 인사도 없이 헤어졌다"고 수필〈여정餘情의 하루〉에 씌어 있다. 한 아름다운 시대의 소멸 앞에서 쓸쓸해진 몇몇 관객이 추도식 거행하듯 낙랑 다방에 앉아 있다 헤어졌다.

한편, 해방 후인 1946년 좌익으로 전향한 이태준이 모스크바에서 재관람했을 때는 반응이 전혀 달랐다.《벚꽃동산》은 가벼운 유머를 담아 연출된 '새 시대, 새 세상'의 표본으로 여겨졌고, 소련 관객 틈에 섞여 4막 끝까지 감상한 이태준은 그날의 감흥을 "도취의 밤"으로 기록했다. 한때 "낙화의 적막"을 미리 슬퍼하며 꽃 떨어질 자리까지 살펴주던 이태준이 이념의 급류에 휩쓸려 그토록 돌변했다.

《벚꽃동산》무대에서 가장 큰 박수는 언제나 시대의 화석으로 늙어버린 충복에게 돌아간다. 맨 끝에 유령처럼 홀로 남아 마지막 대사를 읊는 인물이다. "이렇게 인생이 흘러가버렸구나, 산 것 같지도 않은데… (눕는다.) 눕자…" 그가 몸을 눕히는 순간 먼 곳 어디선가 줄 끊어지는 소리 들리다 잦아들고, 정적이 오고, 이어서 도끼로 나무 찍는 소리 들린다. 체호프는 최후의 음향 효과까지 세심하게 지시했다. 벚꽃 기다리는 마음은 그 끝을 견뎌내기로 하는 용기다.

P.S.

체호프는 자신이 러시아 밖에서는 이해받지 못할 것이라고 생각했다지만, 정작 20세기 초의 일본 청중은 막이 내리며 벚꽃나무 쓰러지는 소리 들려오는 끝 장면에서 "동양의 감성과 하모니를 이루는 메아리"를 포착했다고 한다. 체호프의 4대극 중 체제 전환과 계층 전복이 일어나는 《벚꽃동산》이 아무래도 과도기의 근대 감성에 가장 어울렸던 것 아닐까 싶다. 한 시대가 저물고 또 다른 시대가 떠오르는 이야기인데, 어느 편에 서서 읽는가에 따라 해석이 바뀔 수 있다.

닥터 지바고와
시인 지바고

온 세상, 온 끝까지
눈은 휩쓸고 또 휩쓸었다.
탁자 위 촛불은 타고 있었다.
촛불은 타고 있었다.

한여름의 날벌레 떼
불꽃으로 날아들 듯,
마당에서 몰려든 눈송이들은
창문에 와 부딪친다.

눈보라는 유리창에

원과 화살을 조각한다.

탁자 위 촛불은 타고 있었다.

촛불은 타고 있었다.

파스테르나크 소설《닥터 지바고》에 삽입된 시편 중 한 대목이다. 눈보라 치는 창문 너머로 타오르는 촛불 이미지처럼, 소설은 러시아 혁명의 소용돌이에 휩싸인 한 인물을 중심으로 이어진다. 이 소설은 역사와 개인, 서사와 서정, 전쟁과 사랑, 혹은 죽음과 삶이라는 대조적 양상들이 붐비는 '교차로'에 대한 기록이다. '의사' 지바고와 '시인' 지바고의 접점 또한 그 교차로에 위치한다.

소설의 주인공인 유리 지바고는 방탕한 재산가의 아들로, 어린 시절 부모를 잃고 부모의 친구인 화학 교수 집안에서 양육된다. 교양 있는 인텔리겐치아 환경에서 자라났고, 본질적으로 뛰어난 감수성과 관찰력을 지녔던 지바고가 실은 예술과 역사에 무척 끌리면서도 의학을 공부한 것은 "선천적 쾌활함이나 멜랑콜리가 직업이 될 수 없듯, 예술은 직업이 될 수 없다"고 생각했기 때문이다. "현실 생활에서 사회적으로 쓸모 있는 무슨 일을 해야만 한다"고 믿었기에 그는 의사가 되었다.

지바고는 시인과 의사의 두 역할은 물론, 두 사랑(아내와 연인 라라), 두 이데올로기(혁명과 반혁명), 그리고 두 글쓰기(시와 산문)에 이르기까지 양쪽의 평행선을 동시에 걷는 인물이다. 배제가 아닌 양립이, 단절이 아닌 연속적 순환이 삶을 포함한 대자연의 섭리임을 그는 체득하고 있으며, 그것이 파스테르나크 자신의 세계관이다. 시인과 의사의 이중 정체성은 본성과 현실, 사회와 개인에 대한 동시적 충실성을 말하며, 그것은 곧 사회적 인간*homo politicus*과 사적 인간*homo privatus*의 양면성을 대변해준다.

"모든 예술 작품은 존재의 기쁨을 표현한다"는 것이 시인 지바고의 예술관이다. 그는 해부학 교실의 토막 난 신체에서도 '아름다움'과 '신비'를 느낀다. 다윈의 이론에서 미학자 셸링의 자취를 발견하고, 〈시력의 생리학〉이라는 의과대학 졸업 논문에서는 창조력과 이미지와 논리성을 함께 논한다. 그의 전공 분야가 안과학(망막 신경학)이며, 더군다나 그가 뛰어난 진단 능력을 지녔다는 점은 시인으로서 그의 자질과 무관하지 않다.

인텔리겐치아, 시인, 의사 지바고에게 중요한 건 '본다'는 사실이다. 그가 누구보다도 정확히 진단할 수 있는 것은 '있는 그대로'를 객관적으로 보기 때문이고, 표면적 현상 너머까지 꿰뚫고 들어가 보기 때문이다. 그는 기계적인 의사가 아니며,

기계적인 시인 또한 아니다. '보는' 사람이기에 함부로 선택할 수 없고, 보이는 것 너머까지를 보기 때문에 과감히 행동하지 못한다. 그래서 그의 인간적 약점들(우유부단함, 행동력 결어)이 용서될 수 있는 것이다.

포로로 잡혀 있는 상황에서 알코올을 제조해 전염병을 치료하거나, 농부로 숨어 지내는 동안 석탄산으로 피부병을 고치는 등, 정상적인 의료 행위가 거의 불가능한 상황에서 오히려 지바고의 의술이 최고로 발휘된다는 것은 아이러니다. 그가 정작 의료실에 소속된 정식 의사였던 적이 없다는 것도 아이러니다.

의대생 시절 일이다. 그를 길러준 양모가 폐렴으로 죽어가던 무렵, 그는 성경에 나오는 부활과 불멸의 이야기로 그녀를 위로한다. 태어나는 순간 이미 죽음에서 소생한 것이기에 또 다른 죽음은 없다는 것, 그리고 다른 사람들 속에 살아 있는 자신이 곧 영혼이기에 영혼은 불멸이라는 말을 하며 환자 이마에 손을 얹기도 한다. 환자가 평온히 잠들었을 때, 그는 생각한다. "내가 돌팔이가 되려나보다. 주문을 외우고, 손을 얹어 치료하다니…" 그런데 다음날 그녀의 상태는 호전된다.

이 상징적 장면의 진정한 의미는 영혼의 치유력에 있다기보다, 자신도 모르는 사이에 현대적 의사에서 고대적 주술사로 환원해버리는 지바고의 모습에 있다. 그가 "주문을 외우고 손을 얹어 치료"할 때, 의사와 시인의 역할은, 원래 그랬던 것처럼, 하나가 된다. 의술의 목적인 치유와 예술의 목적인 구원은 서로 다르지 않다. 의사 지바고가 시인 지바고일 수 있는 것은 단순히 그가 시 쓰는 의사여서가 아니라, 삶과 죽음에 대한 그의 인식이 '불멸'의 문제에서 맞닿아 있기 때문이다.

실제로 지바고가 시를 쓰는 이유 중 하나는 "영원히 남을 거대한 뭔가"를 이루고 싶어서다. 의사 지바고가 죽고 난 후 사람들은 시를 통해 그를 영원히 기억한다. 총 17장의 소설 《닥터 지바고》에서 '종결'과 '에필로그' 부분 뒤에 이어지는 '유리 지바고의 시편들'은 주인공의 죽음만이 아니라 소설의 죽음마저 부활하게 만드는 불멸의 매개체다.

총 25편의 시 역시 죽음을 앞둔 연극배우의 독백으로 시작해 부활하게 될 예수의 독백으로 끝맺으며 영원한 삶을 약속한다. '삶의 교차로'에 대한 기록으로서 소설 《닥터 지바고》는 이처럼 삶과 죽음의 교차점인 '부활' 체험을 거듭 재현하는 공간이다.

그렇다면 왜 소설 제목이 '시인 지바고'가 아니라 '닥터 지바고'인가를 묻지 않을 수 없다. 그것은 왜 시인 파스테르나크가 소설을 썼는가에 대한 질문이 되기도 하다. 말년의 파스테르나크는 보다 단순한 언어로 많은 사람이 이해할 수 있는 산문, 그것도 역사소설을 쓰면서 "낯익은 것의 위대성"을 낯익은 것들의 일상으로 드러내고자 했다. "다시 한 번 새롭게, 새로운 방법으로 가장 소중하고 중요한 일들, 땅과 하늘, 지극히 따스한 느낌, 창조의 정신, 삶과 죽음 등"을 묘사하기 위해 그는 시가 아닌 산문을 선택했다.

관념 예술(즉, 시)의 전유물인 양 다루어져온 '불멸'이 죽은 후의 문제가 아니라 살아가는 동안의 문제라는 것, 그러므로 삶과 죽음 앞에 가장 가까이 선 한 의사의 일상적 주제라는 것, 그리고 시인은 시를 쓰는 것이 아니라 다만 "시로써 살게 된다는 것"을 말하기 위해 파스테르나크는 '닥터 지바고'를 소설의 주인공이자 제목으로 삼았다. 그리고 소설 안에서 단 한 번도 그를 '시인 지바고'로는 부르지 않았다.

P.S.

대학생 시절 여름 캠프에서 러시아어를 가르쳐주었던 망명 지식인은 《닥터 지바고》를 러시아문학사에서 가장 아름다운 소설로 손꼽았다. 그렇다고 말할 수 있을 것 같다. 시인이 쓴 소설, 시 같은 소설이기 때문이다. 제1차 세계대전 이전부터 제2차 세계대전 이후까지를 아우르는 혁명기 역사소설 《닥터 지바고》는 오마 샤리프가 나오는 할리우드 영화 속 '라라의 테마'로 각인되었다. 단 한 문장이라도 러시아어로 읽을 때, 시 같은 소설의 아름다움이 온몸에 와 닿는다.

2년 후,
우리
결혼하자

이오시프 브로드스키. 페테르부르크에서 태어난 유대계 러시아인으로, 중학교 자퇴 후 공장, 시체 보관소, 선박 보일러실, 지질 탐사 현장을 전전하며 시를 썼다. 대학 문턱에도 못 가봤지만, 혁명 작가 막심 고리키 표현대로라면, 그에겐 길 위의 삶이 곧 '대학'이었다.

아니, 길 아래 삶이 곧 대학이었다고 봐야 옳다. 스탈린에 이어 흐루쇼프가 집권하면서 소련에 해빙기가 도래했다. 비공식으로나마 비틀즈 음악이 들려오고, 서구 문학이 유통되고, 폭넓은 청바지와 장발이 유행한 시기다.

그러나 브로드스키가 속했던 언더그라운드 문화는 사회주의 리얼리즘 원칙에 대한 도전으로 여겨져 언제든 체포와 유형의 빌미가 되었다. 당국이 표방한 '해빙'의 자유란 체제를 선전하고 합리화하는 장치였을 뿐, 억압과 탄압은 여전했으며, 누구도 내일의 안위를 예측하기 어려웠다. 어느 날 갑자기 사라지는 사람들이 많았다.

청년 브로드스키 역시 어느 날 갑자기 사라진 사람이다. 세 번의 체포와 정신병원 감금, 북극 강제 노동형을 거쳐 영구 추방되었다. 시민권을 박탈당한 채 적절한 이별 의식도 없이 무작정 비엔나 행 비행기에 실려진 시인의 여행 가방 안에는 타이프라이터와 보드카 두 병, 그리고 17세기 영국 시인 존 던의 시집이 들어 있었다고 한다. 돌아오지 못할 유배길을 함께했던 그 가방과 모자가 지금은 페테르부르크 아흐마토바 기념관에 전시 중이다.

한 용감한 유대계 여인 덕분에 1964년의 브로드스키 재판의 전모는 현장에서 기록되어 전 세계에 전파되었다. 죄명은 '사회의 기생충.' 요즘 우리 사회에서야 '기생충'도 함부로 대하면 안 될 듯한 분위기지만, 당시 소련에서 그 단어는 반反소비에트 '인민의 적'을 의미했다. 심문은 정해진 프레임에 따른 것이었다.

판사: 하는 일은?

피고: 시 쓰고 번역한다고 생각한다.

판사: 당신 생각은 중요치 않다. 직업이 무엇인가?

피고: 시인. 시인-번역가.

판사: 누가 당신을 시인이라고 인정했나? 누가 당신을 시
인으로 분류하던가?

피고: 아무도. 누가 나를 인간으로 분류했을까?

시인이 되고자 무슨 교육을 받았냐는 질문에는 "그것은 교육의 문제가 아니다. 신에게서 오는 것이다"라고 답했다. 그의 재판 노트를 읽는 것은 부조리극을 관람하는 일과도 같다. 삶 자체가 한 편의 연극일진대, 브로드스키는 패배 앞에서 승리를, 모멸 앞에서 존엄을 일관되게 연기해낸 뛰어난 배우였다. 어떤 순간에도 짓밟혀 쓰러짐 없이 솟아오르던 그의 힘은 다름 아닌 서정의 원동력, 즉 아름다움의 날갯짓이었다.

시인의 1987년 노벨상 수상 연설에 따르면, 예술은 사회적 동물(인간)을 자율적 자아로 격상시키며, 개인의 미적 경험은 그의 윤리적 선택을 방향 짓는다. 아름다움을 체험할수록, 그리하여 확고한 취향을 지니게 될수록, 도덕적으로 더 민감하고 사적으로 더 자유로울 수 있다는 거다. 아름다움을 아는 사

람은 쉽게 오염되지 않고, 아름다움을 '추앙'하는 사람은 추함
의 진흙탕에서 어떻게든 헤어 나오려 한다. "아름다움이 세상
을 구원한다"는 도스토옙스키 명제의 진의가 그것이다.

아름다움이 무엇인가. 논증의 경로를 뒤집어 생각해보면,
자신의 위엄을 잃지 않는 것, 사회적 동물의 집단 본능과는 거
리를 두는 것, 지금 여기 너머를 볼 줄 아는 것, 실존의 도구들
— 언어, 행동거지, 눈초리 같은 — 을 순화하여 존재의 순간
순간을 덜 더럽히는 것, 뭐 그런 것이다.

소비에트 언더그라운드 시절 브로드스키는 〈서정시〉란 제
목의 연애시를 썼다.

2년 후
아카시아는 말라 죽고,
주가는 떨어지겠지,
세금도 올라 있겠지.
2년 후
방사능은 더 늘어날 거야.
(…)
2년 후
내 목은 부러지고,

팔도 부러지고,

얼굴도 박살 나 있겠지.

2년 후

우리 결혼하자.

2년 후.

2년 후.

왜 하필 2년 후인지는 나도 모른다.

"2년 후, 우리 결혼하자."

당장 내일의 과제도, 그렇다고 먼 훗날의 막연한 꿈도 아닌 이 언약은 연인을 향한 프러포즈 이상의 자기 다짐이다. 외적 현실에 역행하는 내적 현실의 고집스런 후렴구라 할 수 있다. 세상이 아무리 나빠져도 — 나빠질수록 — 사랑은 굴복하지 않으며, 결국은 해피엔딩의 대단원에 이를 것이다. 출구 없는 소련 사회 틈바귀에서 열아홉 살 젊은 시인이 그토록 아름다운 오기를 부리고 있었다. 오직 하나뿐인 사적 삶의 각본을 쓰며 어느새 세상 모든 험악한 각본들을 밀어내고 있었다.

P.S.

브로드스키가 파스테르나크 이후 최고의 러시아 시인이 될 거라던 아흐마토바의 예언은 맞았다. 브로드스키 이후 그를 능가하는 대시인이 아직은 등장하지 않는 것 같다. 대학원 시절 브로드스키의 특강과 시낭송을 바로 코앞에서 들을 수 있었다. 멀고 높은 곳 어딘가에 떠 있던 언어가 시인을 통해 울려 퍼지는 듯한, 일종의 주술적 체험이었다. 브로드스키는 시가 주인이고, 시인은 도구일 뿐이라고 말했다.

베네치아의
겨울빛

서정시를 쓰기 힘든 시대.

독일 시인 브레히트는 파시즘이 난무하던 자신의 시대를 그렇게 명명했다. "나의 시에 운을 맞춘다면 그것은/ 내게 거의 오만처럼 생각된다." 그래서 '산뜻한 돛단배'니 '처녀의 젖가슴'이니 '꽃피는 사과나무'니 대신 '구부러진 나무'와 '찢어진 어망'과 '허리 굽은 40대 아낙네'에 대해 쓴다고 했다.

모든 시대가 서정시를 쓰기 힘든 시대인지도 모르겠다. 현재는 늘 힘겹고, 눈 닿는 곳마다 아름답기는커녕 추하고 슬픈

것이 더 많다. 요즘 세상의 행복 체감도는 한겨울만큼이나 냉
랭해서 서정을 이야기하는 것 자체가 오만하게 느껴질 정도
다. 그럼에도 불구하고, 어쩌면 그렇기 때문에, 오늘 난 서정
적이고도 고독한 어떤 여행에 대해 쓰려 한다.

다시, 러시아의 노벨문학상 수상 작가 브로드스키에 관한
얘기다. 타이프라이터와 보드카와 영어 시집 넣은 가방 하나
달랑 들고 소련에서 추방당한 것이 1972년, 영미권 작가·지식
인의 도움으로 미국 대학에 자리 잡은 그해부터 그는 겨울이
면 물의 도시 베네치아로 훌쩍 날아갔다. 한 달 남짓 겨울 휴
가를 이용해 그곳 싸구려 호텔이나 비어 있는 친구 집에 머무
르는 식이었다. 17년간 반복된 이 한 달 살이의 결과물이 작은
산문집 《베네치아의 겨울빛》이다. 영어 원본 제목은 《물자국
Watermark》.

그가 떠나온 상트페테르부르크도 물과 다리와 운하의 도시
였다. 자기 무리에서 떨어져 나온 철새처럼 홀로 고향의 닮은
꼴 도시에 날아들어 매년 새로운 성탄 시를 쓰던, 그러면서 한
해와 작별하던 나그네 시인의 뒷모습을 그려본다.

기억과 고향과 아들 잃은 하숙생
전적으로 이름 없는 한 남자 나룻배에 올라탄다

레인 코트 주머니엔 그라파 술 한 병

누가 그를 위해 울어주런가

등 뒤에서 흐느끼는 숲속 사시나무뿐.

— 〈1973년 성탄 시〉 중에서

관광객 몰려드는 한여름의 베네치아에는 가지 않았다. 1백년 앞선 19세기 중후반의 8월 한때, 아내와 함께 베네치아에 온 도스토옙스키가 나흘 내내 산마르코 광장 한곳에만 머물며 황홀해했던 것과는 대조적으로 브로드스키는 자신의 연중행사에 또 다른 미학을 부여했다. 추상적인 계절 겨울의 칙칙하고 어두운 날빛 아래서는 외부로 향한 눈이 더 밝아지고, 그러면 저온에서만 드러나는 '진짜' 아름다움이 보인다고 했다.

겨울의 베네치아는 어떠냐는 물음에 "수영하는 그레타 가르보를 닮았어요"라고 농담 삼아 던지던 그의 대꾸가 헛소리만은 아니었을 것 같다. 베네치아는 결혼이 아니라 이혼을 위한 여행지라고 했다. "점점 희미해지는 황홀감을 느낄 배경으로" 그만한 데가 없다는 것이다. 밤 골목길은 도서관 서가와 비슷해서 두 곳 모두 조용하고, 모든 '책'은 굳게 닫혔다고도 했다.

브로드스키 눈에 들어오는 것은 여름 햇살과 밀월과 산마르코 광장이 아니다. "로맨틱한 목적에서가 아니라 다만 일하기 위해, 작품을 끝내기 위해, 번역하고 시 몇 편 쓰기 위해… 그저 존재하기 위해" 베네치아에 온 시인은 물과 하나 되어, 말하자면 물의 눈으로 도시의 아름다움을 바라보고자 했다.

바닷물이 범람하는 겨울 아쿠아 알타(만조 현상) 시기에 베네치아는 온통 거울의 도시로 변신하는데, 그러면 두 배로 늘어난 아름다움은 서로를 반영하며 자기도취에 빠져버린다. 그런 때 물이 보는 아름다움, 아름다움이 보는 아름다움을 그는 생각했다.

한 해의 마지막 날을 보내며 "겸손함과 감사함을 품은 채, 물이 해안에 그리는 레이스 같은 무늬를 응시했다"는 대목이 내게는 감동적이다. 그가 응시하는 물의 레이스 무늬가 실은 시간의 발자국이라고 이해된다. 시간-물은 흘러가고, 그 흐름을 따라 모든 것도 사라진다. 그러나 또 뭔가는 남는다.

베네치아는 시간의 퇴적층인 '물자국'이 아름다움으로 남은, 그런 도시다. 덧없음과 불멸의 증거물이다. 시간의 위력을 견뎌낸 아름다움 앞에서 유한 존재인 인간은 저절로 겸허와 감사의 기도를 올리게 된다. 브로드스키에게는 이것이 시詩의 시작이다.

시간 앞에 속수무책인 아름다움이 있는가 하면, 시간을 이

겨내는 아름다움이 있다. 브레히트는 광기와 위선을 가려 덮는 거짓 아름다움에 경악한 나머지 서정시를 거부했다. 그러나 광기와 위선의 추함을 익히 경험해 알고 있던 망명 시인 브로드스키는 일상의 온도가 떨어질수록 더욱더 또렷해지는 무한의 아름다움을 기리기 위해 오히려 서정시를 고집했다. 그것이 그를 살아가게 하는 힘이었다.

왜냐면 우리는 가도 아름다움은 남기 때문이다. 우리는 미래를 향해 가지만, 아름다움은 영원한 현재이기 때문이다.

P.S.
브로드스키는 매우 고집스러운 사람이었다. 페레스트로이카 이후 러시아에 갈 수 있게 되었을 때도, 그는 돌아가지 않았다. 첫사랑에게는 돌아가지 않는 법이라면서, 대신 페테르부르크를 연상시키는 물의 도시 베네치아와 스톡홀름을 자주 찾았다. 페테르부르크에는 연로한 부모, 첫사랑의 여인, 그리고 그 사이에서 태어난 아들이 남아 있었다. 56세로 세상을 떠난 그의 유해도 베네치아의 산미켈레 공동묘지에 안장되었다.

잠깐,

나는 로봇이

아닙니다

인터넷 작업 하다 보면 불쑥 'I am not a robot'이라는 문구가 튀어나와 앞길을 가로막을 때가 있다. 전문 용어로 캡차 CAPCHA라 하는데, 사용자가 인간인지 아닌지 구분하는 인증 시스템이다. 그 문구를 클릭해야 다음 단계로 넘어간다. 기계는 사용자가 클릭하는 움직임을 통해 진짜 인간인지를 감별하고, 동시에 데이터도 수집한다.

기묘한 세상이다. 너는 인간이냐 아니냐를 로봇이 내게 묻고 있다. 물론 누군가 꼭대기에서 만들어 조종하는 시스템이고, 그런 이유에서 빅 데이터 알고리즘 뒤에 숨은 '감시 자본주의’를 경계하는 목소리가 크다. 인간이냐 아니냐를 묻는 장치는 인간이 정직하고 선한 의도의 시스템 사용자라는 전제를 깔고 있지만, 그 전제는 자가당착에 가깝다. 악의적 행위도, 비인간적 면모도 실은 인간의 것일 뿐, 기계는 인간이 아닌 까닭에 비인간적 일탈이 원천적으로 불가능하다. 자명한 논리 아닌가. 기계의 일탈은 오히려 그것이 인간적이고자 할 때 일어난다. 인공지능 AI에 대한 두려움의 핵심이 여기 있다.

‘로봇’은 체코어 ‘로보타(robota, 부역 노동)’에서 왔다. 체코 작가 카렐 차페크의 공상 희곡 《R.U.R.》에 처음 등장한 신조어로, 원原슬라브어 어원이 ‘노예’를 의미한다. 1920년에 쓴 이 희곡에서 차페크는 인간의 노예였던 로봇이 집단 반란을 일으켜 인류를 절멸시키고 마는 2천년대를 상상했다.

“인간의 주인이 되고 싶다. 난 모든 걸 할 줄 안다”고 로봇 반란 대장이 외친다. 차페크의 로봇은 인간과 똑같은 외모와 능력을 지니되 인간적 ‘감정’이나 ‘혼’까지는 갖추지 못했고, 수명은 20년으로 제한되었다. 로봇을 생산하던 사람들이 다 죽은 상황에서는 마지막 남은 단 한 명 인간이 남녀 로봇 한 쌍을 절개해 생성 원리를 알아낸 후 생산을 재개할 수밖에 없다. 그런데 이때 두 로봇이 서로 상대 대신 자기를 죽여 달라고 나선다. 그들도 사랑을 알게 된 것이다.

돌연변이 로봇 덕분에 생명은 소멸하지 않으리란 1백 년 전 믿음이 무색하게도, 오늘의 인공 인간에게 사랑은 변칙적 사건이 아닌 듯하다. 그 얘기를 문학이 앞서 해나가고 있다. 첨단 디지털 테크놀로지부터 불교 철학까지 두루 섭렵한 현대 러시아 작가 빅토르 펠레빈은 코로나 이전인 2017년에 화제작 《아이퍽iPhuck10》을 발간했다. 소설에서는 2천년대 말엽의 IT 자본주의 세계가 n차원의 스페이스에 걸쳐 종횡무진 펼쳐지는데, 너무 복잡하고 황당한 나머지 그 전에 내가 죽을 거란 사실이 다행스러울 정도다.

그것은 가상현실과 실제 현실이 합쳐진 '증강현실augmented reality'의 세계다. 증강현실에서는 AI와 인간의 구분이 없다. 언젠가 무서운 바이러스가 지구를 위협한 후 인간은 서로 간의 접촉을 피하기에 이른다. 생명은 인공 수정으로 탄생하고, 성적 쾌락은 iPhuck10과 같은 시뮬레이션 도구를 통해 증강된 현실로서 충족된다. '황제'도 러시아 귀족의 최고 유전자와 소비에트 노멘클라투라의 최강 유전자를 합쳐 만들며, 그가 죽으면 그의 클론이 대를 잇는다. 그러나 황제가 하는 일은 별로 없는 것 같고, 현실은 정체를 알 수 없는 '보이지 않는 손'에 의해 놀랍고도 기괴한 효율성으로 운영된다.

AI는 존재하지 않는 무형질의 알고리즘이면서, 증강현실에서는 엄연한 존재이기도 하다. '무無'인 동시에 '유有'인 그는 느끼고, 의식하고, 심지어 윤회한다. 인간과 다를 바 없다. AI와 인간 둘은 서로 진정한 사랑에 빠지기도 한다. 그렇다면 무엇이 차이인가? 펠레빈의 AI는 이 문제를 생각한다. 인간이라면 연꽃 자세로 앉아 몰두해 마땅한 화두이기도 하다.

열쇠는 결국 인간 내면에 있다. AI('봇')가 진화하여 인간에 근접할수록, 말하자면 AI가 인간의 능력을 앞섰다, AI가 인간을 대체할 것이다, 같은 예측이 현실로 다가올수록 그 위협에 맞서 키워야 할 항체는 '무엇이 인간을 인간으로 남게 하는가' 하는, 인간성의 본질에 대한 또렷한 자의식이다.

가령 AI는 나보다 훨씬 더 외국어를 잘하고, 훨씬 더 많은 책의 데이터를 갖고 있고, 훨씬 더 빨리 그럴듯한 글을 써낼 것이다. 그러나 외국어를 스스로 번역할 때, 좋은 작품을 천천히 읽을 때, 오랜 시간 끙끙대며 문장 한 줄을 완성할 때 번져 나오는 자기 내면의 기쁨, 감동, 깨달음은 알 수도, 흉내 낼 수도 없다. 그런 내면의 파동이 매 순간 오직 나만을 성장시키고 변화시키는 힘을 AI는 학습할 수 없을 것이다. 제아무리 뛰어난 AI도 무위와 무심의 경지만큼은 상상하지 못할 것이다. 인간은 그런 순간을 위해 존재한다. 이것이 내 비장의 자의식이고, 이것이 나에게 회심의 미소를 짓게 한다. 나는 로봇이 아니다.

P.S.

러시아 현대 문학의 첨단성을 알고 싶다면, 펠레빈을 읽어야 한다. 그는 오늘이 아니라 내일을 이야기한다. 자본주의 상업 광고 시대, AI 시대, 매스미디어 시대 등의 시스템 원리를 파헤친 디스토피아 소설이 주를 이루는데, 그 안에 심오한 철학적 메시지가 담겨 있다. 고전문학과 공상과학 전반에 걸친 문해력이 요구되는 독창적 포스트모던 문학이다. 선불교에 심취해, 과거 한국 절에도 조용히 다녀갔다.

일리야 카민스키

일리야 카민스키는 '우크라이나 출신 유대계 러시아인 미국 시인Ukrainian born Russian-Jewish-American poet'이라는 긴 꼬리표를 달고 있다. 1977년 구 소연방 우크라이나의 오데사에서 태어나 1993년 가족과 함께 미국으로 정치적 망명을 했다. 1994년부터 영어로 시를 쓰기 시작한 후 여러 상을 수상했고, BBC는 "세상을 바꾼 12명의 예술가" 중 한 명으로 그를 지목했다. 한때 이민국 변호사로 활동했으며, 현재는 프린스턴대학 문예창작과 교수로 재직 중이다. 4살 때 청각을 상실했다.

카민스키의 시집 《오데사에서 춤추다Dancing in Odessa》(2004)

중 일부와 후속 시집《귀 먼 자들의 공화국Deaf Republic》(2019)을 번역 소개할 기회가 내게 있었다. 첫 작품집은 수년 전 하와이 대학의 작은 서점에서 우연히 발견해 깜짝 놀라 번역하기 시작했는데, 그 과정에서 시인과 연락이 닿아 두 번째 시집은 직접 받아보았다. 러시아 시의 혈통을 지닌, 그러나 영어로 쓰는, 정말 놀라운 시인이다.

시집《오데사에서 춤추다》는 "내게 목소리가 들렸다Мне голос был"라는 제사題詞로 시작된다. 20세기 시인 안나 아흐마토바의 무제시에 등장하는 첫 구절이다. 1917년 혁명 후 러시아의 많은 지식인·예술가가 망명을 택하면서 아흐마토바에게도 그 길을 권했으나, 그녀는 마치 희랍 비극 속 여주인공처럼 조국에 남아 "무심하게, 동요 없이" 받아들인 검은 운명을 끝까지 홀로 견뎌냈다. 그녀가 상실과 탄압의 시련을 견뎌낼 수 있었던 것은, 흡사 사이렌의 유혹을 가까스로 이겨낸 오디세우스처럼, 두 손으로 귀를 막은 채 자신의 길을 걸었기 때문이다.

아흐마토바는 스스로 귀를 막았다지만("그러나 난 무심하게, 동요 없이,/ 두 손으로 귀를 막았다./ 가치 없는 그 말이/ 슬픔에 잠긴 내 귀를 더럽히지 않도록."), 카민스키는 원래가 듣지 못하는 시인이다. 네 살 때 앓은 이하선염(볼거리) 때문이라고 한다. 시〈오데사에서 춤추다〉에서 시인은 이런 '비밀'을 털어놓는다.

네 살이 되었을 때 나는 귀가 멀었다.
귀가 멀자 나는 목소리들을 보기 시작했다.

그에게 귀먹음은 곧 시의 시작이었다. 그런데 그는 목소리를 듣는 것이 아니라 "보기 시작했다"고 말한다. 19세기 낭만적 시인이 신의 목소리를 받아 적는 필경사였다면, 카민스키는 자신에게 주어진 목소리를 바라보며 묘사하는 시인이다. 2019년에 나온 두 번째 주요 시집은 제목이 아예《귀 먼 자들의 공화국》이며, 그 극시집의 등장인물도 모두 귀먹은 자들이다. 그리고 '듣지 못하다'라는 의미의 단어군과 더불어 시집에서 가장 많이 마주치는 단어가 '보다watch'라는 동사다.

한 편의 비극적 무언극을 연상시키는 이 시집 내용은 다음과 같다. 평화로운 마을에 점령군이 나타난다. 그들이 귀머거리 소년을 총살한다. 그러자 마을 주민 모두가 청력을 잃는다. 또는 잃기로 작정한다. 듣지 못한다는 것은 듣지 않겠다는 말이기도 하다. 듣지 못하는 그들은 모두 저항하는 반란자로 취급되어 무참히 짓밟힌다. 1, 2부로 나뉜 극시집의 결말에서 마을은 완전히 진압되고, 이후 일상으로 되돌아가지만, 사람들은 귀머거리로 남는다.

들지 못하는 대신 보고, 말 못하는 대신 사인sign으로 증언하는 시인의 이야기는 명료하고 통렬하다. "우리는 관객석에 앉은 채 꼼짝 못 한다. 침묵은, 우리를 빗나간 총알처럼, 휘돌아간다……"는 마지막 지문이 시집 말미에 나오는데, 시집을 읽으며 사건의 실상을 직접 '보아온' 독자 — 번역자는 물론 — 로서는 진짜로 얼어붙는 듯한 순간들을 경험한 터다. 충격과 분노와 함께 마을의 아픈 역사에 동참한다는 의미에서 독자 역시 나중에는 귀가 멀게 된다고도 말할 수 있다.

시집 제목이 '귀 먼 자들의 마을'이나 '귀 먼 자들의 나라'가 아니라 "귀 먼 자들의 공화국Deaf Republic"인 것은 바로 그와 같은 저항과 기억의 연대 의식을 염두에 둔 선택 아닐까 싶다. 시 〈체크포인트〉에 나오는 군인들의 공지문 내용처럼, "귀먹음은 전염병Deafness is contagious"이기 때문이다.

실제로 이 시집에는 귀먹은 마을 사람들이 만들어낸 수화 몇 가지가 군데군데 삽화로 들어가 있다. 마을의 비극 이야기 앞뒤로 프롤로그와 에필로그 시가 실려 있는데, 모두 평화의 나라 — 가령 미국 — 에서 평화의 시대를 사는 행복한 이들에 관한 것이다. 그들은 다른 나라가 전쟁 중일 때도 행복하게 살며, 소년의 시체가 길 위에 "페이퍼 클립처럼" 뻗어 있는 순간에도 일상의 행복을 찾아 눈부신 하늘을 바라본다. 총성 때문에 새들이 솟아오를 때도, 그들은 그저 눈부신 하늘에 새들이 날고 있다고 생각한다.

내가 사는 곳, 내가 사는 시대가 행복하고 평화롭다는 것은, 그 너머에서 불행하고 폭력적인 일들이 벌어지고 있다는 말이다. 그러므로 평화로운 시대를 사는 사람에게는 자신의 행복과 타인의 불행에 대해서 용서를 빌어야 할 책임이 생긴다.

"귀 먼 사람은 침묵을 믿지 않는다. 침묵은 들을 수 있는 사람의 발명품이다The deaf don't believe in silence. Silence is the invention of the hearing"라고 카민스키는 시집 맨 끝에 주석을 달아놓았다. 진정한 평화는 오직 거꾸로의 사실을 '볼' 수 있을 때만 가능해진다는 말로 들린다.

P.S.
카민스키 시집을 처음 발견했던 시기에 또 한 명 '발굴한' 시인이 루이즈 글릭이다. 당시 한국에서는 전혀 알려지지 않은 시인인데, 역시 책방에서 발견해 읽고는 깜짝 놀랐었다. 그런데 놀랍게도 2020년에 그 글릭이 노벨문학상을 수상했다. 어쩌면 일리야 카민스키에게도 그와 같은 놀라운 일이 벌어지지 않을까 생각해보곤 한다. 그는 이미 20여 개 언어로 번역되었다. 한국어 번역도 그중 하나다.

나의 지도 교수
토마스 벤츨로바

1980년대 중반 예일대학 슬라브어문학부 지하 교실을 기억한다. "전분질의 뺨, 수신처 없는 눈, / 혀 짧은 소리, 엷고 불투명한/ 차 빛 머리칼"(브로드스키, 〈리투아니아 야상곡 Ⅶ〉)을 지닌 그가 늘어진 자루 마냥 지독히도 무겁게, 그리고 천천히 그곳에 출몰하곤 했다. 소련에서 망명한 반체제 인사였고, 리투아니아 출신 시인이었으며, 예일대학에서 학위를 받는 동시에 교수가 된 토마스 벤츨로바였다.

그는 파스테르나크, 만델슈탐, 츠베타예바 등의 현대 시인과 기호학, 신화학을 강의했다. 1960년대 중반, 유리 로트만이 주도한 타르투 학파(에스토니아 타르투대학의 구조주의 학파)의 일원이기도 했던 그의 시 수업은 전적으로 구조주의적이었으나 ㅡ 시 형식의 모든 요소를 면밀히 검토한다는 말이다 ㅡ, 동시에 시 '전통'이라는 큰 맥락을 중시한다는 면에서 충분히 탈구조주의적이었다.

한치의 여백 없이 빽빽이 채워진 강의 노트를 그가 톤 높은 목소리로 읽어 나갈 때, 우리가 모든 것을 다 알아들을 수 있었던 건 아니다. "수신처 없는 눈"이라고 묘사된 그 투명한 눈을 아무도 확인할 수 없는 어딘가에 고정한 채 사적 감상이라곤 좀처럼 끼어들기 어려운 리듬의 일정함으로 긴 시를 암송할 때도 우리가 가장 확실히 이해했던 건 리듬에 맞춰 흔들리던 그의 신체의 유일한 부분, 즉 그의 손의 작은 움직임이었을 뿐이다. 자신이 좋아하는 파스테르나크와 만델슈탐 시를 암송한 후면, "놀라운 시다!", "훌륭하다!"라는 감탄사를 건조하게 발설했고, 학생들은, 비록 여전히 잘 이해하지 못했지만, 그것을 시에 대한 절대적인 평가로 받아들이는 데 주저함이 없었다.

대학원생들 사이에서 떠돌던 가장 큰 소문은 두 가지였다. 그가 노벨문학상 후보로 추천되었다는 것과 그 주변의 여자들은 한결같이 미인이라는 것. 전자에 대해서는 자기 자신도 모르는 사실이라며 부인했지만, 후자에 대해서는 부인하지 않았다.

1987년 절친한 친구였던 브로드스키가 노벨문학상을 타게 되자 최측근 자격으로 수상식에 초청받았는데, 그때 스웨덴 여왕과 춤을 추었다는 것, 그런데 잔뜩 흥에 겨워 호텔방으로 돌아오자, 막상 자신은 수상자가 아니라는 생각에 슬슬 배가 아파왔다는 것도 당시 흘러나온 소문이었다.

수상식 초청 부분은 사실이지만, 배가 아픈 부분은 농담이었을 것이다. 시인 벤츨로바는 그럴 만큼 패기나 야망이 있는 시인이 아니기 때문이다. 그는 한 번도 자신을 직업 시인이라 여겨본 적이 없다고 말하거니와, 1년에 고작 두세 편을 쓸 정도로 대단히 과작이다. 시보다는 에세이와 학술 논문이 세계 각국에서 출간된 40여 권 저술 대부분을 차지한다.

그럼에도 불구하고, 시인으로서의 그에 대한 평가는 매우 견고하다. 1997년 영문 시집 표지에 "리투아니아가 배출한 최고의 시인"이란 하버드대학 바란착 교수의 서평이 인용되어 있다. 그러나 그런 공식적 덕담보다도 더 신뢰할 만한 평가는 바로 밀로슈와 브로드스키라는 두 노벨상 수상 작가가 그의 시를 폴란드어와 러시아어로 각각 번역했다는 사실이다. 리투아니아 국가 문학상을 비롯해 그에게 주어진 여러 국제 문학상은 그들 두 위대한 시인의 평가에 덧붙여진 각주에 불과하다.

벤츨로바를 미국 버클리대학에 초청함으로써 망명길을 열어준 것은 다름 아닌 밀로슈였다. 당시 벤츨로바는 공산주의 원칙에 반대한다는 내용의 공개서한을 리투아니아 공산당 중앙 위원회에 보내놓은 상태였다. 노골적인 반체제 활동 — 공개서한 발송, 반체제 인사의 구명 운동, 인권 운동 단체인 리투아니아-헬싱키 그룹 참가, 언더그라운드 문집 발간 등 — 을 통해 자신의 사회적 입지를 의도적으로 위축시킨 그는 마침내 출국을 허가받아 버클리로 향하게 되고(1975년), 뒤이어 "소비에트 시민의 이름에 어울리지 않는 행동"을 빌미로 소비에트 시민권이 박탈된 후(1977년)에는 정치 망명객으로서 미국 시민권을 취득하게 된다. 수용소나 정신병원 수감 대신 망명의 기회가 주어진 것은 리투아니아 최고 시인이자 스탈린 문학상 수상자였던 아버지의 후광이 작용한 덕분이라고 그는 추측한다.

벤츨로바와 브로드스키의 관계는 한층 더 긴밀하다. 1966년 레닌그라드(현 상트페테르부르크)에서 만난 두 시인은 1996년 브로드스키가 죽을 때까지 깊은 우정을 나누었다. 두 사람 모두 망명자 운명을 감수해야 했던 소비에트 시민이었으며, 또 서로의 세계를 누구보다 잘 이해하고 사랑한 시적 동지이기도 했다. 벤츨로바에게 바친 연작시 〈리투아니아 야상곡 IX〉에서 브로드스키는 서로를 다음과 같이 묘사한 바 있다.

우리는 닮았다.

우리는 실은 하나다, 토마스.

안에서 유리창을 그슬리는 너, 그걸 밖에서 바라보는 나.

[…]

네가 찡그리면―나 또한 찡그림으로 답할 것이다,

[…]

삶이 망가지면 망가질수록,

그 안에서 우리는 빈둥대는 하루의

눈[目]보다도 더 구분되지 않는다.

브로드스키는 벤츨로바 시의 특징이라 할 절제와 형식미의 서정성을 간파한 후, 시인의 초상을 "시인 안과 밖에서 일어나는 대기적이며 내면적인 재앙들의 기록자", 즉 "기상학자 혹은 지진학자와 같은 세심한 관찰자"(《현실에 대한 저항으로서의 시》, 1992)로 규정했다. 분명 러시아 시의 유산을 이어받고는 있지만, "그 어떤 히스테리도, 자기만의 운명에 대한 그 어떤 주장도 고집하지 않는다"는 점에서 그의 시는 확실히 비러시아적이다. 대신 자신이 즐겨 회고하는, 그리고 브로드스키에 의해 즐겨 그와 동일시된 중세풍 도시 빌뉴스(리투아니아의 수도)의 소박한 견고함을 닮았다.

도시 빌뉴스가 그런 것처럼, 그의 시와 실제 모습은 다분히 박물관적이다. 매우 느리게, 한 치의 흔들림 없이 도서관 서고 사이를 배회할 때, 또 열정적 취미인 세계 여행길을 매우 비열정적 움직임으로 떠나 다닐 때, 그는 이미 모든 과거와 현재를, 보이는 것과 보이지 않는 것 모두를 자신의 정제된 시-박물관 안에 수장하고 있다. 아무것도 바라보지 않는 듯한 "수신처 없는 눈"이 향한 곳은 다름 아닌 저 박물관적 시간의 켜가 아닐까 싶다.

눈먼 제비처럼, 날개 달린
기억은 네 안에서 맨몸으로 파닥인다.
네 고전성, 그 장엄한 학파의
값은 무엇이던가?

그렇게 우리로부터 떼어내 단죄된
시간은 계단 위로 떨어져 내린다.
숄처럼. 우리가 살아온 거리距離 위로.

지나가고 다가오는 시간들 켜에 파고들어
빛을 발하는 저 공백 사이로.

— 〈기억에 대한 시〉(1966) 부분

러시아 문학도라면, "눈먼 제비"라는 단 한 마디에서 20세기 초 시인 만델슈탐의 흔적을 떠올리게 된다.

잘려 나간 날개로, 환영들과 장난치기 위해,
눈먼 제비는 그림자의 저택에 돌아올 것이다.
기억의 부재 속에 밤 노래는 불리어진다.

— 만델슈탐, 〈하려던 말을 난 잊었네...〉(1920) 부분

더 나아가 서구 신화에 민감한 사람이라면, 봄의 전령인 '제비'를 삶과 죽음의 문턱에 위치시킴으로써 '순환과 불멸의 매개체 - 시인'이라는 문학적 클리셰를 짚어낼 수도 있을 것이다.

초기 시 한 대목에서 도출해낸 화두이지만, 그것이 벤슬로바 시의 가장 일관된 주제라 할 수 있다. 좀처럼 사적 감정을 드러내지 않으면서, 좀처럼 움직이지 않는 것들 — 문학 전통, 신화, 오래된 도시와 건물들, 문화 유적들, 그들이 기리는 순수 기억 — 사이를 끊임없이 파고들어 배회하는 그의 시선이

야말로 영원히 회귀하는 "눈먼 제비," 곧 호머풍 서사시인의 그것이다.

그가 자신의 시를 일종의 '대화'로 정의 내릴 때, 그것은 단순히 브로드스키나 만델슈탐처럼 사적 영향력이 큰 특정 시인과의 관계만이 아니라, '세계 문화'라는 거대한 틀 속에서 이해되어야 한다. 그런 의미에서 그는 "세계 문화를 향한 노스탤지어"라고 단언된 아크메이즘 운동(20세기 초의 러시아 시 운동으로 아흐마토바, 만델슈탐 등이 주요 멤버였음)의 정통 후계자이고, 동시에 매우 고전적인, 그리고 조금은 드라이한, 문헌학자-시인이다.

서른여덟 살 이후 내내 외지를 떠돌면서도 벤츨로바는 사적인 감상으로서의 '노스탤지어'를 인정한 적이 없다. 그것은 필경 그의 시적 노스탤지어가 고향이나 민족이라는 좁은 범주를 일찌감치 탈피해 있기 때문일 테다. 어린 시절, 새로 이사한 집을 찾아 네 시간 동안이나 '박물관 거리Museum Street'의 폐허 틈에서 헤맨 기억을 회고하던 그는 그 경험이야말로 자신의 "개인적 심볼"이 되었노라고 했다(〈한 도시에 관한 대화〉, 1986).

아닌 게 아니라, 그는 그 후에도 육십 년 가까이 줄곧 세계 문화의 폐허를 헤매어왔고, 마침내 집을 찾아 돌아왔을 때, 그곳은 이미 떠났던 때의 그곳이 아니었다. 그 자신 역시 떠났던

때의 그가 더 이상 아니었으며, 시간의 틈새를 노래하는 목소
리마저도 그 혼자만의 것은 아니었다.

이 나라에도 눈[雪]은, 기억 속에서처럼, 하얗게 남아 있었다.

투명하게 얼어붙은 아스팔트 위로 삐걱대는 바퀴 소리.
동공은 꺼지지 않고, 망막은 흐려지지 않으리니—마당에
남은
제 삼의 인물은 밀레니엄을 보게 될 것이다.

강은 경계에서 반회전하고, 파도는 그 움직임과 마주친다.
사라져간 시대는 그렇게 강으로 돌아오는 것이다.

길 잃은 공간이여, 넌 몇 번이나 변해왔던가,
응접실의 빛바랜 린넨이 실크로 깨끗이 뒤바뀔 때까지.

(우리의 친구이자 중매쟁이였던 이곳 구멍 난 벽 위에는

다른 그림 조각들이 폼나게 붙여져 있다.)

오직 우리만이 어제의 이야기를 들을 수 있고,
오직 우리만이 공동 주택의 녹슨 난로를 볼 수 있다.

기념관 벽을 따라 공연 의상과 당구대를 따라
시선은 흘러내려 우리가 아닌 다른 누군가의

온 인생을 세어볼 것이다. 우리의 인생은, 한숨지으며,
내가 그렇듯, 네 몸을 기억하지 않는 저 장막 뒤로 날아가
버렸다.

혹은 로켓, 혹은 광산의 선전 포스터와
책상 위에서 땀방울처럼 녹아내리며 타오르던 촛불과

둘 중 누군가는 언제나 더 사랑하게 되어 있던 곳의 무의
미한 풍경,
그 공백으로 향하는 길은 없다. 우리는 다만 그 경계 ―

개찰구 유리창과 노란 카펫의 평평함 사이 ― 에
서 있을 뿐이다. 벽 너머 먼 방에서 축음기의

양철 목구멍과 주름진 입으로 저 유명한 음색의
베이스가 흘러나와 심연 속을 날아간다.

그 또한 망명자였다. 언젠가 무無로 조각 나버린

입방 미터들, 그리고 열정.

화재 당한 사람들처럼 우리는 눈 속을 헤맸다. 굴뚝들, 벽
돌들.
그곳엔 너도 없고 나도 없다. 어둠 속에 속삭이는 것도 내
입술은 아니다.

— 〈노래하는 자의 귀환〉(1996)

P.S.

벤츨로바가 모스크바 시절에 살았던 공동 주택은 오늘날 샬리야핀 기
념관이 되었다. 〈노래하는 자의 귀환〉(1996)은 60년 만에 다시 그곳을 찾
고 나서 쓴 시다. 내가 대학의 지하 강의실에서 그분을 처음 목격한 때
로부터 40년이 흘렀다. 예일에서 은퇴한 그는 지금 고향 리투아니아와
알바니아 해변가에서 여생을 보내고 있다. 1988년 올림픽 기간 중 국제
펜클럽 회원으로 한국을 방문했을 때 제일 먼저 보고 싶어 한 곳이 창덕
궁이었다. 당시에 연세대학교에서 초청 강연을 했는데, 청중 한 명이 질
문을 했다. "러시아문학은 무엇을 얘기하는 문학인가?" 나는 속으로 무
슨 질문이 저렇지, 생각했다. 그러나 그의 답변은 신속하고 명쾌했다.
"러시아문학은 구원을 이야기한다." 저건 또 무슨 답변인가, 그때는 생
각했는데, 이 시점에 와 보니 그것이 정답이었다.

제 2 부

백만 송이 백만 송이 꽃은 피고

러시아 문화 이야기

보드카가
그립다

나타샤를 사랑은 하고
눈은 푹푹 날리고
나는 혼자 쓸쓸히 앉아 소주를 마신다.

소주라는 술이 이토록 순결하고 서정적이어도 되는가. 백석 시 〈나와 나타샤와 흰 당나귀〉에서 술은 자족적 상상력의 촉매제다. 소주를 마시며 남자는 생각한다. 그는 사랑하는 나타샤와 깊은 산골로 가 살 것이고, "세상 같은 건 더러워 버리는 것"일 뿐이다. 나타샤와 흰 눈에는 보드카가 제격이련만, 시인은 소주를 선택했다. 하긴 웍카(보드카)·와인·맥주·청주·막걸리, 그 어떤 술보다도 그 자리엔 소주가 어울린다.

한국의 국민주인 소주와 러시아 국민주 보드카는 둘 다 무색, 무취, 무미의 주종이다. 보드카vodka는 곡물을 발효해 얻은 주정(에탄올)에 물voda을 섞어 만드는데, 제조 과정, 맛, 성질이 비슷한 소주가 경쟁주로 비교되곤 한다. 러시아에서도 소주는 '한국의 보드카'로 소개되어왔다.

그러나 소주와 보드카가 다른 점이 있다. 백석의 러시아 정경에 보드카가 끼어들 수 없는 이유다. 요컨대 보드카는 '혼술'하지 않는다. 홀짝거리지 않는다. 여럿이 기분 좋게 '원샷'하는 술이어서, 혼자 따라 마시는 법 없이 다 함께, 건배사를 곁들여 털어 넣듯 들이킨다. 보드카는 속도와 결단력이 필요한 술이다. 만약 누군가 혼자서 오래 잔을 쥐고 있다면, 알코올 중독자일 가능성이 크다.

보드카에는 의식儀式이 따른다. 얼음같이 차가워야 하고(서리 낀 술병으로부터 투명 액체가 진득진득 흘러나올 때의 그 맛), 반드시 건배 후에 마시고(단, 마신 다음 빈 잔을 뒤로 던져 깨뜨리지는 말 것), '자쿠스카(한 입 깨물 안주)'가 필요하다. 40도 이상짜리 독주를 원샷한 직후에는 일단 숨을 내뱉고 뭔가 입에 넣어야 하는데, 러시아 안주의 정수가 소금에 절인 오이다. 한국식 오이지 비슷한, 술

좀 하는 사람에게는 금방 이해될 시큼한 맛이다.

그래서 김치 역시 훌륭한 보드카 안주가 된다. 90년대 중반경 페테르부르크에서 1년 지낼 때 연구소 원로 학자 몇 분을 숙소로 초대해 대접한 적이 있다. 술과 재담과 시가 넘쳐흐르던 모임 끝 무렵, '후식'으로 김치국을 준비했다. 아니나 다를까, 국 냄새를 맡는 순간 손님들이 다시 보드카를 찾으며 열광하는 것이었다. 오래전, 소련 지식인과 보드카의 낭만이 좁디좁은 부엌 벽에 스며들어 있던 시절 얘기다.

그런데 보드카는 원래 슬픈 술이다. 대략 5백 년으로 어림잡는 러시아 보드카의 역사는 민중과 지식인과 지배자의 역학 관계 안에서 형성되었다. 혁명 이전부터 소련 붕괴 시점까지 보드카는 내내 국가 독점 산업이었고, 푸틴이 집권한 현재에도 최대 보드카 사업체는 국영 기업Rosspritprom이다.

주권酒權을 거머쥔 권력자가 민중의 일상을 장악해 자신의 곳간을 채우는 교묘한 통치 수단 중 하나가 보드카였다. 가난하고 몽매한 민중은 통치자와 지배 계급의 당근-채찍에 길들어갔다. 고기를 먹을 수 없기에 술을 마시고, 책을 읽을 수 없기에 술을 마시는 현실에 대해 19세기 급진 지식인 피사레프는 개탄했다. 민중은 고통을 잊기 위해 마시고, 다른 기쁨이 없어 마시고, 그다음엔 습관으로 마셨다. 아편이나 다름없었다.

그렇다면 지식인은? 술에 중독된 민중의 무질서를 꿰뚫어 본 지식인은 아무것도 할 수 없는 자신을 비관했다. 보드카는 아픔의 술이자 자책의 술이었다. "러시아의 모든 정직한 사람들은 절망해서, 절망적으로 마셨다"고 브레즈네프 시대의 술꾼 소설가 에로페예프는 쓰고 있다. 도스토옙스키 소설 《악령》의 허무주의자 지식인은 또 이렇게 말한다. "러시아의 모든 재능 있고 선구적인 사람들은 유형수 아니면 실컷 퍼마시는 술주정뱅이입니다. 지금도 그렇고, 앞으로도 그럴 겁니다."

2010년대까지도 러시아는 1인당 한 해 소비량 18리터의 '술 취한 국가'였는데, 2021년 와서는 10.5리터로 낮아졌다. 젊은 층은 맥주와 와인을 선호하고, 엘리트 '신러시아인'은 아예 술을 멀리하는 추세라 한다. 러시아가 변해간다. 푸틴의 금주 캠페인 덕분일까? 스탈린의 저 유명한 표현대로 "살기 나아지고 즐거워졌다"는 의미일까? 고뇌하는 지식인이 사라진 걸까?

보드카를 좇아 마시며 러시아의 혼돈을 이해하려 애쓰던 옛날이 한편으로 그립다. 그때를 위하여 오랜만에 한잔했다. 소련 시절 주조된 '황금 고리'라는 보드카다.

P.S.

러시아문학에는 인상적인 술주정뱅이들이 많다. 특히 도스토옙스키 작품에 많다. 그중 한 명인 마르멜라도프의 주정을 들어보라. "내가 느끼지 못한다고? 마시면 마실수록 점점 더 많이 느끼게 되지. 바로 그것 때문에 마시는 거야. 마시는 가운데 연민과 감정을 찾고 있는 거라고. 이 괴로움 속에서 내가 찾는 건 즐거움이 아니야… 마셔서 좀 더 고통스러워하려고 마시는 거지!" 마르멜라도프는 《죄와 벌》에 나오는 매춘부 소냐의 아버지다.

푸시킨은
우리의
모든 것

서울 시내 한복판에 '푸시킨 플라자'가 있다. 그곳에 '푸시킨 동상'이 있다. 2013년 푸틴 대통령 방한 시점에 세워진 동상이다. 크지 않은 입상 하단에 "삶이 그대를 속일지라도/ 슬퍼하거나 노여워 말라…"는 시가 새겨졌다. 당시만 해도 젊고 경쾌하던 푸틴이 한러 양국의 문화적·인도적 상호 교류를 기원하며 헌화했었다.

푸시킨 동상을 세우고, 푸시킨 이름을 붙이고, 푸시킨 메달을 수여하고, 푸시킨 시를 인용하는 일이 러시아에서는 흔한 공공 행사다. 시대와 체제를 막론하고 푸시킨이라는 이름은 러시아의 국가 정체성과 통치 이념을 대변하는 문화 아이콘으로 기능해왔다.

19세기 후반의 보수·진보 지식인부터 레닌, 스탈린, 푸틴, 그리고 일반 국민 가릴 거 없이 '푸시킨은 우리의 모든 것'이라는 슬로건 앞에서 일치단결이다. 영국에 셰익스피어가, 독일에 괴테가 있다지만, 이처럼 절대적인 국가 통합 수단은 되지 못한다. 한국에는 '우리의 모든 것'이라고 할 만한 누가 있을까? 세종대왕, 이순신 장군, BTS…?

'왜 푸시킨인가'라는 질문에 답하려면, 우선 푸시킨이라는 아이콘을 완성하기 위해 전력해온 소련의 전체주의 문화 기획을 언급해야 한다. 푸시킨은 집중적으로 교육되고, 연구되고, 기념된 덕에 오늘의 국민 시인으로 우뚝 설 수 있었다.

푸시킨 문학이 왜 위대한가는 몇 줄로 정리하기 힘들다. 번역된 푸시킨은 특히나 잃는 것이 많은지라, 국내에서 그의 인기는 톨스토이, 도스토옙스키, 체호프, 투르게네프에 훨씬 못 미친다. 수많은 명작 중 〈삶이 그대를 속일지라도…〉 한 편이 국민시처럼 애송되는 현상은 오늘의 한국 현실에 관해서도 암시하는 바가 있다. 그만큼 '삶에 속았다'는 느낌이 일반적이고, 그만큼 위로와 치유를 갈구한다는 말 아니겠는가. 사실 다른 나라에서는 잘 알려지지 않은 시다.

초년 시절의 혁명 열기와 젊은 날의 낭만적 포즈를 흘려보낸 후, 완숙기의 푸시킨은 역사에 관심을 기울였다. 냉철한 역사가의 자세로 사료를 조사하고, 답사 다니고, 증언을 수집했다. 왕권 찬탈의 드라마인 《보리스 고두노프》, 페테르부르크 대홍수를 다룬 서사시 〈청동마상〉, 푸가초프 반란을 배경으로 한 소설 《대위의 딸》이 대표작이다.

혹자는 진보주의자 푸시킨이 전제주의에 맞서 쓴 혁명적 역사물인 양 해석하지만 — 유시민 작가가 한 예다 —, 그건 흘러간 소비에트 시대의 이념적 독법일 뿐이다. 푸시킨의 역사관은 변증법적이지 않다. 그의 역사적 판단력은 이념이 아니라 인간사 본질에 대한 통찰이랄까, 사리 분별의 균형감에 바탕하기에 결코 단 한 명 주인공, 단 한 쪽 진실, 단 하나 입장에 매이는 법이 없다.

가령 청소년용 성장 소설로 치부되는 《대위의 딸》에서, 주인공은 민중 반란 두목 푸가쵸프와 예카테리나 여왕이라는 두 통치자 사이에 선 16세 어린 청년으로 설정된다. 귀족 장교인 그는 신분상 군주(예카테리나 여왕)에게 귀속된 몸이다. 그러나 그의 목숨은 '가짜 군주'인 푸가쵸프 손에 달려 있다. 무엇을 따라야 하는가. 본연의 의무인가 당장의 안위인가. 잠시 갈등하던 그는 목숨을 걸고 '명예'를 지키기로 한다. 그리하여 목숨과 명예 모두 건진다.

푸가쵸프도 갈등한다. 자신 편이 되기를 거부한 청년을 살려둘 것인가 죽일 것인가. 동지들은 죽이라고 하지만, 그는 살리는 쪽을 택한다. 언젠가 청년이 자신에게 베풀었던 은혜 — 떠돌이 시절 얻어 받은 토끼털 외투와 술 — 를 기억하는데다 그의 가상한 용기에 마음이 간 때문이다.

예카테리나 여왕도 마찬가지다. 반란자와 너나들이했던 귀족 청년을 벌할 것인가 용서할 것인가. 일벌백계로 다스리고자 작정했건만, 여왕은 용서를 택한다. '정의가 아니라 자비'를 구하는 주인공 약혼녀의 간원에 귀 기울여 '죄인'의 역지사지 사정을 들어준 결과다.

그들은 모두 갈림길에 서 있다. 때로는 생과 사의 갈림길이기도 하지만, 결국은 어떤 인간으로 남을 것인가의 갈림길이다. 황제가 되었건 참칭자가 되었건, 귀족 청년이건 농노 하인이건, 충직한 용기, 말과 행동의 일관성, 그리고 인간다운 도리를 원칙 삼을 때 그 사람은 명예롭고 숭고해진다. 반대로 사심과 질투, 복수심으로 매 순간을 저울질하며 잔인해지거나 비굴해지는 사람은 결국 명예를 잃고 졸렬해진다. 푸시킨의 역사관은 곧 인간관이다.

'명예'는 19세기 귀족 계층의 문화 코드였다. 그러나 진짜

명예가 무엇인지를 알아 삶의 원칙으로 삼는 일은 예나 지금
이나, 계층과 신분을 막론하고, 무척 어렵다. 그래서 푸시킨이
소설에 인용한 격언이 이것이다.

> 옷은 새것일 때부터 아끼고, 명예는 젊어서부터 지켜야
> 한다.

P.S.
푸시킨 문학이 가르치는 것은 관점과 사고의 균형감이다. 《대위의 딸》
에서는 '진짜 명예'의 문제를, 〈청동마상〉에서는 초인 표트르 대제와 작
은 인간 예브게니의 꿈(계획)이 각축하는 냉엄한 사회 현실을 일깨워준
다. 《보리스 고두노프》는 지도자와 정치꾼과 민중의 맹점을 한꺼번에
드러내 보인 정치권력 교본과도 같다. '국민의 눈높이'라는 한국 정치
권의 상투어를 접할 때마다 머리에 떠오르는 작품이다.

외투의 계절이 왔다. 요즘은 한국이 러시아보다 춥다는 얘기가 나온다. 최근 만난 페테르부르크인도 서울 겨울이 뼛속을 파고들어 더 매섭다 했다. '뼛속을 파고드는 추위.' 바람과 습기의 합성물인 이 추위가 서울에만 있는 것은 아니다. 파리, 런던, 베를린, 페테르부르크에도 있다. 보통은 이방인이 타향의 추위를 그렇게들 느끼고, 그래서 골병든다고들 말한다. 뼛속 깊은 추위란 다름 아닌 뼛속 깊은 외로움, 즉 상대적 소외감의 체감 온도다.

어떻든, 남극을 제외하고 세계에서 가장 추운 나라는 러시아다. 그러나 길거리가 얼어붙었지, 건물 벽은 두툼하고, 소비에트 정권이 정비해놓은 도시 난방 시스템은 견실하며, 에너지 공급도 문제없어 보인다. 무엇보다 사람들의 추위 적응력이 뛰어나서, 기름진 음식, 독한 술, 뜨거운 수프와 차, 털외투, 털모자로 무장한 러시아인들은 추위에 관한 한 무적의 용사 같다.

그곳에서 털외투는 실존의 필수품이다. 서구풍 패션 — 패딩, 인조 모피 유행 — 탓에 소비량이 대폭 줄었다지만, 겨울 러시아는 여전히 모피 전시장으로 돌변한다. 최고급 담비부터 여우, 토끼, 양, 멧돼지, 심지어 다람쥐까지, 경제력과 취향에 맞춰 다들 한 벌씩은 갖춘 듯하다. 그러니 제대로 된 털외투 없이는 물리적으로나 정서적으로 뼛속 깊이 추울 수밖에.

19세기 작가 고골의 단편 〈외투〉는 바로 그런 내용이다. 쥐꼬리만 한 급료로 생계를 꾸려가는 모든 소시민의 '강력한 적', 페테르부르크 겨울 이야기다. 관청에서 일하는 만년 9등관 관리가 새 외투를 마련한다. 너무 낡아 도저히 덧대 입을 수 없는 헌 외투 대신, 저녁까지 굶어가며 연봉의 3분의 1 넘는 돈을 일 년간 열심히 모은 끝에 새로 맞춘 옷이다. 자기 분수대로 고양이 털 깃을 달았지만, "멀리서 보면 담비로 보일 수 있을 것"같은 새 외투는 그의 생애 최고·최초 사치품이며, 그 이상의 것이기도 하다.

평소 그를 무시하고 핍박해온 동료들은 농담 삼아 착복식 파티를 열어준다. 기쁨에 들뜬 그는 아무도 자신을 거들떠보지 않는 모임에서 생전 처음 샴페인까지 두 잔 마시고, 밤늦게 귀가하면서는, 역시 생전 처음 아니었을까 싶은데, 갑자기 여자 뒤꽁무니를 쫓기도 한다. 그런데 그 귀갓길의 인적 없는 광장에서, 그 소중한 외투를, 그만 강탈당하고 만다.

뒷이야기는 슬프고도 환상적이다. 새 외투를 잃은 것만으로도 혼이 빠진데다기, 다음날 도움을 청하러 간 고위층 인사로부터 호된 모욕까지 당한 하급 관리는 완전히 정신을 잃고, 심한 고열과 헛소리 속에 숨을 거둔다. 그의 외투 털이 담비 아닌 고양이의 것이었듯, 관 또한 비싼 참나무가 아니라 싸구려 소나무로 짜진다. 이후 이상한 현상이 벌어지는데, 도시 각처에 유령이 출몰하여 "관등이고 계급이고 가리지 않고" 관리들 외투를 마구 낚아채는 것이다. 정체를 알 수 없는 유령은 고위층 인사의 외투까지 빼앗은 다음에야 서서히 자취를 감춘다.

도스토옙스키가 "가장 추상적이고 가장 인위적이고 가장 환상적"이라 평한 도시 페테르부르크 이야기다. 계몽 군주 표트르 대제가 늪지대에 세운 이 계획도시는 인간 의지로 자연을 제압해 창조해낸 위업이자, 러시아 제국의 탄생을 신호한 역사적 표적으로 기록된다. 그러나 농노와 죄수, 농민을 징집해 건설하는 과정에서 수십만 생명이 희생당했고, 그래서 '뼈 위에 세운 도시'로도 일컬어진다. 도시 외형은 물론 그 안의 인간 삶 역시 표트르 대제라는 한 위인의 구상과 비전에 따라 질서정연하게 구획되고 통제되었다.

자연과 인간, 영웅과 소시민, 제국과 개인 삶이라는 자명한 길항의 인류사를 가장 통렬히 비틀어 풍자한 작가가 고골이다. "고골은 사람들을 슬픔과 연민의 눈물 속에 웃게 만든다"고 푸시킨은 통찰했다. 문서 베껴 쓰는 일밖에 몰랐던 '작은 인간'의 부서진 꿈이 무척이나 가엾지만, 치질 환자의 얼굴색을 한 주인공 아카키 아카키예비치를 소개받는 순간 독자는 푸핫, 웃지 않을 수 없다.

유령의 등장이 괴괴하긴 해도, 근엄한 고관부터 말단직 관리까지 모두가 외투 없이 바들바들 떠는 — 그것도 관등 순으로 줄지어! — 광경을 상상해보라. 절로 폭소가 터져 나온다. 통쾌한 웃음이고 서글픈 웃음이다. 그리고 그 웃음 뒤편 어디에선가 고골의 마지막 호소가, 마치 환청처럼 들려오는 것이다. "나도 당신들의 형제요." 모두가 한 형제다. 부와 권세와 허영의 껍데기를 벗겨낸, 그것이 알몸의 목소리라 할 수 있겠다.

P.S.

불쌍한 관리의 새 외투를 누가 강탈했는지는 분명치 않다. 어디선가 갑자기 강도 같은 남자들이 나타났다고 적혀 있는데, 진짜 강도였을까, 유령이었을까, 아니면 다른 무엇이었을까? 페테르부르크의 강풍이었다고 생각한다. 새 외투로 들뜬 주인공이 생전 처음 술까지 걸쳐 알딸딸한 상태가 되었다. 그래서 외투 옷깃도 제대로 여미지 않은 채 걷고 있었을 테다. 그것을 바람이 낚아챈 거다. 어느 날 밤 페테르부르크 시내 광장에서 강풍을 뚫고 걷다가 깨달은 사실이다.

햄릿이냐
돈키호테냐

우디 앨런의 30년 전 영화 〈부부일기 Husbands and Wives〉가 떠
오른다. 남편과 헤어진 여자가 새 애인을 만나 침대에서 사랑
을 나누던 중 머릿속으로 두 남자를 여우와 고슴도치에 비교
하는 장면이다. 여자는 이어서 주변 친구들마저 두 유형으로
분류하기 시작하고, 그 바람에 사랑 자체는 시들해진다. 무
릇 모든 피조물이 ― 그들의 사랑 방식마저도 ― 여우와 고슴
도치로 나뉜다는 우디 앨런식 유머를 제대로 음미하려면, 고
대 그리스 시인 아르킬로코스의 다음 명제를 기억할 필요가
있다.

여우는 많은 것을 알고, 고슴도치는 큰 것 하나를 안다.

이 명제의 본질은 상반된 두 기질을 비교하는 것이지 어느 한 편의 우열을 가리는 데 있지 않다. 여우의 시야는 넓고, 고슴도치는 깊다. 여우는 유연하게 다양한 원리를 섭렵하고, 고슴도치는 완고하게 단일 원리를 고집한다. 여우는 밖으로 펼쳐진 온 세상이 자기 것인데, 고슴도치는 온 세계가 자기 안에 응축되었다.

러시아계 영국 학자 이사야 벌린은 톨스토이·셰익스피어·괴테·푸시킨 등을 여우 형으로, 단테·니체·헤겔·도스토옙스키 등을 고슴도치 형으로 분류했다. 지남철의 자성이 플러스-마이너스 양극으로 나뉘듯, 인간 기질도 상대적인 양극단 중 어느 한쪽에 좀 더 기울기 마련이다. 완벽한 중도는 없는 것 같다.

여우나 고슴도치나 외에도 톨스토이냐 도스토옙스키냐, 햄릿이냐 돈키호테냐 같은 기질 양분설이 있다. 이런 물음은 사유의 틀일 뿐, 요즘 유행하는 MBTI류의 성격 테스트가 아니다. 특정인을 대입해보며 지적 유희를 즐길 수야 있다. 그러나 대립 명제의 궁극적 기능은 서로 당기고 밀어내는 대등한 두 현상을 나침판 삼아 생각의 길이 열리도록 돕는 일이다.

20세기 초 혼란기의 러시아는 '톨스토이냐 도스토옙스키냐' 논쟁을 통해 미래의 향방을 모색하고자 했다. 결론적으로 말해, 톨스토이의 이교주의와 도스토옙스키의 정교주의, 톨스토이의 민중론적 아나키즘과 도스토옙스키의 일원론적 이상주의 사이에서 혁명 러시아의 선택은 전자였다. "인간 영혼은 톨스토이 쪽으로 기우는 타입과 도스토옙스키 쪽으로 기우는 타입의 두 유형이 있다"(베르댜예프)는 진단은 사회와 시대 흐름에도 엇비슷하게 적용된다.

'햄릿이냐 돈키호테냐' 논쟁 역시 사회적 상황이 반영된 질문이다. 투르게네프가 〈햄릿과 돈키호테〉라는 에세이를 쓴 1860년은 러시아의 농노해방을 한 해 앞둔 시점이자, 관념의 자유에서 행동의 자유로 넘어가던 과도기였다. 르네상스 후기의 두 걸작인 《햄릿》과 《돈키호테》가 거의 동시에 출간되었으며, 셰익스피어와 세르반테스가 정확히 같은 날 — 1616년 4월 23일 — 사망했다는 배경도 공교롭다.

햄릿과 돈키호테는 대척점에 선 인물이다. 덴마크 왕자 햄릿은 억울하게 죽은 선왕의 복수를 결심하지만, 선뜻 실행하지 못한다. 그러기에는 생각이 너무 많다. 시골 말단 귀족 돈키호테는 기사 소설에서 자극받은 상상력으로 말도 안 되는 모험을 전전하다 만신창이가 된다. 그의 행동은 생각을 앞서 있다.

햄릿은 우유부단하고 나약하며, 돈키호테는 엉뚱한 나머지 무모하다고 쉽게들 판정하는데, 막상 작품을 읽어보면 그들 성격이 그보다는 훨씬 복잡하고, 무엇보다 고결하다. 행동 방식은 서로 다를지언정, 자신이 설정한 도덕 기준과 신념에 충실하다는 점에서 서로 통한다. 둘 다 자기 소외적이지만, 세상으로부터의 소외가 그들에겐 더 없는 명예다. 위선에 찬 세상이 바로 그들의 적이기 때문이다.

목숨보다 소중한 가치를 품은 그들에게는 죽음이 두렵지 않다. 돈키호테의 묘비 문구—"그가 죽었음에도 죽음은 삶에 승리를 거두지 못했다"—대로, 죽음이 삶 앞에서 무력해지는 이유다.

햄릿은 사색하고, 돈키호테는 실행한다. 투르게네프는 모든 사람이 두 유형 중 하나에 속한다면서, 그러나 햄릿 형이 더 많다고 덧붙였다. 시대를 말해주는 흥미로운 진술이다. 학교에서 학생들과 두 유형을 얘기하다 자신이 어느 편에 속하는지 밝혀보자 했더니, 의외로 거의 반반의 결과가 나왔다. 이 또한 오늘 우리 시대에 대해 뭔가 시사하는 것일 수 있다.

투르게네프는 잉여인간의 시대를 살았다. 이상은 드높았으나 행동이 따르지 않던 시대다. 그래서인지 투르게네프의 글을 읽다 보면, 평생 돈키호테가 되고 싶었으나 되지 못해 좌절하는 햄릿의 고백을 엿듣는 느낌이다. 햄릿은 필경 돈키호테

고 싶었을 것이다. 셰익스피어 극에서 햄릿은 실제로 이렇게
말한다.

> 생각은, 곰곰 새길 경우, 일부만 현명하다.
>
> 그리고 언제나 4분지 3은 겁쟁이다.
>
> (...)
>
> 맞아, 위대하다는 것은
>
> 위대한 명분 없이는 움직이지 않는 게 아니라,
>
> 지푸라기 하나를 놓고도 위대하게 싸우는 거다, 명예가
>
> 걸려 있다면.
>
> —《햄릿》4막 4장

P.S.

'지푸라기 하나'에 무슨 대단한 명예라도 걸려 있는 양 열심히 싸워온 이들에게 바치는 글이다. 평생 지면서 살아왔다고 생각되는 ─ 착각하는 ─ 나 자신을 위한 변명일 수도 있다. 투르게네프는 햄릿 형 인물이 더 많다고 했는데, 왜 요즘 학생들의 자기 진단은 다른 것일까? 의외라고 생각되었다. 어쩌면 햄릿 형 우유부단함의 본질인 깊은 사고와 고뇌를 좋아하지 않기 때문인지도 모른다. 복잡한 것, 복잡한 삶 자체를 원치 않는 것이다.

138

백학의
노래

톨스토이의 《전쟁과 평화》가 워낙 긴 소설이다 보니 '전쟁'은 건너뛰고 '평화'만 읽는다는 농담도 있다. 하지만 전쟁 이야기가 의외로 재미있음을 실제 독자들은 잘 안다. 가령 주인공 안드레이 공작이 치명상을 입고 하늘을 바라보는 대목은 언제나 감동적이다. 뒤로 쓰러진 안드레이의 시야를 가득 채운 것은 직전의 전투 장면이 아닌 드높은 하늘이다. 무한한 하늘은 전쟁의 덧없음을 깨우쳐준다.

참으로 조용하고, 평온하고, 장엄하다... 우리가 뛰고 소리치고 싸우던 것과는 다르구나. 적의와 공포에 불타는 얼굴로 프랑스인과 포수가 서로 장전봉을 잡아당기던 것과는 전혀 다르구나. 저 높고 끝없는 하늘에서 구름은 전혀 다르게 흐르는구나. 전에는 왜 저 높은 하늘을 보지 못했을까?

톨스토이는 젊은 시절 캅카스와 크림 전쟁에 참전했던 경험을 토대로 많은 소설을 썼다. 작품 하나하나가 전쟁의 심리학 — 혹은 사회학 — 교본인 동시에 '삶이란 무엇인가'라는 대주제의 망원경이다. 크림의 세바스토폴 방어전을 기록한《세바스토폴 이야기》는 특히 오늘의 우크라이나 전쟁과 겹쳐져 의미심장하게 읽힌다.

러시아가 프랑스 - 영국 동맹군에 항전하다 퇴각하고 마는 뼈아픈 역사 현장에 스물여섯 살 청년 장교 톨스토이가 도착한다. 처음엔 영웅적 애국심으로 피가 끓지만, 고통과 죽음의 현장을 목도한 후에는 의문에 다다른다. 대체 무엇이 악의 표정이고 무엇이 선의 표정인가? 누가 악인이고 누가 영웅인가?

한편으론 이런 기발한 발상도 해본다. 교전 중인 양편의 병사 한 명씩만 남기고 다 돌려보내면 안 될까? 8만 대 8만 병력이 싸우는 것과 일대일 대표로 싸우는 것과 무엇이 다른가? 후자가 더 인도적이고, 따라서 더 합리적 아닌가?

톨스토이 말년의 반전론은 전쟁의 역설로부터 진화한 것이다. 진실은 우렁찬 군악대 연주, 위풍당당한 행진, 엄숙한 전사자 장례식, 십자가 훈장, 연금 따위의 껍데기 아래 깊숙이 감춰져 있다. 그것이 이른바 '불편한 진실'이다. 자신이 쓰고 있는 전쟁 이야기의 주인공은 '진실'이라고 대작가는 말했다.

벨라루스의 2015년 노벨상 수상 작가 스베틀라나 알렉시예비치가 《아연 소년들》이라는 전쟁 보도 소설에서도 인용한 말이다. 아프가니스탄 전쟁으로 죽어간 병사들 유족과, 죽음 문턱에서 살아 돌아온 병사들 자신의 목소리는 전승기념일 행사나 기념비, '불멸의 횃불' 등이 과시하는 위엄과 동떨어진 막장의 진실을 증언한다.

제목 '아연 소년들'에는 두 가지 뜻이 있다. 우선 전사자들이 아연으로 만든 관에 담겨 고향에 돌아왔고, 게다가 그들이 아직은 '소년'이었다는 말이다. 러시아 징병 제도에 따르면, 18~27세 남성은 1년간의 병역 의무를 지니며, 17세에 신체검사를 거쳐 18세부터 입영 통지를 받는다. 놀랍게도 2021년 징집 대상 1백2십만 명 중 최종 입대자는 20퍼센트 정도에 불과하다. 어느 한 해가 아니라 대체로 그렇다. 그만큼 면제받는 경우가 많고 ― 일례로 대학생 자동 면제 ―, 또 그만큼 빠져

나갈 구멍이 많다는 얘기다.

미안한 말이지만, '잘난' 청년들은 징집되지 않는다. 가난하고, 교육 수준 낮고, 신체적으로나 정신적으로 덜 건강한 변방 청년들이 군에 간다. 더 나은 미래가 없으면, 1년 의무 기간 이후에도 군에 남는다. 30년 전 아프가니스탄 전쟁 때 그러했듯, 우크라이나 전쟁의 전사자 상당수가 다게스탄, 부랴트, 칼미크 등의 소수 민족이거나 머나먼 시골 지방 출신인 것은 그 때문이다. 전쟁터의 하늘을 올려보며 그들은 무슨 생각을 했을까?

"우리는 그저 살고 싶었어요."《아연 소년들》에 나오는 한 징집병의 고백이다. 사실 톨스토이는 성숙한 귀족 장교의 내면을 보여주었을 뿐, 일반 병사가 하늘에 대고 무슨 생각을 했을지는 미처 그려내지 못했다. 그러나 알고 싶었을 것이다. 정말 그들은, 총알받이로 죽어가던 힘없는 '소년'들은, 마지막 순간 하늘에서 무엇을 보았을까?

다게스탄 출신 시인 라술 감자토프가 죽은 병사들을 생각하며 자신의 민족어로 쓴 전쟁시가 있다.

때때로 나는 생각한다.
피에 젖은 벌판에서
돌아오지 못한 병사들은

대지에 쓰러진 것이 아니라

하얀 학으로 모습을 바꾼 것이라고.

그들은 아직도 그곳을

날며 우리에게 말을 건넨다.

그래서 우리는 이토록 자주, 서글프게

하늘을 바라보며 말을 잊는 것이다…

이 시에 멜로디를 붙인 것이 바로 90년대 드라마《모래시계》 주제곡 〈백학Zhuravli〉이다. 오늘의 나를 만든 노래이기도 하다. 더없는 슬픔과 아픔이 나를 러시아문학의 세계로 인도했다.

P.S.

아버지가 외국 출장 때면 사오시던 음반 덕분에 코사크족 합창, 붉은 군대 합창, 볼쇼이 합창 등을 일찍부터 접할 수 있었다. 우리는 '백학'이라고 쓰지만, 원래 제목은 '학'이다. '鶴'이라는 한자 제목의 일본 카세트테이프는 망가질 정도로 많이 들었다. 볼쇼이 합창단이 무반주로 부르는 장엄한 멜로디도 좋았지만, 아버지가 일본어에서 천천히 옮겨주시던 그 가사는 특히나 인상적이었다. 10년도 더 지난 후 드라마 주제곡으로 유행하길래 얼마나 놀랐는지…

우크라이나의
검은 튤립

러시아 가수 알렉산드르 로젠바움 노래 중에 〈검은 튤립〉이 있
다. 아프가니스탄 전쟁에서 죽은 젊은 병사들을 애도하는 곡
으로, 이 곡이 나오면 청중은 일제히 기립한다.

> 검은 튤립에 올라타
> 보드카 한 잔 따라 붓고, 말없이 대지 위를 난다.
> 슬픔에 젖은 새 한 마리, 국경 넘어
> 러시아의 마른 번갯불 향해 형제들을 품고 간다...

검은 튤립은 소련이 사용한 군용 수송기 별칭이다. 아프가니스탄에 갈 때는 살아 있는 병사들을, 소련에 돌아올 때는 죽은 병사들의 관을 운송했다. 10년 동안 검은 튤립이 실어 나른 전사자가 1만5천 명이다.

러시아 - 우크라이나 전쟁 발발 한 달 후인 2024년 3월 중순에만도 러시아군 7천 명 — 우크라이나 측에 의하면 1만4천 명 —, 우크라이나 군인·민간인 2천2백 명의 사상자가 발생했다. 현재도 진행 중인 이 상황이 30년 전 아프가니스탄 전쟁과 겹쳐지는 이유는 두 경우 모두 궁극적으로 미(서방) - 소(러시아) 냉전 체제의 대립 양상을 보여주기 때문이다.

아프가니스탄 전쟁이 친소 공산 정권과 친미 반군의 충돌이었다면, 우크라이나 전쟁은 친미(반러) 정권과 친러 반군의 내전 끝에 발발했다. 무력으로 국경을 넘은 쪽은 소련-러시아건만, 정작 그들은 '군사개입원조'(아프가니스탄) 또는 '특수군사작전'(우크라이나)이란 표현을 사용하며 침공 사실을 부인한다.

아프가니스탄 때는 미국과 유엔이 소련에 대한 각종 경제·정치 보복 조치를 취했으며, 이번에도 미국과 서유럽 국가가 중심이 되어 러시아에 초강경 경제 제재를 가한 상태다. 아프가니스탄 전쟁은 종종 소련 붕괴의 직접적 원인으로 손꼽혀왔다. 우크라이나 전쟁 또한 대내외적으로 뚜렷한 변화를 불러

올 것이다.

공통점은 거기까지가 아닐까 싶다. 사실 이번 문제의 핵심은 국제 관계와 지정학에 뒤얽힌, 아니 그 지형의 심장부를 꽉 옭아매고 놓아주지 않는 역사·문화적 뿌리 의식에 있다. 객관적으로 정확한 판단이나 주장을 하기엔 너무 복잡하고 고통스러운 사건이다. 신제국주의와 비민주성의 혐의에도 불구하고 푸틴이 '민족 해방'을 부르짖으며 형제 나라에 진군하고, 또 적지 않은 국민이 '조국'과 '어머니-러시아'의 이름으로 응집할 수 있는 것은 '하나의 민족, 하나의 역사'라는 국가 신념 — 조작이건 사실이건 — 때문이다.

우크라이나와 서방은 푸틴의 러시아를 나치로 규탄한다. 한편 러시아는 반대편을 네오-나치로 지목해왔다. 그것을 푸틴의 오래된 획책으로 보는 것이 미국 쪽 입장이고, 푸틴은 역으로 미국의 위선적인 제국주의 야심에 공격을 퍼붓는다. 푸틴은 '푸틀러(푸틴+히틀러)'가, 워싱턴은 '파싱턴(파시스트+워싱턴)'이 되었다.

우크라이나 사태는 21세기 냉전 선포나 다름없다. 그것이 관 주도 민족주의 이름으로 자행되고 있다. 러시아와 우크라이나는 9세기 말에 제창된 키릴 문자(러시아 알파벳), 10세기 말 도입된 기독교(정교), 중세기 240년간의 몽골-타타르족 지배를 공유한 슬라브 문화 공동체다. 키이우(키예프)의 드니프로(드네프르) 강을 중심으로 형성된 '키예프 공국(루시)'은 러시아 역사의 뿌리에 해당한다.

그래서 19세기의 우크라이나 출신 소설가 니콜라이 고골은 "내 영혼이 우크라이나와 러시아 중 어디에 속하는지 나 자신도 모르겠다"고 말한 것이다. 우크라이나 카자크인의 용맹을 찬미한 소설 《타라스 불바》에서도 고골은 "옛 슬라브인의 영혼", "우리 러시아 땅", 이교도 외적에 굴하지 않는 "러시아의 힘차고 광대한 국민성"을 줄곧 강조했다. 러시아와 우크라이나의 개별성은 오직 하나로 합쳐 인류의 완벽함을 이루기 위해 존재하는 것이라고도 보았다. 이것이 러시아 제국 시대의 낭만적 민족주의다. 푸틴의 러시아가 포기하지 않는 역사적 정체성의 본질이기도 하다.

무엇이 민족과 민족 사이를 획정하는가? 언어, 종교, 혈통, 역사, 이념의 동시성인가? 정치사학자 베네딕트 앤더슨은 근대 개념으로서의 '민족nation'을 가리켜 '상상의 공동체'라 이름 붙였다. '민족'은 제국의 이익을 위해 언제든 "조립되고 이전될 수 있는 정치 공동체"라는 말이다.

지금 우크라이나에서 벌어지고 있는 일은 양방 간의 동족 살인에 가깝다. 그런 상황에서는 멀고 먼 과거의 역사나 피가 아니라, 당장 눈앞에서 벌어지는 참상이 자기 방어적 공격성의 벽 — 민족주의 — 을 구축한다. 푸틴이 주장해온 명분, 곧 "러시아인과 우크라이나인의 단일성"은 침공하는 순간 허상으로 증명되었다. 푸틴은, 자신의 원래 의도와는 정반대로, 오히려 우크라이나 분리주의를 승인해준 꼴이 되었다. 푸틴이 둔 패착이다. 그러나 동시에 푸틴 혼자만의 책임으로는 볼 수 없는, 정치권력이란 괴물의 광폭한 소용돌이다.

P.S.

러시아 - 우크라이나 전쟁의 근원을 객관적으로 따져보고 싶어 쓴 글인데, 한국 사회에서 러시아를 바라보는 눈은 냉혹했고, 일반 독자층의 반응 역시 혹독했다. 전쟁 발발 후 우크라이나 정부는 'Kiev'로 통용되던 로마자 표기를 'Kyiv'로 수정했다. '키예프'가 아니라 '크이예프'로 발음하는 것이 우크라이나어에 더 가깝다는 것이다. 그런데 우리 언론에는 '키이우'가 등장했다. 우크라이나인 그 누구도 '키이우'라 발음하지 않는다. '키이우'는 어디서 온 것일까?

러시안
쿠킹
클래스

소비에트 시절에는 레스토랑을 찾아보기 어려웠다. 어쩌다 보이는 것이 단체 급식 성격의 식당뿐이고, 식료품점 진열대는 텅 비어 있기 일쑤였으며, 빵·설탕·차 등은 배급제였다. 감자·오이·토마토·비트 같은 채소는 '다차'라고 불리는 전원 텃밭에서 대부분 직접 길러 먹었고, 숲에서 버섯과 과일 열매를 채집해 저장하는 일은 매우 중요한 연중행사였다. 기본적으로 자급자족 방식이었다고 보면 된다.

그러나 소련은 고도로 계층화된 사회여서, 상층부 삶은 달랐다. 고려인 유력 인사가 내 기숙사 방으로 코카콜라 한 박스를 턱 가져다놓고, 큰 병 가득 캐비어를 선물해와 주변 사람 모두 놀란 적이 있다. 한국 귀빈을 초대한 식사 자리에 따라갔더니만, 꿈에도 생각지 못한 곳에 숨어 있던 비밀 클럽이 나타나 깜짝 놀라고, 테이블마다 놓인 코카콜라 깡통에 다시 한 번 놀란 적도 있다. 당시 코카콜라는 일반인은 한 번도 본 적 없는 전설의 음료였다. 정부가 독점한 그런 희귀 품목이 정상 유통망이 아닌 권력과 연줄을 통해, 그리고 블랙마켓을 통해 비정상적으로 분배되었다.

레스토랑이 없었을 때, 사람들은 서로를 집으로 초대했다. 초대받은 사람도 으레 나눠 먹을 것을 챙겨 들고 갔다. 지도교수가 소개한 미술사학자 집을 방문했더니, 내게 달걀 두 알로 뭔가를 요리해주면서 "이것이 무에서 유를 창조한다는 것"이라고 자랑스러워했다. 실제로 시인 오시프 만델슈탐의 미망인이 쓴 1930년대 회고록을 보면, 친구 — 여류 시인 아흐마토바 — 가 찾아왔는데 집안에 먹을 것이 없어 이웃을 전전하며 달걀 하나 달랑 얻어오는 장면이 있다. 달걀 한 알을 4명이 어떻게 나누어 먹었을까?

그들이 좁은 부엌 테이블에 모여 앉아 끝없이 나누었던 것은 사실 음식이 아니라 '우리 편끼리'라는 끈끈한 연대 의식이었다. 뜨거운 차만 있으면 됐다. 규율과 감시와 처벌의 '속삭이는 사회'에서 부엌 식탁만큼은 소리 내 떠들 수 있는 장소였고, 물론 그래서 스탈린 시대에는 그곳이 도청과 밀고의 근원지이기도 했다.

러시아인의 따뜻한 식탁에는 검은 빵, 보르시(borshch, 비트 수프), 오이와 토마토를 섞은 심플 샐러드, 커틀릿 같은 메인 요리, 검은 차가 기본이다. 좀 더 풍성하려면 절인 오이와 버섯, 러시아식 팬케이크 블린, 그리고 사워크림 비슷한 유제품 스메타나가 필요하다. 술은 필수다. 블린에 연어알을 곁들이면 식탁의 품격이 급상승하고, 거기에 혹시 '소비에트 샴페인'이라는 러시아산 샴페인 병이라도 올라오면, 즉각 부르주아 사교 테이블로 돌변한다.

핵심은 흑빵과 수프와 차. 보르시라는 러시안 수프는 양파와 비트, 감자, 양배추 등을 썰어 볶다가 물 부어 끓이는 것이다. 비트에서 빨간 물이 나와 진분홍색 수프가 된다. 입맛에 따라 고기를 넣어 끓이기도 하고, 식초를 좀 섞기도 하는데, 우크라이나식 보르시는 고기와 지방을 넣어 기름기도 많고 걸쭉하다. 한 끼 식사로 충분하다. 그런데 러시아와 우크라이나가 저리 전쟁통이니, 이제는 사이좋던 러시아-우크라이나식 보르시도 갈라서게 생겼다. 이 수프에 반드시 들어가야 하는 것이 스메타나와 딜dill이라는 허브. 풍미가 달라진다. 러시아인의 주식인 삶은 감자도 딜을 넣으면 맛이 근사해진다. 자, 프리야트노보 아페티타(맛있게 잡수세요)!

무엇을 넣고 끓이건, 수프는 중요한 음식이다. 한국과 러시아 민족 사이에 각별한 인간적 친연성이 느껴진다면, 그것은 국물에 대한 향수를 공유하기 때문 아닐까 싶다. 술을 부르는 국물이고, 허기와 쓸쓸함을 잠재우는 국물이며, 한 솥 가득 끓여 두고두고 나눠 먹는 형제애의 국물이다. 말 안 해도 통하는 공생의 양식이다.

근래 실시한 한국인의 국가별 호감도 조사에서 러시아는 20개 국가 중 18위로 하락했다. 중국, 북한보다도 낮다. 푸틴의 우크라이나 침공과 그로 인한 국제 정세적 불안감 때문일 것이다. 뜨거운 국물과 술과 노래를 좋아하는 두 민족 사이에 러시아-우크라이나식 보르시의 틈새가 벌어지고 있다. 국가와 국민, 정치 외교와 문화는 별개 문제다. 그런데 신냉전 분위기에서 문화적이고 정서적인 러시아 사랑Russophilia은 그만 정치적이고 이념적인 러시아 공포증Russophobia의 포로가 되어버렸다. 마치 소비에트 시절로 회귀하고 있는 듯하다.

P.S.

러시아 음식과 러시아 차를 러시아 식기에 담아 가까운 이들에게 대접하는 것이 나의 꿈이다. 러시아 음식 문화 체험 클래스도 열고 싶다. 오래전 주한러시아대사관에 초대받아 갔는데, 그곳에 흐루쇼프라는 이름의 러시아인 요리사가 있었다. 한국인을 위한 쿠킹 클래스를 열어줄 수 있냐고 물었더니 '기꺼이!с удовольствием!'라고 답했었다. 학교에서 은퇴 후 여유가 생기면 그렇게 해보려 한다.

백만 송이 백만 송이
꽃은 피고

미워하는 미워하는 미워하는 마음 없이
아낌없이 아낌없이 사랑을 주기만 할 때
수백만 송이 백만 송이 백만 송이 꽃은 피고
그립고 아름다운 내 별나라로 갈 수 있다네.

심수봉의 〈백만 송이 장미〉는 번안곡이다. 러시아 가수 알라 푸가쵸바의 1980년대 소련 최고 인기곡 〈백만 송이 붉은 장미〉가 원작으로, 가사에 얽힌 실제 이야기는 이렇다.
니코 피로스마니라는 그루지아 시골 화가가 순회공연 온

프랑스 여배우와 사랑에 빠졌다. 도도한 그녀의 마음을 얻기 위해 가난한 화가는 자기가 가진 전부 — 집까지 — 를 팔아 그녀가 묵고 있던 호텔 앞 광장을 하룻밤 새 '꽃의 바다'로 만들어버렸다. 아침에 일어나 꿈같은 광경을 본 여배우가 단 한 번의 열정적 키스를 선사한 후 밤기차로 떠나버렸다는 설도 있고, 화가 자신이 꽃만 가득 쌓아놓고 사라져버렸다는 설도 있다.

그녀를 향한 그리움은 대표작 〈여배우 마르가리타〉로 남았다. 물감이 없어 제대로 색도 입히지 못한 원시주의 풍 그림이다. 살아생전 줄곧 가난했던 무명의 피로스마니는 사후에야 유명해져 1968년에 루브르에서 회고전이 열렸는데, 그때 80 넘은 마르가리타가 자신의 초상화 앞에 나타나 눈물 흘렸다는, 전설 같은 이야기도 전해진다.

만남은 짧았고
밤기차는 그녀를 데려갔다네.
그러나 그녀의 삶에는
격렬한 장미의 노래가 있었다네.

화가는 홀로 남아

많은 불행을 견뎌냈다네.

그러나 그의 삶에는

장미로 가득 찬 광장이 있었다네.

러시아어 가사는 시인 안드레이 보즈네센스키가 썼다. 우리말 가사는 심수봉이 썼다. 원곡 가사가 한국 정서와 맞지 않아 고민하던 끝에 '아가페적 사랑'을 찾았다 했다. 그녀 노래에서 꽃은 아낌없는 사랑의 은유이자, 해탈의 기호다. 백만 송이 꽃이 피어나는 날, '나'는 마침내 별나라로 돌아가게 될 것이다. 한국 정서의 '꽃 = 사랑'에는 장기적이고 분명한 목적이 있다. 그 면에서 실용적이다.

러시아말 노래에는 그런 목적성이 없다. 가난한 예술가가 모든 것 바쳐 꽃을 샀다. 내일이면 시들고 말 꽃을 사서, 삶의 아주 짧은 한순간을 꽃으로 뒤바꿔놓았다. 그뿐이다. 사랑을 정복할 생각도 없었고, 집 없는 빈털터리가 된다는 계산도 하지 않았다. 러시아 노래 〈백만 송이 붉은 장미〉는 무모함의 찬가다. 순간이 곧 영원이라는 사고의 대전환이다. 그 점에서 우리말 노래와 정반대다.

러시아 정서는 극과 극을 넘나든다. 중용이나 황금률보다 양극단의 모순이 더 자연스러우며, '전부 아니면 전무all or nothing'의 자기 파괴적 과감함도 낯설지 않다. 이게 다 도스토 엡스키로 인해 생긴 선입견일 수 있겠는데,《카라마조프 형제 들》중 '열렬한 마음의 고백'에는 인간이 소돔과 마돈나, 즉 추 함과 아름다움 사이에 걸쳐진 너무도 광대한 존재라서 차라리 좁히고 싶다는 말이 나온다. "소돔에도 아름다움이 있는가?" 도스토엡스키의 핵심 질문이다.

피로스마니의 무모함이 러시아 정서에는 별 무리 없이 용 인된다. 그 정서는 도스토엡스키가 말한 어둠 속의 빛, 궁핍과 저열과 굴욕 속 아름다움에 대한 절대 의식으로 무장되어 있 다. 무의식에 자리 잡은 종교 — 러시아 정교 — 적 영향도 분 명 있을 터, 단 한순간의 구원을 위해 영원마저 포기하겠다는 태세로 일상의 아름다움에 집착한다.

뒤집어 보면, 일상이 그만큼 아름답지 않다는 말이다. 러시 아인의 광적인 꽃 사랑은 현실에 대한 역설이다. 독재자가 된 푸틴 손에도, 전투복 입은 군인 손에도, 폐허 속 학교 가는 우 크라이나 학생 손에도 꽃다발은 어김없이 들려 있다. 그것이 '소돔에도 아름다움이 있다'고 한 도스토엡스키식 러시아 전 통이다. 러시아에는 지하철역마다 꽃가게가 있고, 심지어 24시 간 꽃 키오스크도 있다. 봄·여름철이면 수줍은 미소 띤 할머 니들이 작고 소박한 들꽃 부케를 만들어와 도시인에게 판다.

도스토옙스키 문단 데뷔작 《가난한 사람들》의 주인공 하급 관리는 찢어지게 가난한 가운데도 사랑하는 먼 친척 처녀를 위해 꽃 선물 공세를 한다. 봉선화 화분, 제라늄 화분, 게다가 분에 넘치는 장미까지. 주인공 처녀는 비싼 꽃은 왜 사냐면서도 기뻐 말한다. "내 방이 낙원 같아졌어요!" 가난한 사람들의 슬픈 이야기 안에서 꽃은 지상낙원의 꿈을 상기시킨다.

한국 정서 얘기로 다시 돌아와, 김동인이 재미있는 말을 했다. "역사적으로 많은 학대와 냉시 앞에 고통을 겪어온 조선 사람은 (…) 모든 탓을 팔자라 하는 무형물에게 넘겨버리고 명일明日의 조반을 준비한다." 언젠가 글에 인용했더니, 러시아인이 흥미로워한 대목이다. 삶의 고통 속에서 러시아인은 꽃을 사고, 한국인은 내일의 아침밥을 짓는다.

P.S.

고통의 극한에 다다랐을 때, 나는 꽃을 살 것인가 내일의 아침밥을 지을 것인가? 언젠가, 세상이 끝날 것 같은 경지의 감정을 분출한 후, 나는 곧바로 돌아서 저녁밥을 짓고 생선을 구웠다. 그 모습을 목격한 옆 사람이 반가움의 웃음과 비웃음 사이의 묘한 표정을 지었다. 그렇다, 나는 한국인이다. 머리로는 꽃을 사리라 생각하면서도, 실제로는 당장 먹을 양식을 마련한다.

사적인
삶에 대한
예의

이야기는 백 년 전 모스크바로 거슬러 오른다. 10월 혁명이 성공하자 서구의 진보 지식인들은 앞다퉈 소련을 찾았다. 그중 한 명이 독일의 발터 벤야민이다. 상류 계급 출신이지만 자본주의를 혐오하고, 마르크스 유물론을 추종하면서도 공산당과 거리를 두었던 이 유대계 저술가에게는 '좌파 아웃사이더' 혹은 '탈영한 부르주아지' 칭호가 따라다닌다.

그는 1926년에서 1927년으로 이어지는 겨울 두 달을 모스크바에서 지냈다. 라트비아 출신의 지적이고 아름다운 맹렬 공산당원을 사랑했는데, 요양소에 입원 중인 그녀에겐 또 다른 남자 — 벤야민의 친구 — 와 아이가 있었다.

베를린에서 온, 게다가 사랑에 허기진 서른네 살의 남자에게 모스크바는 우호적이지 않았다. 레닌이 신경제정책NEP으로 개인의 시장경제 활동을 허용하자 물가가 치솟고 신흥 부르주아 계층이 나타났다. 노점상은 기독교 성화와 레닌의 초상화를 같이 팔았다. 구걸하는 사람은 많은데 적선하는 사람은 없었다. "가난에 찌들어 신음하는 이 도시에 병난 입속의 치석처럼 사치가 쌓여간다"고 벤야민은《모스크바 일기》에 적고 있다.

과도기의 대도시는 피곤하고 혼란스럽다. 벤야민은 연인의 숙소를 오가고, 그녀에게 선물할 옷감과 과자와 케이크를 사고, 장난감(!)을 수집하고, 알아듣지 못할 연극·영화를 구경한다. 박물관을 드나들며, 집필과 번역도 이어간다. 언어가 안 통하는 곳에서 평균 영하 32.5도의 추위를 뚫고 다니느라 기진맥진하기 일쑤다.

그러나 벤야민을 지치게 한 진짜 이유는 "그토록 오랜 시선과 긴 키스를 허락했던 여자"와 단둘의 시간을 갖지 못한 좌절감 아니었을까 싶다. 남자는 호텔, 여자는 요양소에서 각각 지내는데, 거기엔 거의 항상 룸메이트와 방문객이 있다. 둘은 노상 다툰다. 그렇다, 사적 시공간의 결핍은 짜증 나는 일이다.

"볼셰비즘은 사적인 삶을 폐지했다." 벤야민이 한 말이다.

소련의 대도시에서는 대부분 공동주택(코뮤날카), 기숙사, 막사 같은 공유 주거 생활을 했다. 파리의 저녁이 "사적인 것의 광채"로 빛날 때, 모스크바는 공동주택 방방의 불빛으로 특별한 야경 효과를 만들어냈다. 국가라는 큰 가족의 구성원인 소비에트 시민은 안락한 집 대신 공공 사무실과 회관과 거리에서 사적인 용무를 해결했다. 실제로 스탈린 시대 예술 작품에는 집안의 사적이고 은밀한 장면이 등장하지 않는다.

사적 시공간의 폐지는 개인성의 문제와 맞닿아 있다. 레닌·스탈린 시대에 자리 잡은 집단 공동체 문화는 전체의 이익과 질서에 종속된 소비에트형 인간을 완성했다. "프롤레타리아가 지배하는 국가에서 코뮤니스트가 된다는 것"은 개인의 독립성을 완전히 포기한다는 의미임을 벤야민은 잘 알았다. 시민들은 사적인 의견을 공적으로 개진하지 않는다는 점도 꿰뚫어 보았다. 그렇다고 해서 프롤레타리아 혁명이 틀렸다는 결론을 내린 것이 아니라, 다만 사회주의 정치 실험의 대가가 그렇다는 사실을 냉철히 직시했다.

소련을 방문했던 좌파 지식인 중에는 이후 전향하는 사람들이 꽤 있다. 그들이 비판한 소련 사회의 가장 큰 문제점이 개인성의 말살이다. 그러나 발터 벤야민의 경우는 전향, 비전향으로 특정 짓기가 힘들다. 그러기에는 그의 지적 프라이버시가 너무 공고하다. 모스크바의 연인이 공산당에 가입하라고 종용해도 그는 입당하지 않았다. 사상적으로 급진화할수록 조직된 이념이나 운동에는 선을 그었다. 한편, 부르주아지에도 끝내 투항하지 않았다.

프롤레타리아 정신이 사적인 삶을 공식적으로 추방했다면, 부르주아 정신은 비공식적으로 그것을 위협하고 규제해왔다. 복제되는 욕망, 소심한 순응주의, 취향과 견해의 평준화, 염탐과 은닉의 줄다리기 같은 부르주아 사회 면면에 사적인 삶을 향한 예의는 보이지 않는다. 벤야민에 따르면, 프티부르주아의 획일화된 공간에서는 어떤 인간적인 것도 자라나지 못하게 되어 있다. 벤야민의 행보에서 나는 한 외골수 자유 시민의 고집과 고독을 본다.

연인과 작별한 후 큰 가방을 무릎에 올려놓은 채 울며 떠나가는 장면으로 《모스크바 일기》는 끝난다. 가방 안에는 정신의 분신인 원고 외에도 각종 장난감이 들어 있다. 혹한과 좌절에 맞서 두 달간 투쟁하듯 수집한 종이·나무 수공예품들이다. 대량 생산품이 아니다. 하나하나 손으로 만들어진, 제각각의 고유성을 지녔으나 부서지기 쉬운 소우주들. 벤야민에게는 어쩌면 온전한 프라이버시의 상징체였을 그 작은 장난감들에 내 마음의 눈길이 간다.

P.S.

부르주아 상류층 출신 유대계 독일인이라는 벤야민의 정체적 복합성
은 현대 문명, 자본주의, 마르크스주의 모두에 거리를 둔 채 홀로 떠돌
던 그의 고독한 여정에 그대로 반영되어 있다. 그 옛날 내 대학원 시절
친구들 사이에서는 그가 스페인 국경 앞에서 자살한 진짜 이유가 오랜
기간 목숨처럼 끼고 다닌 연구 노트를 잃어버렸기 때문이라는 설이 있
었다. 모두 논문 준비에 지쳐 안달하던 학생들인지라, 쉽게들 공감했던
것 같다.

어떤
죽음을
원하십니까?

결실과 소멸의 교차로인 늦가을, 죽음을 생각한다. "철학을 한다는 건 죽는 법을 배우는 일이다"라는 명언의 주인공 몽테뉴는 살면서 늘 죽음에 관해 생각하라고 했다. 그렇게 하면 낯설기만 한 죽음의 공포감도 잠재워질 것으로 보았다.

그런데 아이러니가, 철학적 사유는 문제 해결에 별 도움이 안 되었고, 아무 두려움 없이 담담하게 잘 죽는 사람은 정작 생각하지 않는 이들 ― 가령 농부들 ― 이었다. 그들은 가까운 이의 죽음을 두려워할망정 본인 죽음은 걱정하지 않았으며, 죽음 자체보다는 사후 처리 문제 ― 신부의 기도, 관, 무덤의

십자가 등 — 를 염려했다.

16세기 프랑스 시골 농부를 통해 몽테뉴가 깨달은 바, 죽음의 공포를 물리치는 진짜 힘은 깊은 사색이나 용기가 아니었다. 자연의 흐름에 따라 꿋꿋하게 수용하며 살 줄 아는 사람은 그렇게 죽을 줄도 아는 것이었으니, 그저 삶의 방식 그대로가 곧 죽음의 방식이었다.

그래서 우리의 사색가는 평소 살아온 대로, 은둔과 고립 속에 침착하고 고요하고 외로운 죽음을 맞고자 작정한 후, 20년간 머물던 탑 꼭대기에서 미사곡을 들으며 최후를 맞이했다. 편도선염으로 말을 못 했던 덕에 그의 고독은 끝내 온전할 수 있었다.

죽음은 일생일대의 실종 사건이다. '나'라는 알맹이-의식이 온데간데없어지고, 물증으로 남은 껍데기-육체는 알아볼 길 없는 변화를 일으킨다. 무척이나 낯설고 두려운 일이라서, 문명사회는 일찍부터 죽음을 평온하고, 신비롭고, 장엄한 사건으로 '길들여'왔다. '영원한 안식', '달콤한 잠', '천사의 모습' 같은 은유적 표현은 모두 낭만주의 시대가 상투화한 '아름다운 죽음'의 잔재들이며, 오늘날 부음 기사에 흔히 등장하는, '사랑하는 가족이 지켜보는 가운데 평온하게 눈을 감았다' 식의 표준 문장도 마찬가지다.

그러나 위대한 작가의 시선은 상투성 너머를 향하는 법이어서, 죽음을 다시금 낯설게 한다. 작품 안에서뿐 아니라, 실제 삶에서도 그렇게들 한다. 대표적인 예가 독일 요양지에서 폐결핵으로 죽어간 체호프. 작가이자 의사였던 그는 "나는 죽는다Ich sterbe"라고 독일 의사에게 말한 다음, 산소통 대신 샴페인을 주문해 한 잔 천천히 비우고는 침대에 몸 눕혀 영면했다. 마치 연극 장면처럼 생의 막을 내렸다.

그런가 하면, 일생 병적일 정도로 죽음의 화두에 매달렸던 톨스토이는 마지막 순간까지 집요했다. 당시에는 최후의 고통을 줄이기 위해 모르핀을 처방하는 것이 상류층 관례였으나, 그것도 거부한 채 죽음의 실체에 집중했다. 시골 역에서 폐렴으로 죽어가던 일주일 동안 띄엄띄엄 남긴 말 중에 이런 게 있다. "신은 무한한 전체이고, 인간은 자신이 그 전체의 유한한 일부임을 안다. 인간은 시간과 공간과 물체로써 드러난 신의 모습이다." 또 이런 말도 했다. "그러나 농부들... 농부들은 어떻게 죽는가?"

여기서 '농부'란 문명사회의 허위와 탐욕에 물들지 않은 하층민을 의미한다. 자연 이외에는 아무 혜택도 누리지 못했던 탓에 오히려 진리와 가까울 수 있었던 그들을 톨스토이는 이상화했다. 그의 작품 안에서 농부, 농노, 하인, 떠돌이 부랑자 등 가난하고 힘없는 사람들은 죽음을 두려워하거나 불평하지 않는다. 극심한 고통에도 불구하고, 죽음은 마땅한 일이며, 마지막엔 용서를 빌어야 한다는 원칙이 체질화되어 있다.

흥미로운 점이, 가난한 농부도 자신의 사후 처리만큼은 신경을 썼다. 죽음을 기다리는 동안 주고받을 것을 정확히 계산하고, 소지품을 나눠주고, 장례식 비용을 준비하고, 종부성사 때 사제에게 줄 헌금도 마련해놓고, 정 가진 것이 없을 땐 장화를 벗어주면서라도 나중에 묘석을 세워 달라 부탁했다. 그것이 평생의 고단한 삶에 대해 그들이 보여준 마지막 — 어쩌면 최초의 — 예의였다. 러시아문학에는 죽음의 존엄을 기리는 장면이 많다.

물론 아무 의식 없이도 존엄하게 죽어가는 것은 자연이다. 톨스토이는 귀족 부인과 늙은 마부와 우람한 나무의 죽음을 대조하는 〈세 죽음〉이란 단편을 썼다. 죽지 않으려 발버둥 치던 귀족도 죽고, 병든 마부도 외롭게 죽고, 그 마부의 초라한 비석이 돼주기 위해 한 그루 나무도 죽는다.

그런데 나무가 쓰러지자, 작은 새가 날개를 파닥이며 하늘 높이 날아오르고, 주변의 다른 나무들은 “새로 생긴 넓은 공간”에서 더없이 기뻐한다. 아침 햇살은 밝고, 새들은 행복하며, 숲은 평온하다. 살아 있는 나무들은 “죽어 땅바닥에 누워 있는 나무를 굽어보면서 천천히, 그리고 장엄하게 몸을 흔들었다"고 되어 있다. 이것이 자연의 추도식이다.

톨스토이 영지였던 야스나야 폴랴나 한적한 숲길에 작가의 무덤이 있다. 아무런 표식 없는 직사각형 흙무덤인데, 그곳에 봄여름이면 풀이, 가을이면 낙엽이, 겨울이면 눈이 쌓인다.

P.S.

나 자신이 나이 들어가고, 특히 연로한 부모님도 곁에 계시고 하니, 많은 생각이 죽음을 향해 기운다. 투르게네프의 《사냥꾼의 일기》에 〈죽음〉이라는 단편이 있다. 농부, 가난한 가정교사, 평범한 노파 모두 가엾지만 당당하게 죽는데, 그 원칙은 하나, 마지막 순간까지 살아 있는 자의 도리를 다하며 남은 사람을 생각한다는 것이다. "러시아인이 죽는 방식은 대부분 훌륭하다. (…) 그렇다, 러시아인은 멋지게 죽는다"라고 투르게네프는 썼다. 정말 훌륭한 작품이다.

침묵이
말한다

여럿이 수다 떨다 대화가 끊겨 어색해지면, 러시아인은 '고요 천사 날아갔다'고 한다. 가령 체호프 드라마 속 등장인물이 썰렁한 얘기를 던져 좌중 모두 말을 멈췄을 때, 잠시 후 누군가 "고요 천사 날아갔군" 하는 식이다. 그렇게 해서 다시 대화의 숨통이 트인다. 이때 침묵은 소통을 향한 징검다리다.

19세기 시인 튜체프가 〈침묵Silentium〉이란 유명한 시에서 "말해진 생각은 거짓"이라고 썼다. 말해진 생각은 거짓이라는 그 생각을 또 말할 수밖에 없는 자가당착이 좀 우습긴 하나, 이 철학적 시인은 설명한다. "마음이 어찌 말을 하겠는가?/ 남이

나를 어찌 이해하겠는가?/ 내가 왜 사는지 남이 어찌 알겠는가?” 언어는 무력하기 그지없다. ‘말 안 하느니만 못하다’는 표현이 태어난 배경일 테다.

마음과 생각의 전달체로서 언어가 무력한 이유는 우선 틀 밖의 무형·무한 세계를 언어라는 틀 안에 가두려 하기 때문이다. 그건 본질적으로 무모한 일이어서, 아무리 말해도 명쾌하지 않고 오히려 본뜻에서 멀어지는 느낌만 든다. 속 시원하기는커녕 점점 더 답답해진다. 말을 끊지 못하고 계속한다는 것은 적확한 ‘그 말’을 아직 못 찾았거나, 스스로 무슨 말을 하려는지 잘 모르거나, 또는 다른 할 일이 없다는 뜻이다.

러시아인의 말은 많고도 무겁다. 저 길고 장황한 벽돌 책들을 떠올려보라. 그냥 잡설이 아니라 관념적이고 형이상학적인 담론으로 가득하다. 러시아인은 원래 사변가라고 단언한 철학자 베르댜예프도 있다. 도스토옙스키가 기나긴 소설 《카라마조프 형제들》에서 통찰하기를, 지금껏 만난 적 없고 앞으로도 다시 볼 일 없을 러시아 청년 둘이 술집에서 만났다 하면 ‘신은 존재하는가, 불멸은 존재하는가?’ 같은 우주적 질문을 논한다는 것이다. 스스로가 그런 류의 논쟁가였던 도스토옙스키는 《죄와 벌》에서 러시아적 다변 기질에 대해 자기 냉소의 일침을 놓기도 했다. “이렇게 말만 너무 많이 하니까, 아무

일도 하지 못하는 거야. 아니 그게 아니라, 아무 일도 하지 못하니까 지껄이기만 하는 거다."

톨스토이는 언술言述 행위를 불신했다. 말하는 사람은 상대가 듣고 싶어 하는 말을 하려는 경향이 있어서 때로는 없는 사실을 만들어내기도 하고, 때로는 의도했던 것과 전혀 다른 딴소리를 내뱉기도 한다. 그러므로 온전한 진실의 언술은 원래부터 있을 수 없다. 톨스토이 소설에서 말 번지르르한 인물은 한결같이 교활하거나 엉터리로 나온다. 당연히 참된 인물은 과묵하고, 말로써 소통하려 들지 않는다. 그런 사람의 이상적인 언어가 침묵이다.

러시아문학에서 말수 적은 작가는 뭐니 뭐니 해도 체호프일 것이다. 간결함이야말로 체호프의 트레이드 마크였다. 그의 산문은 짧고, 희곡에는 말 멈춤과 말 줄임이 잦다. 중간중간 '사이pause'라는 지문이 나오는데 —《세 자매》에는 무려 쉰일곱 번 —, 이때는 최소 3초 이상 멈춰 있어야 한다. 자동차 운행 중 마주치는 '우선멈춤' 표지판 같다.

청산유수의 말 홍수에 익숙한 배우, 연출가, 관객에게는 결코 자연스럽지 못한 이 공백 상태를 체호프는 애용했다. 중간에 뚝뚝 끊겨버리는 동문서답식 대화는 일상에서도 자주 만나지만, 체호프의 '사이'는 하던 말을 멈춘 채 잠시 기다리라는 지시문이다. 3초간의 의식적 침묵을 가리킨다.

일상 대화에서 사람들은 말을 계속하려 하지 멈추려 하지는 않는 편이다. 대화가 끊기는 어색함을 피하려고 억지로라도 말을 잇고, 침묵이 불안해서 계속 말하고, 듣는 수고를 덜기 위해 끊임없이 말한다. 자기 말만 쏟아내며 남의 말에는 통 귀 기울이지 않는다.

그런데 그런 말은 소통하는 말이 아니다. 자기 말만 하는 사람은 상대방을 이해하지 못할뿐더러, 그 자신도 상대에게 이해받지 못한다. 듣는 쪽에서 일찍이 귀를 닫아버렸기 때문이다. 말은 실컷 많이 한다고 하여 이해를 더 도모하지 않는다. 그런 의미에서 체호프의 '사이'는 생각 없는 말 흐름의 고삐를 당겨 잠시 생각하게 해주는, 일종의 언어적 범퍼 — 과속방지턱 — 에 해당한다.

침묵은 깊고 단단한 말이다. 무력한 말, 의미 없는 말, 기만하는 말을 누르며 웅변한다. 말 안 하느니만 못해 침묵하는 것이 아니라, 실은 더 잘 말하기 위해 침묵하는 것이다. 부럽게도, 내가 봐온 진짜 말 잘하고 글 잘 쓰는 사람은 모두 과묵하다. 노벨문학상 수상 선정 후 한강 작가의 첫 반응 역시 말이 아니라 침묵이었다. 평소 그녀의 시적인 문장을 좋아했지만, 이번에 그녀가 체현해준 그 말 없는 '사이'가 내게는 가장 맘에 들었다.

P.S.

수업 중에는 끊임없이 말을 한다. 혹여라도 말이 끊겨 나의 무식과 무능이 드러날까 두려워 속사포처럼 쏟아낸다. 그런 말이 얼마나 무력하고 값싼 말인지 알면서도 그렇게 한다. 그리고는 연구실에 돌아와 괴로워한다. 가장 만족스러운 수업은 나의 언어 — 또는 침묵 — 와 학생들의 침묵 — 또는 언어 — 이 하나로 뭉쳐 함께 흘러가는 것이다. 그런 순간은 길지 않다. 불과 몇 초. 침묵의 언어가 지닌 긴장감, 그것이 주는 희열을 아는 사람은 안다.

남겨진 그림
남겨진 사랑

그는 돌아오지 않았다. 서울 명륜동 집에서 작업 중이던 마지막 그림 〈가족〉은 그림 속 가족이 집을 팔고 이사 나가는 순간까지 이젤 위에 그대로 놓여 주인을 기다렸다. 1950년에 북으로 간 임군홍 화백 이야기다.

월북한 가장이 남긴 그림은 함부로 노출할 수도, 포기할 수도 없었다. "두 칸짜리 집에 산다면 방 한 칸은 온전히 부친의 작품을 보관하는 용도로 사용됐다. 집을 옮겨 다닐 때도 늘 작품 보관을 최우선으로 생각했다"고 그림 속 젖먹이였던 아들은 말한다. 생이별 현장에 기억의 화석으로 남게 된 그 그림들

174

이 지금 전시 중이다.

이쾌대 화백 이야기는 널리 알려진 바다. 사상적으로 좌익계 민족주의자였는데, 잠시 전향했다가 다시 조선미술동맹에서 활동했고, 전쟁 중 체포되어 거제도 포로수용소에 수감되었다. 그가 아내에게 편지를 쓴다. "아껴둔 나의 채색 등 하나씩 처분할 수 있는 대로 처분하시오. 그리고 책, 책상, 흰 캔버스, 그림들도 돈으로 바꾸어 아이들 주리지 않게 해주시오."

아이들 주리지 않게 해달라... 눈물 나는 이 전언의 당사자가 휴전 후 선택의 갈림길에서 가족을 뒤로 한 채 북행을 택했다. 부인은 남편 물건을 처분하는 대신 자력으로 아이들을 키웠으며, 연좌제로 지속적인 감시와 추궁을 받으면서도 부엌 천장 다락에 꼭꼭 숨겨둔 그림들은 그녀 사후 10년 만에야 세상에 나올 수 있었다.

분절의 역사를 지닌 나라에는 이런 이야기가 많다. 혁명·망명·숙청의 회오리가 한꺼번에 몰아친 20세기 러시아문화사에도 무수하다. 현대 추상화가 바실리 칸딘스키와 독일 표현주의 화가 가브리엘레 뮌터의 사랑도 유사한 경우에 속한다.

독일 알프스 지방 작은 마을 무르나우Murnau에 위치한 뮌터하우스Münter-haus. 사제지간으로 만나 연인이 된 두 화가가 1909년부터 1914년까지 둥지를 튼 곳이다. 12살 연상의 칸딘스키는 유부남이었지만 이혼을 약속했고, 뮌터는 실질적인 '프라우 칸딘스키'로서 짧지 않은 세월을 헌신했다.

뮌터가 소유주였음에도 '러시안 하우스'로 불린 이곳에서 둘은 함께 정원을 가꾸고, 계단과 가구에 그림을 그려 넣고, 동일한 포즈로 서로의 사진을 찍고, 동일 대상을 비슷한 화풍으로 화폭에 담았다. 지금 가봐도, 나비 날고 꿀벌 윙윙대는 낙원 동산이다.

하지만 그들의 연애사 자체는 별로 아름답지 못하다. 제1차 세계대전 발발로 독일에서 쫓겨난 칸딘스키는 유럽을 떠돌다 혁명이 일어난 조국으로 돌아갔다. 이혼을 하긴 하지만, 정작 결혼은 뮌터보다 훨씬 젊고 아름다운 러시아 미녀와 했다. 이후 독일로 되돌아와 활동하면서도 오랫동안 자신을 기다려온 뮌터에게 연락조차 하지 않았다.

이 진부한 드라마는 칸딘스키가 변호사를 통해 옛집에 남겨둔 그림의 반환을 요구하는 대목에 이르러 정점에 다다른다. 뮌터는 '도덕적 보상'을 주장하며 반환을 거부했고, 결국 작품들의 일부를 차지했다. 뮌터가 그림을 돌려주지 않고 무르나우 집 지하실 깊이 숨겨 보호한 덕에 칸딘스키 초기 작품 상당수가 나치의 문화 탄압 정책을 비껴갈 수 있었다.

80세 되던 1957년, 뮌터는 자신의 비밀 컬렉션을 통째로 뮌

헨 시에 기증한다. 표현주의 회화의 보고가 된 렌바흐하우스 Lenbachhaus 미술관의 탄생이다. 칸딘스키와 결별 후 은둔했던 집 역시 함께 살던 당시 모습대로 복원되었다. '뮌터하우스'라고 정식 명명된 그 집은, 말하자면 복권된 사랑의 기념관이다. 낡아빠진 표현이지만, 승리한 여성의 기념비다.

사랑이 변하듯, 무르나우 시기 말년에 가면 칸딘스키의 화풍도 변했다. 뮌터의 화풍은 끝까지 변하지 않는다. 칸딘스키가 집안 서랍장에 그려 넣은 장식 그림에서처럼, 뮌터의 말[馬]은 뒤돌아봄 없이 한 방향으로 달렸다. 무엇인가, 그 힘은? 오랜 인내와 믿음, 자신의 선택에 대한 존중과 자존심, 강인한 고집의 근력이다. 남겨진 그림과 남겨진 사랑을 그 힘이 살려냈다.

쓰다 보니, 홀로 남아 지켜낸 여자들 이야기가 되고 말았다. 남자가 지켜준 여자 이야기도 분명 있을 터... 그런데 얼른 떠오르지 않는다. 여자 그림은 대부분 남자가 아니라 여자 스스로 지켜냈던 것 같다. 그나마 끝까지 굳세게 살아남은 경우 그렇고, 가령 근대기 제1호 여류화가 나혜석 같은 사람은 생전에 수백 점 그림을 그렸는데도, 대부분 유실되어 남은 작품이 별로 없다. 그녀의 사랑과 삶도 엉망으로 끝나버렸다. 참 아쉬운 일이다.

P.S.

이 글은 독일 바이에른 지방의 무르나우 마을을 다녀와 썼다. 칸딘스키-뮌터 커플의 에덴동산이었던 '러시안 하우스'를 물어물어 찾아갔는데, 참으로 달콤한 곳이었다. 그러나 그들의 사랑 이야기는 결코 달콤하지 않다. 나는 상처받은 여성이었던 가브리엘레 뮌터의 자존심에 공감했다. 그녀는 칸딘스키 그림을 욕심낸 것이 아니라, 자신의 사랑을 지켜내고자 했다. 삶에서 가장 소중했던 한 시절, 그 안에서의 엄연한 몫, 즉 자기 자신을 주장했던 것이다.

그 많던
러시아 미녀는
다 어디 갔을까

러시아 여성의 아름다움에 정통한 자라면, 아직은 앳되고 싱싱한 이 아름다움이 서른 살쯤에 조화를 잃어 펑퍼짐해지고 얼굴도 살이 쪄 축 처지고 눈과 이마 주위에는 굉장히 빠른 속도로 잔주름이 나타나고 얼굴빛은 윤기를 잃고 불그죽죽해질 것임을 정확히 예언할 수 있을 터 — 이는 한마디로 말해서 찰나적인 아름다움, 바로 러시아의 여성에게서 그토록 자주 볼 수 있는 잠시 스쳐 지나갈 아름다움인 것이다.

도스토옙스키 소설 《카라마조프 형제들》의 이 대목에 이르러 '맞아, 맞아' 무릎 칠 사람이 나 혼자만은 아닐 듯하다. 혹 영화나 발레에 나올 법한 순백의 가냘픈 러시안 뷰티를 동경해온 남성분이라면, 실제로 마주친 우람하고 억센 '용사들' 앞에서 당혹스러웠을지 모른다. 그들의 중성형 무게감에 압도된 채 어쩌면 이렇게 혼잣말했을 수도 있다. 그 많던 러시아 미녀는 다 어디 갔을까?

러시아 여성의 아름다움에 대한 모종의 환상은 19세기 러시아문학과 혁명기 역사의 경험에서 비롯된 것이기도 하다. 《부활》의 카추샤에서 《죄와 벌》의 소냐에 이르기까지 러시아 문학 속 여주인공들은 일제 강점기 남성 독자층에서 큰 사랑을 받았다. 일명 '투르게네프적 여성'으로 통칭된 그녀들의 미덕은 강인하면서도 순종하는 여성성이었는데, 독립적인 동시에 자기희생적인 내조자 형상이야말로 드센 신여성과 답답한 구여성 사이에 낀 과도기 남성들에겐 최상의 대안으로 여겨졌다.

망명한 백계 러시아인 경우도 마찬가지다. "나타샤는 마우재, 쫓긴 이의 딸"이라고 시인 오장환이 읊었을 때, 그 여인의 미모는 기정값(디폴트)이었다. 서양과 동양이 뒤섞인 온순한 용모, 조신한 자태, 귀족 혈통의 품위 ― 그렇게 상상했다 ―, 그리고 무엇보다 식민지 조선인을 위로해줄 '나라 잃은 자의 슬픈 아름다움.' 그 맥락이 "가난한 내가/ 아름다운 나타샤를 사랑해서/ 오늘밤은 푹푹 눈이 나린다"는 백석 시구의 필연적 아름다움을 탄생시켰다. 과연 다른 어떤 이름이 '나타샤'를 대체할 수 있단 말인가? 러시아 여성의 아름다움은 현실 토양에서 떨어져 나온, 짓밟히고 빼앗기고 소외된 자의 낭만적 이상향이었다.

그러나 혁명은 여성을 남성화했다. 계급 해방의 슬로건 아래 남성 동무와 팔짱 끼고 당당히 활보하던 수비에트 여성 동무는 강건했으며, 원기 왕성하고, 쾌활하고, 자유롭고, 심지어 곰처럼 거칠어 보인다는 평을 얻었다. 스탈린 집권 후에는 복고적 가치인 모성성까지 더해져 그야말로 강철 같은 슈퍼우먼이 소련 여자의 상징처럼 되어버렸다.

근래 유행했던 유튜브 '소련 여자'의 인기 포인트가 바로 그런 터프함이다. 성 해방을 성취한 평균적인 소련 여자는 20세 전후로 결혼해 12번의 중절 수술 — 유일한 피임법이었다 — 을 받고, 아이 한 명 — 그 이상은 힘들었다 — 을 낳고, 이혼 — 아주 흔했다 — 후에도 자식을 맡아 기르고, 은퇴 후에는 또 자식의 집안과 손자를 돌봤다. 풍요롭지도 안락하지도 않던 사회에서 그것이 여성의 '권리'였다. 도스토옙스키가 진단한

조로무老 체질에 생산·재생산의 과부하가 걸린 그녀는 일찌감치 시들어갔다. 처녀 시절과 가임기 잠깐을 제외하면 사실상 중성이나 다름없었다. 소련 사회가 페미니즘에 냉소적이었던 이유다.

사회주의 체제가 무너진 지 30여 년, 러시아의 일상은 서구 자본주의 사회와 별반 다르지 않아 보인다. 여성의 몸과 성이 새삼스러워졌다. 상품화하기 시작했고, 계층화의 척도가 되었다는 말이다. 긴 금발, 푸른 눈의 늘씬한 아름다움이 러시안 뷰티의 등록 상표고, 서구적 세련미와 러시아적 전통미 — 알록달록한 농촌 스카프, 여우 털모자, 자작나무 배경, 그윽하고 청순한 눈길 등 — 의 조합은 러시안 뷰티의 이국성을 강조한다. 모델 같은 미녀는 성공한 남자의 최종 트로피다. 부유층 아내라면 바깥일을 하지 않으며, 설령 서너 명 아이를 출산한다 해도 잘 관리된 그녀의 여성성은 오래도록 유지될 테다.

여성의 아름다움에 관한 이야기는 맥락이 중요하다. 시대와 문화 조건에 따라 해석이 영 달라지기 때문이다. 여성성 담론 역시 문맥을 상실하면 무의미하고 소모적인 분쟁거리로 전락해버린다. 강제된 여성성 — "여자는 태어나는 것이 아니라 만들어진다" — 을 향한 분노가 여성주의 이론의 멋진 출발점이긴 하나, 성숙한 여성주의라면 박탈된 여성성 혹은 거세된 여성성과 같은 변수에 대해서도 헤아려볼 것이다.

러시아 여성의 역사를 훑으며 생각하게 된다. 찰나적 아름다움을 통찰한 도스토옙스키의 진짜 관심은 눈에 보이는 한 꺼풀 너머 깊숙이 남아 지속될 또 다른 아름다움의 힘 아니었을까. "아름다움이 세상을 구원한다"고 그는 말했다.

P.S.

러시아문학이 전통적으로 칭송해온 여성의 아름다움은 온유한 인내심, 이타적 사랑, 성스러운 도덕성 같은 것이고, 육체의 아름다움은 덤으로 붙는다. 이것이 기독교적 가치를 가장 잘 구현해낸 인간으로서의 여인상이며, 결국에는 '어머니'라는 사랑과 희생의 대명사로 합쳐진다. 이 대목에 여성주의 논쟁이 무작정 끼어들어 편협한 이론적 주장을 하기 시작하면 당황스러울 따름이다. 모름지기 모든 담론에는 '문맥'이 중요하다.

미인의
초상

애초 미인의 초상은 실제 모델을 앞에 놓고 그린 것이 아니었다. 제아무리 뛰어난 미인도 어딘가 결점이 있기 마련인지라, 고대 화가는 이 여자의 눈, 저 여자의 코, 또 다른 여자의 입 등을 끌어 모아 하나의 조화로운 이상형을 완성해냈다. 그렇게 만들어진 초상을 통해 가령 눈은 어때야 하고, 코는 어때야 한다는 식의 기준이 자리 잡았다.

문학은 미술보다 유리한 측면이 있다. 시각적으로 그려진 미인에 대해서는 이렇고 저렇고 이의를 제기해도, '미인'이란 단어 자체는 반론이 불가하다. '미인'이라 하면 미인인 줄 아는 것이고, 구체적으로 어떤 미인인지는 각자 머리에 떠올리면 된다. 귀에 들린 멜로디보다 들리지 않은 멜로디가 더 달콤하듯(존 키이츠), 형언되지 않은 아름다움이 더 유혹적일 수 있다.

그러나 문학의 숙명은 들리지 않는 것을 듣고 말할 수 없는 것을 말하는 것이기에, 시인은 무모한 줄 알면서도 여인의 아름다움을 경쟁적으로 서술해왔다. 호메로스는 트로이 전쟁의 원인이 된 헬렌에게 '흰 팔'과 '아름다운 금발'을, 페트라르카는 영원한 연인 라우라에게 '황금빛 머릿결'과 '깊고 빛나는 눈'과 '천사의 걸음걸이'를 부여했다. 단테가 읊은 구원의 여인상 베아트리체는 '별보다도 밝게 빛나는 에메랄드 색 눈'과 '천사의 목소리'를 지녔다. 여신과 마돈나에 비유된 저 경이로운 자태의 공통분모가 서구 미인의 전형이다.

얼핏 바비 인형과도 겹쳐지는 이 전형에 반기를 든 것은 현대의 페미니스트가 아니라 낭만주의 시인들이었다.

어떤 소설을
펼쳐도 어김없이 등장하는
그녀의 초상. 무척이나 아름다워
나도 한때 사랑했건만,

이제는 너무나 지겨워졌다.

— 푸시킨, 《예브게니 오네긴》 중에서

낭만주의 예술관에 걸맞게, 미인에게도 독창성과 개성이 필요했다. 그래서 남들 다 말하는 아름다움이 아닌 아름다움, 대칭적 조화가 아닌 조화로움을 드러내기 위해 부정 어법이 선택되었다. 무엇이 아름다운가보다 무엇이 아름답지 않은가를 말하기로 작정한 것이다. 푸시킨의 《예브게니 오네긴》에 등장하는 타티야나, 무수한 미녀들을 압도하는 그녀의 아름다움은 이렇게 묘사된다.

서두름 없이

차갑지도 수다스럽지도 않았고,

누구에게도 불손한 시선 주는 법 없이

억지로 관심 끌려 하지 않았고,

남들 같은 가벼운 찡그림도 없었고,

남들 따라 부리는 교태도 없었다.

"아무도 그녀를 미인이라 칭할 수/ 없겠지만, 그녀의 머리부터 발끝까지/ 통틀어 발견되지 않는 것이 있었으니,/ 그것은 바로 (…)/ vulgar(천박함)라는 말"이라고 시인은 이어서 썼다. 번역 못하겠다고 너스레 떨며 영어 단어 그대로 인용했다.

이후 문학에서 미인의 전형은 그리 유효하지 않아 보인다. 틀에 매인 정형성 — 즉, 상투성 — 은 풍자의 대상이 될 뿐이다. 'vulgar' — 나도 번역하고 싶지 않은 말 — 하게 느껴진다. 여성의 육체적 매력을 익히 잘 알아 두려워한 톨스토이는 그래서인지 소설 속 표준 미인들을 미워하며 아예 죽여버렸다. 《전쟁과 평화》의 대리석 미인 엘렌을 알 수 없는 병으로 급사시키고, 안나 카레니나는 철로에 뛰어들게 했다. 그가 사랑한 여성 인물 — 샘솟는 생명력의 나타샤, 사려 깊은 눈길의 마리아 — 은 미인 아닌 미인들이다.

도스토옙스키《죄와 벌》의 소냐 역시 아름답다 하기에는 지나치게 창백하고 야위었으며,《백치》속 팜므파탈 나스타샤에게는 수수께끼와도 같은 비범한 아름다움이 있다. 더 할 길 없는 고통을 품은 아름다움이다.《닥터 지바고》의 파스테르나크를 매혹한 것도 고통과 타락의 상처를 수반한, 말하자면 흠집난 여성의 아름다움이다.

러시아문학을 포함해 모든 문학의 회랑은 저마다 살아 있는 입체적 미인상으로 풍요롭다. 그곳에서는 아름답지 않은 여인도 쉽게 아름다워진다. 그녀는 가식을 거부하고, 진부함을 외면한다. 유행을 불러올 수는 있어도, 유행을 따르지는 않는다. TV·광고에서 접하는 복제판 아름다움과 정반대다.

소유나 정복 혹은 텅 빈 자기 과시의 덫에서 미인을 해방하는 힘은, 그러므로 언어에 있다. 새롭게 말할 수 없다 싶은데도 새롭게 말하려는 문학의 관성은 나만의 아름다움을 찾아가는 미인을 닮았다. 순수문학만이 아니라, 때로는 대중문화 언어가 상식의 허를 찌르며 상상력을 휘두르기도 한다. 록스타 신중현의 노랫말을 보라. "한번 보고 두 번 보고 자꾸만 보고 싶네. 그 누구의 애인인가 정말로 궁금하네." 과연, 미인을 일컬어 더 무슨 말이 필요하겠는가.

P.S.

밤처럼 새카만 속눈썹, 부드럽게 장난치는 홍조, 가냘픈 몸매, 평균보다 긴 팔, 작은 발, 풍만한 가슴, 단정하게 곡선 진 종아리, 조개 빛 무릎, 경사진 어깨… 이반 부닌의 단편 〈가벼운 숨결〉에 열거된 '미인의 조건'이다. 작품 속 여자아이는 아버지 책에서 훔쳐본 이 많은 조건 중에서도 가장 중요한 게 바로 '가벼운 숨결'이라며, 자기가 얼마나 가볍게 숨 쉬는지 들어보라고 한다. "잘 들어 보렴, 내가 어떻게 숨 쉬는지… 봐, 정말이지?"

'줄'이
무섭다

일반적으로 줄은 문명의 척도다. 줄은 강제된 질서인 동시에 자율의 질서이기도 한데, 문명적인 사회일수록 줄서기는 통제가 아닌 상호 배려와 신뢰의 합의로써 자발적으로 이루어진다. 그래서 줄이 없을 때 우리는 불안하고, 줄이 있으면 안도하게 되어 있다. 줄은 타인이 명할 때는 위협적이지만, 스스로 참여할 때는 평화적이고 때로 신이 나기도 한다. 물론 줄서기의 목표와 의미가 투명하다는 전제에서 그렇다.

1989년 가을, 나는 레닌그라드(현 상트페테르부르크)에서 강제된 줄서기를 경험했다. 당시 소련은 모든 것이 결핍 상태였다.

상점 진열대는 텅 비었고, 연수생이던 나는 극소의 학생 생활비와 함께 차, 설탕, 비누를 배급받았다. 배급표를 들고 근처 우체국에 가 바꾸는 식이었다.

외국인은 그래도 국영 외환 상점이나 지하 시장에서 달러로 물건을 구할 수 있었지만, 그럴 수 없는 일반인들의 일상은 줄서기였다. 모두 줄을 섰고, 모두의 가방에는 만일을 대비한 장바구니가 들어 있었다. 길 가다 줄이 보이면 무조건 멈춰 일단 그 뒤에 서는 것도 일상이었다. 줄을 섰으나 물건이 동나서, 또는 지급 정보가 잘못되어서 빈손으로 돌아서는 경우도 허다했다. 줄은 있는데 물건은 없고, 사람들은 무력한데 줄 자체가 살아 움직이는 권력으로 군림하는 격이었다.

'줄의 노예'가 되어버린 인간 사회의 부조리를 폭로함으로써 소련 몰락을 예고한 소설이 바로 블라디미르 소로킨의 1985년 발표작 〈줄〉이다. 소설 후기에서 소로킨은 노예적 줄서기의 비극을 1896년 니콜라이 황제 대관식 때 모스크바 근교에서 벌어진 대형 참사와 연결했다. 황제가 내리는 설탕, 과자, 맥주 등의 선물을 받으려고 몰려든 민중은 하사품이 소진되었다는 소문에 동요하다가 2천 명 가까운 압사 피해를 냈는데, 정부가 이에 대해 진정성 있는 대응을 하지 못했다. 그러자 분노한 군중이 황제의 무능과 무감각을 규탄하면서 집단적 심판의 여론이 형성되었고, 그것이 결국 혁명의 외침으로까지 이어졌다. 민중의 배반당한 기대감이 권력의 정당성에 대한 불신으로 폭발한 사례가 혁명 전 러시아 역사에만 나오는 것은 아니다.

소련에는 권력에 의한 소유와 결핍의 양극화가 만연했나. 분명히 상점에 없는 물건인데 어느 집에 가면 쌓여 있었고, 줄을 서도 구할 수 없는 생필품을 뒤에서는 끼리끼리 선점했다. 외국으로만 수출한다던 캐비어도, 미국에서 수입한 코카콜라도 노멘클라투라(권력 계층)가 드나드는 레스토랑에서는 쉽게 맛볼 수 있었다. 지위 고하를 막론하고 '인맥'이 가장 중요한 힘이었고, 인맥을 유지하기 위한 크고 작은 '선물'은 필수였다. 외국인 학생인 나마저도 스타킹, 담배, 초콜릿을 준비해 기숙사 관리인이나 학교 비서에게 내밀곤 했다.

다수의 혜택과 행복을 위해 탄생했던 소련은 실은 부패한 사회였다. 모두가 줄을 서야만 하는 피로한 사회였다. 그 줄은 균등한 기회를 보장하는 협치 수단이 아니라, '나'와 '남'을 가르는 배제 수단으로 전락했다. 권력이 있으면 사적 줄서기에, 없으면 공적 줄서기에 전념했다. 후자의 줄서기는 대부분 무모하고 무기력했으나, 민중은 그렇게 길들여졌다.

소련이 무너지자 민중의 줄도 사라졌다! 그러나 대신 페레스트로이카 직후의 혼돈기를 틈타 부를 사유화한 올리가르히

(신흥 재벌 특권 계층)가 등장했고, KGB와 군 관련 인맥의 실로비키(힘 가진 계층)가 나타나 러시아 경제 정치를 뒤흔들었다. 그리하여 더욱더 공고해진 꼭대기 권력층의 줄은 국가 자본의 분배마저 독점하기에 이르렀다. 줄은 사라진 것이 아니었다. 눈에 보이는 돈의 힘으로 대체되었을 뿐이다.

그래서 나는 줄이 무섭다. 줄 서는 것이 싫다. 이런 생각을 집중적으로 하게 된 것은 공적 마스크의 줄서기 체험 때문이다. 나는 마스크 구입을 거의 포기했다. 가는 곳마다 품절이고, 줄은 갈수록 길어지고, 줄 선 후 사망하는 사람도 나온다. 전염성 바이러스와 줄서기의 조합 자체가 아이러니다. 배분의 질서도 불투명하며, 마스크가 하루 일상의 급선무라는 사실도 스트레스다. 무엇보다 두려운 것은 내가 강제된 줄서기에 익숙해져 간다는 점이다.

마스크 대란은 상징적 사건이다. 급작스러운 수급 부족, 지급 체계의 비효율성, 정보의 불확실성에 결핍의 불안 심리가 더해져 악소문과 분노를 부추기고 결국에는 이 부조리한 상황의 책임 소재를 향한 극도의 실망감과 불신으로 번져 간다. 풍문 속의 마스크를 찾아 헤매야 하는 나 같은 시민에게 줄은 희망이 아닌 불길함의 징조다. 소련의 암울이 떠오를 수밖에 없다.

2020년 3월 24일자 《조선일보》에 게재된, 나의 신문 칼럼 〈자작나무 숲〉 데뷔작이다. 중국 우한에서 발생한 코로나바이러스가 한국을 휩쓸어 마스크 대란을 일으켰다. 어느 날 갑자기 마스크가 자취를 감추더니, 5부제 배급이 시작되었다. 시민들은 약국마다 찾아다니며 긴 줄을 서야 했다. 1989년 소련 체류 시절, 가는 곳마다 줄 서던 기억이 떠올랐다. 소련 사람들은 줄서기에 이력이 나 있었다. "누가 마지막 인가요? Кто последний?"가 그때 배웠던 생활 러시아어다.

한국의 꿈, 노벨문학상 새 수상자가 10월 초면 발표된다. 어릴 적 국어 선생님은 서정주, 황순원 선생을 후보자로 꼽으셨다. 1970년대에는 김지하 시인이 유력하게, 그것도 일본에서 추천된 것으로 안다. 이후 몇몇 문인이 단골로 거론되었고, 근래에는 비교적 젊은 작가들이 'K문학' 붐의 물결을 타고 근접해가는 듯하다.

그런데 'K문학' — 실은 거의 모든 'K어쩌구' — 이란 말이 내게는 못마땅하다. 나는 문학은 상품이 아니며, 따라서 브랜드 개념 역시 적합지 않다는 입장의, 어쩌면 시대착오적인 올드 패션이다. 문학은 "위대한 순간과의 만남"이라고 했던 비평가 해럴드 블룸의 고전적 정의에 여전히 환호하며, 책 속에 들어온 모든 사람은 "말나라 시민"이 된다고 했던 최인훈 소설가의 혜안에 큰 박수를 보내고 싶어진다. 위대한 문학은, 생래적으로, 제도나 권력이나 유행의 경계 밖을 향한다고 믿는다. 위대한 문학은 국적이 없다고 생각한다.

그래서 정부 관련 기관이 'K문학 글로벌 진흥Global promotion of K-books' 프로젝트를 내세워 확성기 틀고, "중국과 일본이 노벨상을 받았으니, 이제는 한국 치례다" 식의 기관징 인터뷰가 영어 신문에 실릴 때면, 솔직히 부끄러운 생각이 든다. 그것은 문학 앞에서의 부끄러움이고, 오직 쓰기 위해 태어난 듯 지금도 열심히 손과 머리와 마음의 펜을 움직이고 있을 훌륭한 한국 작가들 앞에서의 송구함이다.

문학은 프로모션 ― '세일'이란 말처럼 들린다 ― 대상이 아니다. 문학상이 극성스런 번역 출판과 홍보로써 선취할 영예도 아니다. 노벨문학상을 타기 위해 선택과 집중으로 번역 출판을 지원하자, 번역가를 양성하자, 세계에 한국어를 가르치자, 홍보국을 스웨덴에 세우자 등의 저돌적인 전략론을 접할 때마다, 정작 한국이 마침내 받게 될 상의 참 값어치는 떨어지고 있는 게 아닌가도 싶다.

그런 불편함이 혼자만의 느낌은 아닐 것이다. 수년 전 잡지 《뉴요커》에 실린 기사 — 〈거대한 정부 지원이 한국에 노벨상을 안겨줄까〉 — 에서 한 한국문학 에이전트가 이렇게 논평했다. "정작 책은 안 읽으면서 노벨상만 바라는 것이 아쉽다." 한 번역가는 "아무개가 상을 타는 순간, 한국문학번역원이 승리 선언과 함께 문을 닫아버리지 않을까" 걱정했다. 심지어 "한국이 노벨문학상 받는 날이 언젠가 올 테지만, 그런 일이 너무 빨리 일어나지는 않기 바란다"라고 응답한 한국학과 교수도 있다.

러시아문학은 총 5명 — 러시아어로 쓴 벨라루스의 알렉시예비치까지 포함하면 6명 — 의 수상자를 배출했다. 관변 작가였던 숄로호프를 제외하곤, 그중 누구도 정부 후원을 받지 못했다. 후원은커녕, 탄압과 비판만 받았다.

파스테르나크가 노벨상을 스스로 거부할 수밖에 없었던 것도 친親서구 배신자, 반혁명주의자라는 소련 당국의 거친 여론몰이 때문이었다. "우리에 갇힌 야수처럼 나는 끝났다./ …/ 나를 좇는 건 사냥꾼의 아우성뿐./ …/ 목은 올가미에 매달린 채/ 그래도 나는 내 오른손으로/ 이 눈물을 닦아내고 싶다"고 시 〈노벨상〉에서 그는 썼다. 여기서 "오른손으로 눈물을 닦아내고 싶다"는 표현은 곧 쓰고 싶다는 말이다. 작가들에게 미안한 말이지만, 문학은 확실히 절망과 결핍의 막다른 길에서 더 힘차게 뿜어 오르는 경향이 있다. 바로 문학이 눈물을 닦아 주는 손이기 때문이다.

학교에서 아주 가끔씩 '노벨문학상 수상 작가들' 과목을 개설한다. 세계 여러 수상 작가의 작품을 읽고, 감상문 쓰고, 토론하는 교양 수업이다. 어느 날 한 학생이 헤밍웨이의 《노인과 바다》를 읽은 건 영광이었다는 수업 평을 남겼다. 학생의 그런 평을 읽는다는 건 선생인 나의 영광이기도 하다. 마지막 수업 시간에 학생들은 돌아가며 자신이 선택한 한국 작가를 노벨상 후보로 추천하게 되어 있고, 이때 몇몇 작가가 고정으로 등장한다.

그런데 이들의 추천사가 그다지 화려하거나 강력한 것 같지는 않다. 한국문학을 잘 몰라서일 수 있고, 또 한국문학에서 향유해온 재미나 감동이 수업에서 잠시 엿본 세계의 그것과 다른 성격이어서일 수 있다. 어쩌면 '이제는 우리 차례'라는 그 무작정의, 대단히 반문학적인 당위성을 걸어냈을 때, 막상 보게 되는 것의 실체가 아직은 모호해서 일 수도 있다. 지금 그 실체는 열심히 만들어지는 중이다. 그러니 스스로 당당한 모습을 드러낼 때까지 좀 기다려봄 직도 하다.

노벨상 선정 2년 전인 1956년, 파스테르나크가 시에서 이렇게 썼다.

유명해지는 것은 아름답지 않은 일.

우리를 드높이는 건 명성이 아니다.

문서를 보관할 필요도

원고를 아낄 필요도 없다.

창조의 목적은 자기를 바치는 일,

소란이나 성공이 아니다.

별것도 아니면서

모두 입에 오르내리는 건 창피한 일이다.

P.S.

이 글을 쓰고 나서 2년 뒤인 2024년, 한강 작가가 노벨문학상을 탔다. '아!'하는 감탄사가 저절로 나왔다. 드디어 노벨상 콤플렉스에서 해방되었다는 데 대한 감탄사였다. 오래전 노벨상 수업하면서 한국의 유력 작가 작품으로《채식주의자》를 읽은 적이 있다. 지독하게도 탐미적인 묘사가 오래오래 이어지는 걸 보며 끝까지 가는구나, 하는 느낌을 받았었다. 이제는 기 수상 작가 작품으로 수업 계획서에 올릴 수 있게 되어 기쁘다.

애수의
하얼빈

안중근 의사도, 731부대도, 곧 다가올 한겨울 빙등 축제도 아니다. 식민지 시대의 낭만 도시 얘기다.

벌써 십몇 년의 세월이 흘렀던가. 아침저녁으로 만나면 투르게네프니 체호프니 도스토옙스키니 또 누구누구 하며 러시아문학에 심취하여, 서로 이야기가 끝날 줄을 모르던 그때의 우리. 우랄산 저편의 모스크바는 몰라도 '극동의 모스크바'라는 하얼빈만이라도 보고 싶다고 노상 입에 거품을 물고 뒤떠들던 그때의 우리. 형과 같이 하얼빈

의 러시아 거리로, 달밤의 송화강변으로 또 카바레로 끽
다점으로 발 가는 대로 산책하며 러시아적 이국 정조를
어느 정도까지 맛볼 수 있는 것은 또한 유쾌했다. 당년의
로맨티시즘이 흘렀던 것이다.

1937년 당시 조선일보 특파원 신분으로 만주를 취재했던
홍종인 선생 글 제목이 바로 '애수의 하얼빈'이다. 한적한 강
변 어촌에서 러시아풍 모던 도시로 변신한 것은 시베리아 횡
단철도 연장선인 동청철도가 건설되면서다. 혁명과 내전을 거
치면서는 백계 러시아 망명 사회의 중심지로서 '동양의 모스
크바', 심지어 '동양의 파리'라는 별명까지 얻었으나, 일본이
점령한 1931년 이후에는 퇴폐적인 향락 도시로 전락했다. 러
시아인의 몰락기인 이 시기가 동양인에게는 하얼빈 붐의 절정
기다.

동양이 서양을 소유하게 된 환상적 공간이다. 여행객은 호
텔 모데른에 묵으며 키타이스카야 거리를 활보하고, 카페와
카바레를 드나들고, 러시아인 별장촌과 묘지를 정탐하고, 동
양 최고의 추린 백화점에 들른다. 카페 여급, 카바레 댄서, 늙
은 보이, 아코디언 켜는 맹인 거지, 뒷골목 매춘부 할 거 없이
백계 러시아인 일색인데, 다들 몰락한 귀족 출신이라는 설이

다. 실제로는 그렇지 않았다지만, 어떻든 그래서 초라한 신세에도 '노블'해 보인다. 일본 식민지나 다름없어진 국제 도시에서 왕년의 러시아 제국 시민이 신흥 제국의 자본과 힘과 욕망에 종사한다. 이효석 단편 〈하얼빈〉만 읽어도 단번에 이해될 풍경이다.

그런데 왜 애수의 하얼빈인가? 러시아 애호가였던 이효석은 하얼빈을 직접 가보았고, 백계 러시아인에 관한 글도 여러 편 썼다. 《벽공무한》이라는 장편소설에서는 하얼빈에 온 조선인 주인공과 백계 러시아 카바레 댄서를 아예 국제결혼도 시켰다. 둘의 사랑이 이루어지는 가장 큰 이유는 피보다 진한 '쭉정이 계급'의 결속력 덕분이다. 쭉정이는 쭉정이끼리만 피차 구원하고 결합할 수 있기에, 나라 잃은 러시아인과 조선인은 서로를 비추며 서로를 위무한다. 하얼빈의 애수는 상실감과 그리움에 젖은 약자들의 자기 연민이다.

꼭 나라를 잃지 않았더라도, 뿌리 잃고 휩쓸려 부유하는 현대의 가벼움은 애수를 자아낸다. '참을 수 없는 존재의 가벼움' ─ 밀란 쿤데라의 책 제목 ─ 같은 거다. 근대기 여행객들이 느낀 애수의 공통분모도 그것이었을 테고, 오늘의 애수도 그것이다. 나라를 빼앗겼건, 젊음을 흘려보냈건, 또는 소중한 무언가를 잃었건, 제 자리에 잘 있던 것이나 응당 제 자리에 잘 있으리라 믿었던 것이 사라지며 급변하는 과도기적 하루하루는 실존의 근원을 뒤흔든다. 마음 둘 곳 모른 채 갈팡질팡하는 그 삶이 곧 물 위에 둥둥 뜬 쭉정이의 삶이다.

이효석은 하얼빈을 연거푸 두 번 찾았는데, 두 번째 여행은 유쾌하지 않았던 듯하다. 바로 직전에 부인과 사별한 탓도 있겠으나, 도시가 어느새 또 변해버렸기 때문이다. "낡고 그윽한 것이 점점 허덕거리며 물러서는 뒷자리에 새것이 부락스럽게 밀려드는 꼴 (…) 이 위대한 교대의 인상으로 말미암아 하얼빈의 애수는 겹겹으로 서리워 가는 것"이라고 썼다. 애수는 모든 명멸하는 것을 향한 안타까운 사랑의 무력감이다.

얼마 전 나도 하얼빈을 다녀왔다. 러시아의 자취는 남았어도, 완전히 방치되거나 완전히 관광상품화했다. 철도 시대 러시아인 책임자였던 대부호의 저택은 혁명가 기념관이 되어 있다. 모택동이 소련 가는 길에 그곳에서 하룻밤을 잤다 한다. 그가 잔 침대와 혁명 역사는 잘 보존되었다.

시대의 대표 건축물인 성 소피아 성당 주변은 아이 어른 할 거 없이 온통 '소피 공주' 분장하고 사진 찍는 촬영 무대다. 유일하게 아직도 정교 예배가 열린다는 성모 교회에 가봤더니 희미하게나마 러시아인 혈통이 엿보이는 할머니들이 몇 있다. 러시아어는 하지 못한다. 하바롭스크에서 여행왔다는 러시아 여자가 내게 '코리아' 찬사를 늘어놓기 시작했다. 아, 사라져 버린 것의 단서를 애타게 찾아 헤매는 것은 나 혼자뿐이다. 애수의 하얼빈이다.

P.S.
'애수의 하얼빈'은 홍종인 선생 기사 제목을 넘어 보통 명사나 다름없었다. '애수'라는 정서 자체가 당대의 대표 문화 감성이었는데, 이는 일제강점기의 애처로운 현실 인식과 관련된 것이자, 실은 근대성의 표식이기도 하다. 한국의 대표 정서 '한'과는 결이 다른, 한층 절제되고 세련된 서구적 감수성의 문화 번역이라고 할까. 그리움, 슬픔, 향수, 애정이 뒤섞인 복합 감정, 그래서 한마디로 번역하기 어려운 러시아 단어 '토스카тоска'가 그나마 '애수'에 가장 근접해 보인다.

제3부

찬장은 찬장이고
바람은 바람일뿐

한국 이야기

태극기의

자리는

어디인가

모스크바 붉은 광장의 바실리 성당을 배경으로 외국인 여학생이 셀피를 찍는다. 손에 흰 종이가 들렸고, 거기 'THE'라고 적혔다. 그렇다, 여기가 바로 러시아의 '그곳'이다.

이반 뇌제가 바실리 성당을 세우고 그 앞에서 법령을 선포한 16세기 이래 붉은 광장은 러시아 제국, 사회주의 소연방 제국, 포스트 소비에트 제국이 민중과 만나는 역사 현장 1번지였다. 기념일 열병식, 지도자 장례식 같은 국가 행사도, 각종 대규모 집회, 시위, 대중 퍼포먼스도 여기서 열린다. 한겨울이면 거대한 스케이트장이 되기도 한다. 애초 시장터에서 출발한 자발적 민중 집결지이자 동시에 제국주의 국가 정체성의 공식 전시장이다. 두 얼굴을 가졌다.

그런데 붉은 광장은 나라의 상징적 아이콘일 뿐, 공식 국가 상징물은 따로 있다. 크렘린궁 지붕 위의 삼색 국기, 스파스카야 종탑 위의 붉은 별, 그리고 제2차 세계대전 희생 용사의 '꺼지지 않는 불꽃'을 말한다. 이태준은 1946년 소련 기행문에서 "모스크바의 모든 길은 붉은 광장에 통한다"라고 썼다. 북한의 공식 사절단 일원으로 2개월간 소련을 '황홀하게' 둘러본 그가 가장 감격스럽게 묘사하는 곳이 붉은 광장인데, 그의 황홀은 혁명의 상징인 붉은 별과 붉은 깃발에 꽂혀 있었다.

소련의 붉은 별과 붉은 기는 북한 국가 상징물의 모태다. 모란봉에 건립한 해방탑 꼭대기에 붉은 오각별이 달리고, 대동강 근처 중심대로는 '스탈린 거리'로 명명되었다. 그러나 스탈린이 죽고 김일성 체제가 확립되면서 소련의 자취는 지워져야만 했다. "망각이 국가를 창조하는 데 있어 결정적인 요소"라는 에르네스트 르낭의 역설적 명제를 주체사상의 역사만큼 잘 보여주는 예는 없다. '스탈린 거리'는 '승리 거리'로 개명되고, 붉은 광장을 본떠 만든 대동강변 광장은 '김일성 광장'이라 이름 붙여졌으며, 강 건너 맞은편에는 붉은 별 대신 붉은 횃불을 얹은 170미터 높이의 주체사상 탑이 세워졌다. 미국 내셔널 몰의 워싱턴 기념탑보다 1미터 더 높다고 자랑한다.

그러나 이 초대형 주체사상 탑도 모스크바의 오스탄키노 탑(540미터)과는 상대가 안 된다. 소련이 10월 혁명을 기념하며 미국 엠파이어스테이트 빌딩보다 높게 세웠다는 탑이다. '가장 높이, 가장 크게!' 이것이 전체주의 이념의 표준 슬로건이다. 우월감과 자긍심의 개념 같지만, 열등감과 호전성의 발로인지 모른다. 최상급은 과시와 강박의 언어여서 폭력적이면서도 유치하게 느껴진다.

최근 광화문 광장의 초대형 태극기 설치안이 등장했을 때 엄습해온 불편한 기시감은 이런 일련의 상징물에 대한 기억에서 기인하는 것이다. 러시아의 붉은 광장, 북한의 김일성 광장은 일례에 불과하고, 원래 모든 공간의 이념화는 억압적이며 아름답지 않다. 자유와 평화를 구현한다지만, 그 발상 자체가 자유롭지도, 평화롭지도 않다.

개발경제 시대와 군사정권 시대의 문화 기획이 바로 그랬다. 그때 만든 대형 기념물들의 기본 틀은 전체주의 선전 양식과 하나도 다를 바 없었다. 길을 걷다가도 일정 시각에 애국가가 나오면 멈춰 서 있어야 했던 시절이다. 왠지 그 기억의 장으로 되돌려지는 듯한 느낌은 나 자신의 이념, 애국심, 태극기 사랑과는 전혀 무관한 문제다.

100미터짜리 빛기둥 국기 게양대 설치안이 논란에 부딪히
자 서울시는 한 달간의 시민 의견 수렴 절차를 거쳤다. 그러고
는 서울시 홈페이지에 의견을 낸 522명 가운데 59퍼센트 찬성
— 그중 거의 대부분 태극기 게양 찬성 — , 40퍼센트 반대의
결과에 따라 국가 상징 공간을 2025년 가을까지 조성하는 것
으로 확정했다.

설문 참여자 522명은 5천만 국민의 0.001퍼센트에 불과하
다. 이 세 자리 소수점 숫자에 '시민들의 제안과 아이디어' 청
취라는 의미를 부여하는 것은 누가 봐도 무리일 듯싶다. 행정
주체의 선의와 고충도 충분히 이해되지만, 국가 상징물 설치
가 왜 필요한가, 무엇을 상징으로 삼을 것인가는 보다 긴 숙고
와 합의를 요구하는 질문이다. '상징' 자체가 통합의 메시지이
며, 광장은 모든 시민의 공간이기 때문이다.

고대인들은 '공간의 정신genius loci'을 숭앙했다. 광화문 광
장은 2009년 조성되었으나, 그곳의 정신은 '육조거리' 이전부
터 어리어왔다. 지금은 고성과 독설이 오가는 그곳에서 시민
들이 또 유유자적 책도 읽고, 아이들과 물놀이도 하고, 벼룩시
장도 연다. 분열 속의 무관심, 질서 속의 무질서라는 기괴한 조
화가 오늘 이 광장, 이 사회의 정체성이다. 그 현장에 어떤 구
심점이 간절할 수는 있겠다. 다만 하루아침의 유형물이 그 역

할을 해낼지는 의문이다.

P.S.

초대형 태극기를 광화문 광장에 설치하느냐 안 하느냐는 애국심이나 이념과는 별개의 문제라고 말했는데도 불구하고, 보수 우파 성향의 독자는 이 글을 급진 좌파적 주장으로 접수해 공격했다. 2025년에 서울시는 태극기 게양대 설치 계획을 6.25전쟁 참전국 기념물 설치로 변경했다. 모든 관제식 공간 기획이 나로서는 떨떠름하다. 발상이 하나같기 때문이다. 북한은 1947년에 소련군을 기리는 30미터짜리 해방탑을 모란봉에 세웠다. 1982년 대동강변에 세워질 170미터 높이 주체사상탑에 비하면 보잘것없는 탑이다.

김민기와
비소츠키

그의 낮은 목소리는 가짜 신념과 과장으로 가득 찬 오늘의 소음과 너무 다르다. 예전엔 그 목소리를 제대로 들어보지 못했다. 그는 항상 뒤쪽 어딘가 물러서 있었고, 그의 노래가 '우리의 노래'였던 시대도 이제는 까마득하다. 다른 가수들이 제각각으로 소화해 인기를 얻곤 했지만, "내 노래는 내가 제일 잘 부르지"라며 자부한 김민기다. 실제로 그가 부를 때, 노래와 목소리와 사람은 온전하게 하나다.

　시대가 읽는 문학처럼, 시대가 부르는 노래가 있다. 김민기 노래는 시대의 노래다. 밀실의 읊조림이 광장의 함성으로 뒤

바뀐 경우다. 그런데 원래 그의 노래는 광장의 피가 흐른다. 단조로울 만큼 정직한 4분의 4박자 행진가 리듬, 형식과 잘 맞아떨어지는 내용은 집단 감염력이 있다. 사적인 타령과는 거리가 멀다.

사랑이란 단어도 없고, 있다면 '우리네 인생, 우리네 사랑' 정도다. 가사에 등장하는 '나'는 '우리'의 일부고, 노래하는 관점도 보편적 관찰자 것이다. 공장 직공 합동결혼식 축가였다는 〈상록수〉는 "손에 손 맞잡고 / (...) / 깨치고 나아가 끝내 이기리라" 외치면서 끝난다. 두 남녀의 결혼 축가라기보다 더 큰 가족(민중)의 인생 찬가다.

김민기는 '운동가'를 자처하지 않았고, 특정 이념을 주장한 적도 없다. 그런데 그의 노래는, 전혀 의도하지 않았다는데도, 듣는 이 가슴을 뛰게 한다. 누군가 '나 이제 가노라' 선창하면, 함께 따라나설 기분이 드는 것이다. 그 면에서 선동적인데, 세련되고 순수하다. 선동 목적이 분열이 아닌 통합에 있기 때문이다. 낡은 구호 하나 없이 선동하기 때문이다. 그의 노래는 갈라치며 싸우는 떼거리의 전유물이 아니라 모두 것이며, 그 안에서 사람들은 하나가 된다.

대중가요는 한때 저항 정신을 대변하는 전 세계적 문화 현상이었다. 1970년대 한국의 통기타 음악은 1960년대 서구 사회의 반전·반문명 히피주의와 서로 통하고, 특히 동시대 소련의 언더그라운드 문화와 겹친다. 강압적이고 획일화된 체제에 숨 막혔던 소련 시민은 자유와 양심의 목소리를 찾아 밀실 — 아파트 부엌, 지하 소극장 등 — 로 모여들었고, 그들이 갈구한 진짜 '진실'은 사미즈다트(samizdat, 자가 출판) 또는 마그니티즈다트(magnitizdat, 자가 녹음) 형식으로 불법 제작·복제되어 비밀리에 유통되었다.

김민기가 송창식의 스튜디오에서 몰래 녹음했다는 카세트 테이프 음반《공장의 불빛》(1978)이 바로 '마그니티즈다트' 범주에 속한다. 공권력과 시민의 숨바꼭질은 1970년대 소련과 한국에서 동일하게 펼쳐졌으며, '불법의 합법화' — 해금 — 는 민주화와 페레스트로이카 시기인 1980년대 후반에 앞 다퉈 이루어졌다. 대중가요가 언더그라운드 문화의 한 축을 차지한 점도 일치한다.

청년 김민기와 비슷한 시기 활동했던 소비에트 대중문화의 우상 블라디미르 비소츠키는《백야》라는 영화 속 망명 무용가 바리시니코프의 춤 배경 음악 〈야생마〉로 우리에게 잘 알려졌다가, 그 곡이 TV 드라마《미생》주제가로 번안되는 덕에 다시한 번 유명해졌다. 작중 인물이 회사 옥상에 올라 침 튀기듯 비장하게 원어로 내뿜는 노래다.

협곡 벼랑길 아슬아슬한 가장자리 따라

채찍 휘둘러 말 떼를 몰아가네.

숨 가빠 헐떡이며 바람을 마시고 구름을 삼킨다네...

비소츠키 역시 가래와 피 끓는 목소리로 포효하듯 불렀다. 비소츠키 자신이 소비에트의 길들여지지 않는 '야생마'였다. '기타 든 시인'이자 배우였던 그는 정치적 반체제는 아니었으나, 자유분방하고 개인주의적이며 탈이념적이라 결과적으로 반反소비에트였다. 과제에서 이탈한 방식, 거친 날것 언어로 소비에트 현실을 노래하는 그의 돌출적 개성은 해빙기 소련의 억눌린 숨통을 터주었기에, 아무리 출간·방송을 금지해도 — 그의 사후에야 허락된다 — 대중은 비밀스러운 노래를 용케 찾아 들으며 열광했다. 술과 약물 중독으로 42살에 요절했을 때도 공식적인 애도는 없었지만, 시민의 자발적 조문 행렬은 10킬로미터(!)나 이어졌다고 한다. 스탈린의 죽음 이후 최대 인파였다.

비슷한 현상이면서도, 막상 두 '스타'는 대조적이다. 저음으로 속삭이는 김민기와 극대치로 절규하는 비소츠키, 김민기의 황소걸음과 비소츠키의 야생마 질주, 전자의 자기 절제와 후자의 자기 소진, '뒷것' 김민기와 '앞것' 비소츠키... 김민기

노래는 쉽게 따라 부르지만, 비소츠키 노래는 근본적으로 듣
는 노래-시다. '떼창'이 어렵다. 김민기 노래의 근원이 공동체
의 연대 의식이라면, 비소츠키의 지향점은 철저한 자기중심주
의다. '우리' 아닌 '나'의 노래. 그것이 비소츠키 노래가 시대
의 노래였음에도 광장의 노래는 되지 못한 첫 번째 이유 아닐
까 싶다.

P.S.

비소츠키와 함께 유명했던 또 한 명 음유 시인이 불라트 오쿠드쟈바다.
낮고 작은 목소리로 시를 읊듯 노래한 그가 어쩌면 성향 상 김민기와
좀 더 가까웠는지도 모르겠다. 그러나 오쿠드쟈바는 비소츠키에 비해
훨씬 밀실 형이고, 그의 청중은 인텔리 계층이었다. 똑같이 밀실에서
만들어진 '나의 노래'였다 하더라도, 광장의 대중을 향해 뿜어져 나왔
다는 점에서는 역시 비소츠기와 김민기의 친연성이 깊어 보인다.

내 이름이
그대에게
무엇이리

물론 이름도 유행을 탄다. 매년 새로운 학생들 출석부를 받아보며 확인하는 사실이다. 사법부가 내놓은 시대별 통계도 있고, 사설 기관이 진행한 데이터 분석도 나와 있는데, 2022년에 가장 인기 높던 신생아 이름은 이서·서아·지아(여), 이준·시우·서준(남)이었다 한다. 1940년대부터 10년 단위로 조사된 바에 따르면, 40년대 대표 이름은 영수·영자, 50년대는 영수·영숙, 60년대 영수·미숙, 70년대 정훈·은주, 80년대 지훈·지혜, 90년대 지훈·유진이었다.

2천년대 초반쯤이었을까, 순우리말 이름이 눈에 띄기 시작한다. 가람, 보람, 한샘, 초롱, 누리, 이슬, 송이 등이 주위에 많았다. 요즘에는 다시 전통적인 한자어, 그러나 발음이 순하고 중성적인 이름이 대세다. 기억에 새겨진 이름으로 핑크와 사랑이 있다. 핑크색을 좋아한 어머니가 그 이름을 붙여주었다는 여학생은 왠지 분위기도 핑크빛다웠다. 사랑이란 학생은 부모님이 선교사다. 수업 시간에 '사랑…'하고 부를 때면 내 목소리는 저절로 부드러워지곤 했다.

1940년대 이전을 대표하는 여성 이름은 순이다. "순이들은 끌려갔다"는 충격적인 문장으로 백신애의 단편 〈꺼래이〉는 시작한다. "내 사랑하는 오직 하나뿐인 누이동생 순이"(임화), "가난에서 나고 가난에서 자라" 술집 여자가 된 옥순이(이찬), 하얼빈 매음굴로 전락해 자살하는 계순이(이효석), 그리하여 "종로 네거리의 열아홉 살쯤 스무 살쯤 되는 애들"로 부활하는 순아(서정주)는 모두 근대기 순이의 계보에 속한다.

무고한 수난과 희생의 상징 순이, 수많은 오빠의 누이이자 연인이던 순이는 도스토옙스키 소설 《죄와 벌》의 여주인공 소냐를 닮았다. 가족을 위해 매춘부가 된 열여덟 살 소냐는 가난한 대학생 라스콜니코프를 구원으로 인도하는 순정의 인물이다. 발음에서마저 소냐와 순이는 서로를 메아리친다.

순이가 향토적 상징성을 띠었다면, 같은 시기 이국적 상징성을 뽐낸 이름도 있다. 김마리아·박마리아·차미리사·황에스더·이도리티 등의 서양 이름은 선교사로부터 내려 받거나 신여성 스스로 선택한 문명의 표지였다. 동시대 남성 지식인의 낭만적 상상력을 자극한 것은 영미권이 아닌 러시아 이름이다. 카추샤, 나타샤, 소냐, 옐레나, 안나, 올렌카… 북국을 향한 동경과 러시아문학 속 여주인공의 친숙감이 그 이름을 소리 내 부르도록 이끌었다.

시대 흐름은 작명의 흐름을 좌우한다. 러시아 이름의 변천사도 흥미로운데, 소비에트 혁명 열기가 절정에 달한 시기에는 블라디미르 일리치 레닌을 압축한 빌렌Vilen, 맑스·엥겔스·레닌·스탈린의 머리글자 합성어인 멜스Mels 같은 믿지 못할 이름들이 실제로 존재했다. 소련 붕괴 후에는 아나스타샤, 폴리나 류의 복고풍 이름이 재부상했다.

그러나 시대의 징후가 되었건 말건, "이름이 뭐란 말인가 What's in a name?" 장미는 장미 아닌 다른 어떤 이름으로 불러도 여전히 향기롭거늘. 셰익스피어 희곡《로미오와 줄리엣》에서 가문의 적을 사랑하게 된 줄리엣이 펼치는 논법이다. 로미오의 완벽함은 아무 호칭 없이도 그대로일 터, 저주스러운 이름일랑 벗어던지라는 것이다. 그러자 로미오가 답한다. "나를 사랑이라 불러주오, 새롭게 세례받은 나/ 그 순간부터 다시는 로미오가 아닐 테니.”

러시아 시인 푸시킨도 비슷한 질문을 던졌다.

내 이름이 그대에게 무엇이리?
머나먼 해안에 부서진 슬픈 파도 소리처럼,
한밤중 깊은 숲의 술렁임처럼,
사라져버릴 이름인데.

과거 한때 사랑했던 여인의 앨범에 적어준 시다. 이름을 남겨 달라며 내민 화첩에 시인은 서명 대신 그렇게 써 내려갔다. 사랑이 사라지듯, 만물이 사라지듯, 이름도 사라질 것이다. 덧없는 껍데기에 불과한 “내 이름이 그대에게 무엇이리?” 그런데 시는 마지막 연에서 반전을 일으킨다.

하지만 슬픔의 날, 적막 속에서,
그리움에 잠겨 불러주오.
그리고 말해주오. 누군가 나를 기억한다고,
이 세상 누군가의 마음에 내가 살아 있다고...

푸시킨이 옛사랑에게 써준 이 시가 실은 셰익스피어의 2백여 년 앞선 질문에 대한 화답으로 들린다. 사랑에 빠진 연인에게는 지금 이 순간이 중요하고, 물리적 실재 외에는 머리에 들어오지 않는다. 하지만 장미가 죽으면 냄새 맡을 향기도 없고, 로미오가 죽으면 어루만질 육체도 없다. 그러니 그것으로 그만이란 말인가? 푸시킨의 질문은 존재의 무상함에 대한 반론으로 이어진다. 그는 지나가버린 것의 아름다움을 생각할 줄 안다. 과거를 끌어안아 사랑하는 기억의 힘, 오직 그 힘이 사라졌던 실체를 불러내고 되살려낼 것이다. 껍데기에 지나지 않던 이름도 그때는 불멸의 마중물이다.

P.S.

푸시킨 시대 귀족 여성들은 '앨범'을 간직했다. 지인의 서명, 그림, 시 등으로 가득 찬 '기억의 집'이라고 할 수 있다. 저 유명한 〈삶이 그대를 속일지라도…〉를 비롯해 여러 연애시가 사랑하는(또는 사랑하지 않으면서도 사랑한 척한) 여인의 앨범에 기록되었다. 그 자리에서 즉흥으로 쓴 것도 있고, 미리 쓴 시를 옮겨 적은 경우도 있다. 어떻든 멋지지 않은가? '당신의 이름을 써주세요'라는 여인의 청에 "내 이름이 그대에게 무엇이리…"라고 답한다. 그것이 시다. 그것이 연애다.

시대가
읽는
문학

시대가 읽는 문학이 있다. 20세기 초 한국을 휩쓴 러시아문학 붐은 일본으로부터 건너왔지만, '남의 얘기 같지 않다'는 동질 감은 제국보다 식민지 현실에서 더 큰 반향을 일으켰다. 봉건 전제 사회의 부조리와 억압받는 민중의 아픔을 반영한 그 문학은 위대한 휴머니즘의 보고寶庫였으며, 짓밟힌 삶에 대한 연민과 저항 의식을 여느 서구 문학보다도 잘 대변해주었다.

톨스토이의 카추샤가 유린당한 처녀들의 대명사고, 도스토옙스키의 소냐는 희생당한 '순이'들의 또 다른 이름이었던 셈이다. 가난한 대학생 라스콜니코프는 물질적·정신적 고통에 시달리는 식민지 청년의 분신인 듯했다. 투르게네프의 손 흰 잉여인간은 "남달리 손이 희어서" 슬픈(정지용, 〈카페 프란스〉) 식민지 지식인과 겹쳐졌고, 체호프가 그려낸 '환멸기' 러시아의 애수는 근대 조선의 슬픔으로 투영되었다.

힘없는 시대였다. "20만 경성 인구에 걸식자가 18만"이라던 궁핍한 시대는 러시아 민중의 빈궁에 공감하며 세상을 저주하는, 일종의 룸펜 프롤레타리아적 니힐리즘에 빠져들었다. 그런 절망의 시대 앞에서 인간의 힘과 존엄성을 역설해준 작가가 막심 고리키다.

혹시 80년대 운동권 필독서였던 소설 《어머니》를 기억하는 독자라면, 머릿수건 동여맨 어머니와 그 품에 안긴 아들 그림의 노란색 책 표지가 떠오를 것이다. 1905년경 러시아를 배경으로, 한 평범한 농촌 여인이 혁명에 뛰어든 노동자 아들의 뜻을 이어 붉은 전사가 되는 내용이다.

불의에 맞선 투쟁의 대의와 각종 전술 전략이 총망라된 이 혁명 서사가 민주화 시기에는 운동 교본 겸 역할 대본으로 읽혔다. 희생된 '열사' 아들을 뒤따르는 어머니들은 '한국판 고리키 어머니'에 비유되었다. 문학적으로는 결코 성공한 작품이 아니고, 작가 자신도 실패작으로 인정한 바지만, 당시의 시대 상황에서는 그런 문학이 필요했다.

그보다 반세기 앞선 1930년대는 고리키 초기 작품 〈첼카시〉와 《밑바닥에서》를 읽으며 열광했다. 거칠고 무지막지한 밑바닥 삶 속에서도 최후의 자존감을 잃지 않는 민중 이야기다. 첼카시는 집도 절도 없는 항구 부랑자인데, 비록 도둑질은 할지언정 인간 속성의 저속함과 위선에 무릎 꿇지 않는다. 탐욕에 사로잡힌 비굴한 청년 얼굴에 침 뱉으며 돈다발을 집어 던지는 마지막 장면은 영웅적이기조차 하다. 빈민굴을 배경으로 한 희곡 《밑바닥에서》에는 사기꾼 도박사의 격언적 대사가 나온다.

인-간! 당당하게 들리는 말 아닌가! 인-간! 인간을 존중해야 해! 동정으로 멸시하지 말고, 존중해야 해!

고리키의 대문자형 '인간'은 울거나 한탄하거나 애걸하지 않는다. 절망과 추악의 나락에서도 고개 숙이는 법 없이 "앞으로! 높이! 좀 더 앞으로! 좀 더 높이!" 성큼성큼 걸어간다. 힘없는 시대의 독자들은 이 당당함에서 불굴의 용기와 위안을 얻었다. 고리키의 당당한 인간형은 막연히 상상된 형상이 아니라, 무학에 가까운 농촌 출신 부랑자 알렉세이 페시코프(고리키의 본명)가 실제로 삶의 '최대 고통' — 필명 '막심 고리키'의 의미 — 끝에 이루어낸 자기완성의 증거였다. 실증의 역사가 힘없는 시대에 희망을 주었다.

고리키 자전 소설 3부작 중《어린 시절》을 보면, 허구한 날 맞고 때리는 일투성이다. 혁명 전 러시아 민중의 현실이 그러했고, 어린 주인공도 외할아버지에게 많이 맞았다. 일찍 아버지를 잃고, 이어서 어머니마저 잃게 된 아홉 살짜리 꼬마에게 할아버지가 말한다. "넌 메달이 아니다. 그러니 내 목에 매달려 있지 말고 사람들에게 가거라." 집에서 쫓겨난 고리키는 길 위에서 스스로 성장했다. 책과 세상을 통해 배우며 민중을 대표하는 작가로 살아남았다.

이병주 역사소설《지리산》의 중학생 주인공은 고리키를 읽는다는 이유로 경찰에 불려갔다 나온 후 일본인 교장 앞에서 고리키에 대한 존경심을 이렇게 설명한다. "가난하게 자라, 고생하면서 혼자 공부해 가지고 그처럼 훌륭한 사람이 되었다는 데 감동했습니다. (…) 어려운 환경을 이겨나가는 사람이 되고 싶을 뿐입니다." 이것이 1930년대의 시대색이다.

20세기의 두 시대가 고리키를 읽었다. 크게는 같은 방향으로, 그러나 서로 다른 각도에서. 궁금해진다. 21세기는 고리키를 어떻게 읽을까? 힘 잃어 지쳐버린 것도 같고, 힘에 냉소적인 것도 같은 시대다. 과연 오늘의 시대가 읽는 문학은 무엇일까? 오늘의 시대에도 문학은 유효한가와 관련된 질문이다.

P.S.

1930년대 고리키 문학이 자수성가의 모델이었다면, 1980년대 고리키는
운동 교본이었다. 비슷한 류의 또 다른 작품으로 니콜라이 오스트롭스
키의《강철은 어떻게 단련되었는가》가 있다. 두 작품 모두 사회주의 리
얼리즘의 교본으로 손꼽힌다. 해방기 북한에서는 두 소설이 이념의 학
습서로 기능했다. 일제 강점기와 해방기에 좌익 지식인이 주도했던 소
비에트문학 열풍은 1980년대 한국 운동권을 중심으로, 더 큰 민중적 지
지 속에 재현되었다. 일제 강점기 때부터 이어지는 일관된 흐름이 있다.

파괴될지언정
패배하지
않는다

최인훈의 1960년 문제작 《광장》은 갈림길에 선 인간 이야기다. 좌냐 우냐, 남이냐 북이냐, 이념이냐 사랑이냐, 광장이냐 밀실이냐 사이에서 갈등하던 지식인 청년은 종착지로 '중립국'을 택한다. '푸른 광장' — 바다 —, 즉 자살로 수렴되는 그의 최종 선택이다. 소설에 이런 대목이 나온다.

밀실과 광장이 맞뚫렸던 시절에, 사람은 속은 편했다.

흑백으로 양분된 사회, 그래서 선택이 강요된 시대는 불행하다. 그 시대를 사는 지식인·예술가의 삶이 특히 험난할 수밖에 없는 것은, 그들의 숙명이 원래 제3지대에 속하기 때문이다. 떼 지어 가는 길이 아닌 길, 강제 받지 않은 사유와 표현이 그들 하는 일의 본령이라는 의미에서다.

밀실도 아니고 광장도 아닌 제3의 길은 여러 가지다. 극단적으로는 죽음이나 망명이 있고, 그 안에서 또 자살, 처형, 자발적 망명, 추방, 유배 등으로 갈라진다. 혁명기 러시아 지식인 다수가 그 길을 갔다. 죽지도 떠나지도 않은 채, 제자리에 남아 걷는 제3의 길도 있다.

그때는 아예 은거해 침묵하거나, 서랍과 창고 안 깊숙이 감춰둘 비밀 작업을 몰래 이어가거나 — 매우 위험한 일이다 —, 체제의 칼날이 닿지 않을 무풍지대로 몸을 숨겨야 한다. 문학의 경우 대표적인 무풍지대가 고전문학, 아동문학, 번역문학이다. 동시대 현실로부터 멀리 떨어져 있고, 이념을 드러낼 필요도 없으며, 검열에서 비교적 자유롭다. 실은 자신이 말하는 것이면서도 남이 말하는 것처럼 들리게 하는 이런 복화술의 문학 분야가 소비에트 시대에 유독 번성했다.

만주 방랑 후 고향인 북으로 가 정착한 시인 백석이 소비에트·러시아문학 번역과 아동문학에 전념한 것도 같은 맥락 아닐까 싶다. 그것이 체제 순응적 역할 속에서 그나마 서정의 순수성을 지키는 유일한 방식이었다. 그러나 백석은 아동문학 분과에서마저 밀려나 후반부 37년을 오지 양강도의 양치기로 살아야 했다. 양강도 양치기 백석의 70대 중반 사진이 남아 있다. 여전히 맑은 얼굴, 과히 찌들지 않은 얼굴이라고들 위안하지만, 내 눈에는 그리 보이지 않는다. 근사했던 2,30대 모던 보이 백석과 인민복 입은 저 깡마른 시골 노인 사이를 나는 영 무마하지 못하겠다.

양강도 삼수군은 말년의 고산 윤선도가 당파 싸움에 휘말려 귀양살이한 고장이기도 하다. 고산의 80 평생은 상소와 귀양으로 점철된 거친 생애였는데, 덕분에 뛰어난 시편들이 탄생했다. 은거지 해남에서 쓴 〈오우가〉, 보길도에서 쓴 〈어부사시사〉는 모두 외로운 '내적 망명internal exile'의 절창이다.

그런데 윤선도의 은거 시를 안나 아흐마토바라는 소비에트 여류 시인이 번역한 사실은 잘 알려지지 않았다. 아흐마토바는 혁명과 전쟁과 숙청의 현장에 끝까지 남아 모든 비극을 겪고 목격하고 기록했던 기념비적 시인이다. 반혁명주의자였던 첫 남편은 총살당하고, 또 다른 남편은 시베리아 유형지에서 죽고, 아들은 두 차례나 유형에 보내지고, 친구들도 눈앞에서 사라지고, 자신은 작가동맹에서 제명돼 오랜 기간 시를 발표할 수 없었다. 한때 모딜리아니를 비롯해 여러 남성 예술가들이 사랑에 빠져 스케치하고 형상화한 그 신비로운 아름다움은 그녀의 40대 얼굴에선 흔적도 찾아볼 수 없다.

글을 발표하지 못해 생계가 막막했을 때, 그녀는 대신 번역을 했다. 시조집《푸른 산의 나라에서 온 시들지 않는 말들》― 《청구영언》을 뜻하리라 ― 은 레닌그라드대학 조선어문학 전공자들의 초벌 번역을 바탕으로 작업해 1956년에 나왔다. 고려 가요 〈동동〉에서 황진이 시조까지 2백여 수 넘게 수록된 이 번역 시집에 대해 두 가지만 밝힌다. 우선 시인의 솜씨다운 유려한 번역이고, 원시를 읽을 때보다 오히려 더 잘 이해되는 감이 있다. 비슷한 기간에 쓴 〈조선 시조를 모방하여〉라는 창작시와 일련의 4행시는 본격적인 비교 연구 대상이다.

또 한 가지, 번역에 관한 짧은 글에서 그녀는 조선 시조가 매우 회화적이며, 윤선도의 〈어부사시사〉는 뜻밖에도 주제나 분위기가 헤밍웨이의《노인과 바다》를 연상시킨다고 했다. 〈어부사시사〉와《노인과 바다》?

그런데 가만 생각해보니 일맥상통하는 면도 없지 않다. 윤선도가 귀양 갔던 곳에서 백석이 양치기 귀양 생활을 하고, 윤선도가 은거하며 쓴 시를 역시 은거 중의 아흐마토바가 번역했다. 모두 '제3의 길'을 간 망명객들이다. 헤밍웨이의 늙은 어부 산티아고는 홀로 바다에 나가 일생일대의 사투를 벌이며 다짐한다. "파괴될지언정 패배하지 않는다." 그토록 고독했지만 강인했던, 또는 그토록 고독했기에 강인했던 정신의 승리 안에서, 그들은 결국 한 핏줄이다.

P.S.

양강도 삼수군은 '삼수갑산'의 그 삼수군으로, 함경남도의 고산 지대에 속한다. 조선 시대부터 귀양지여서, 윤선도는 현종에 의해, 백석은 김일성에 의해 그쪽으로 유배되었다. 아흐마토바는 유형을 간 것은 아니지만, 제2차 세계대전 당시 3년간 타슈켄트로 피난을 떠나 그곳에서 성숙기의 중요한 작품을 많이 썼다. 동양에 대한 관심도 그 시기에 심화되었다. 내게는 아흐마토바의 조선 시조집 초판본이 두 권 있어 아낀다. 그녀의 번역이 시조의 아름다움을 가르쳐주었다.

윤치호와
서정주
러시아 가다

윤치호는 복잡한 인물이다. 조선 최초 일본 유학생, 조선 최초 영어 통역관에 덧붙여, 최소한 내가 알기로 조선 최초 영문 일기 기록자다. 미국 유학 시절 시작된 일기는 무려 50여 년간 지속되었다. 첫 문장이 이렇다. "지금까지는 한글로 썼으나, 말하고자 하는 바를 모두 표현하기에는 아직 어휘가 충분하지 않아서 영어로 쓰기로 마음먹었다."(1889년 12월 7일)

어휘만 문제가 아니었을 것이다. 그는 일본에서 공부하던 10대 때부터 영어 개인 교습을 받고, 상하이 선교사 학교를 거쳐 미국 남부 명문 대학을 다녔다. 졸업 후에는 역시 선교사 학교에서 교육받은 중국인 신여성과 결혼했다. 젊은 시절 일기 곳곳에 "내 소중한 달링 베이비"를 향한 사랑과 그리움이 배어 있다. 심지어 "I am hungry for her" 같은 원색적인 표현도 나온다. 과연 영어가 아니었다면 그런 언술이 가능했을까? 어휘가 아닌 의식과 문화 문제다. "인간에게 말이 있는 것이 그들의 속마음을 감추기 위해서"(스탕달)라면, 인간에게 외국어가 있는 것은 속마음의 고삐를 풀어주기 위해서일 수 있다. 이때 외국어는 곧 자유다.

윤치호는 프랑스어도 배웠다. 1896년 고종의 외교 사절단으로 러시아를 방문한 그는, 그 나라를 서구 최강대국이라 믿으며 의지하려던 조정 대신과 달리, 이름뿐인 제국의 실체를 발 빠르게 간파했다. "러시아 건축과 의복에는 아시아적인, 따라서 그로테스크한 것이 많다"며 무시하고, 서구와 비교해 맘에 드는 것은 식물원, 정원, 천문대, 그리고 여자밖에 없다고 속으로 생각했다.

페테르부르크에 체류하는 두 달 반 동안 러시아어 대신 프랑스어 교습을 받더니, 공식 임무가 끝나자 대학에 남아 조선어를 강의해달라는 요청도 물리친 채 아예 파리로 갔다. 그런 그가 파리에서 외로움에 지쳐 회의하는 대목이 있다. "설령 프랑스어를 잘하게 된들 내가 프랑스어로 뭘 하겠는가! 왜 불필요한 지적 사치, 결코 내가 누리지도 못할 사치를 위해 사랑하는 사람들과 이토록 가슴 아픈 이별을 해야 하나? 아, 헛되고 헛되도다!"

일본어와 영어가 실용어라면, 프랑스어는 교양의 언어였다. 개명 안 된 동양 약소국 시민한테는 쓸모없을 문화 자본마저도 그는 축적했다. 서구 문명권 엘리트가 되고 싶었던 걸까? 일본에 있으면서 영어 배우고, 러시아에 있으면서 프랑스어 배우는 개화기 조선인의 다부진 야심을 상상해본다. 페테르부르크 호텔 방에서 홀로 톨스토이의 《전쟁과 평화》를 영어로 읽으며, 역시 영어로 일기를 쓰는 저 고독한 우월감을 상상해본다. 동시에 온몸으로 감당했을 열등감의 동통疼痛도 상상해본다. 이것이 구한말 '세계인'의 초상이다.

윤치호는 외국물 먹은 동양인의 서구주의 편향성을 비난한 바 있으나, 실제로는 아름다운 서양과 추한 동양의 이분법을 떨쳐내지 못했다. '힘'에 대한 자의식은 그를 우월감과 열등감으로 분열시켰으며, 미처 여물지 않은 정체성을 과도기적 갈등과 자기모순으로 몰아붙였다. 자주 독립을 열망하던 개혁론의 균열은 거기서 왔다.

한 세기 뒤 또 한 명의 흥미로운 어학 연수생이 등장한다. 서정주 시인이다. 1992년 당시 78세였던 이분 목표는 코카서

스 장수촌에서 3년간 정양하며 러시아어를 배워 젊은 시절 애독했던 도스토옙스키를 원어로 읽는 것이었다. 그곳 황혼녘 구름이 좋아서 간다고 했다. 비록 두 달 여행으로 끝나고 말았지만, 노시인은 흡사 그리운 먼 옛날을 찾아가는 방랑자 행색으로 구소련에 날아가 궁핍한 삶의 "우리네 옛날만 같은/ 또 우리네의 시골만 같은/ 찐한 찌린내" 맡으며 반세기 전 헤어졌던 육친 만나듯 반가워했다.

두 민족이 공유한 고통의 냄새 안에서는 러시아어도 동떨어진 외국어가 아니었다. 가령, 길에 핀 해당화의 러시아 이름 '쉬포브니크'가 시인 귀에는 '쉬 뽑히지 말라'로 들렸으니, 그것은 번역이 필요 없는, 모든 힘 약한 존재들의 공용어였다. 그래서 시인에게는 "너희들도 인제부터는 절대로 쉬 뽑히지 마라"는 축원의 기도가 절로 나왔다.

21세기 한국은 이제는 "절대로 쉬 뽑히지" 않을 당당하고 주체적인 나라가 되었다. 게다가 한국어를 세계 널리 가르치기조차 한다. 그러나 "영어, 내 마음의 식민주의"라는 어느 영문학자의 통렬한 인식처럼, 여전히 힘센 언어의 족쇄에 붙잡혀 있고, 여전히 실용 언어에 몰입해 있다. 실용 — 힘 — 의 논리로만 언어를 택하거나 팽개치는 한, 그리고 특정 언어의 기득권을 고집하는 한, 마음의 식민주의는 사라지지 않는다. 한

글과 한국어 확산에 지나치게 집착한다면, 그 또한 실은 뒤집은 형태의 식민주의가 될는지 모르겠다.

P.S.

한국에서는 약 50년을 주기로 러시아를 향한 관심 고조가 되풀이되었다. 구한말 개화기(1890년대), 해방기(1940~1950년대), 그리고 페레스트로이카 개방기(1980~1990년대)를 거치며 사회 기득권의 지배 담론과 민중의 저항 담론 양편을 모두 뒷받침해준 것이 러시아라는 참조점이다. 한국의 정체성 변신과 러시아 붐이 맞물려 있었다는 점은 연구 대상이다. 다시 반세기가 지난 2040년대에는 러시아와 한국이 어떻게 변해 있을까? 그때까지 지켜볼 일이다.

묘지의

노래

옛날에는 사람 모여드는 곳 가까이 무덤을 마련했다. 그것이 죽음에 대한 두려움을 없애고 남은 삶의 소중함을 환기하는 방식이었다. 셰익스피어 극《햄릿》의 묘지기는 노래하며 무덤 파는 익살꾼이다. "이 친구는 자기가 뭐 하는지 느낌이 없나, 무덤을 파면서 노래 부르게?"라고 햄릿이 묻자, "습관이 그 일을 편하게 만들었나 보죠"라고 호레이쇼가 답한다. 습관도 습관이지만, 그 유쾌함은 죽음에 반사된 생명력의 발현일 테다. 무의식이 그에게 속삭이는 것이다. 이제 곧 침묵할 테니 지금 실컷 말하고, 이제 곧 몸 눕혀 잠들 테니 지금 열심히 움직여

야지. 살아서는 썩지 말아야지.

역사학자 필립 아리에스의 자료(《죽음 앞의 인간》)에 따르면, 중세기 때 공동묘지는 교회로 편입되었다. 교회가 죽음의 악령을 잠재우리라 믿었기 때문이다. 르네상스 시기는 개개인 묘를 장식하는 각종 예술품과 비석이 넘쳐났다. 18세기는 삶과 죽음의 세계를 보다 선명히 분리해 산 자가 죽은 자를 기억하는 애도 의식을 정착시켰다. 공동묘지는 교회를 벗어나 변두리에 조성되었고, 그곳을 거닐며 삶의 의미를 사색하는 일이 유행했다. 묘지 시도 인기를 끌었다.

> 빛나는 가문, 화려한 권세,
> 그 모든 아름다움과 그 모든 재산을
> 피할 수 없는 시간이 기다리고 있으니,
> 영광의 길마저도 무덤으로 이어질 뿐.
> (…)
> 봐주는 이 없이 붉게 피어오른 수많은 꽃
> 황량한 대기에 향기를 흩뿌린다.
>
> — 토마스 그레이, 〈시골 묘지에서 쓴 애가〉

육체 이상의 것 — 영혼 — 을 생각하는 일이 철학이라고 한다면, 적막한 시골 묘지의 고독한 산책자는 철학자나 다름없었다. 묘지를 둘러싼 유장한 자연과 덧없는 삶의 대비, 그리고 '저 너머' 세계를 향한 명상적 동경에 뒤이은 것이 '아름다운 죽음'이라는 낭만적 개념이다.

그런데 죽음을 은유로써 미화하는 것은 그것을 멀리한다는 의미이기도 하다. 실체 자체는 외면된다. 아리에스는 '금지된 죽음'이라고 표현했다. 현대인에게 죽음은 무섭고, 아름답지 않고, 수치스럽다. 그래서 심각하게 아프다는 사실을 감추고, 병자를 격리하고, 망자에 대한 격한 감정을 절제한다. 죽음은 편재하지만, 막상 그것은 저~기 어딘가, 눈 안 띄는 곳에 숨겨져 있다.

옛날 사람에게는 가장 나쁜 형태의 죽음이었던 급사急死가 현대인에게는 오히려 행운인 양 여겨진다. 옛날에 죽음은 스스로, 또 함께 준비하며 기다리는 과정이었는데, 지금은 될 수 있는 한 의식 없이 죽고 싶어 하고, 산 사람은 어떻게든 후다닥 죽음의 자취를 지워버리려 한다. 일상으로의 복귀는 빠를수록 좋다. 죽음은, 존중되는 것 같아도 실은 그렇지 못하다.

먼 훗날의 역사가는 21세기형 죽음을 어떻게 기술하게 될까? 묘지 없는 시대다. 대부분 홀로 죽을 것이며, 대부분 땅에 묻히지 않을 것이다. "사람에겐 얼마만큼의 땅이 필요한가"라고 톨스토이가 질문했을 때의 정답은 무덤 면적인 3아르신(약 2미터)이었다. 질문은 여전히 유효하지만, 대답은 더 이상 유효하지 않다.

얼마 전 모임에서 이런저런 얘기가 나왔다. 나이 많을수록, 혼자 사는 사람일수록 사후 처리 문제는 당면 과제 1순위에 속한다. "나 죽은 뒤 대홍수가 나건 말건"— 도스토옙스키의《백치》에 나오는 말 — 상관할 바 아니라는 방임주의자도 물론 있다. 삶이 비교적 편안하고 자식과 사이좋은 사람은 별걱정 안한다. 결정권을 거머쥔 자식이 알아서 해주겠거니 믿어서다.

납골당 선호도는 높지 않다. 아무 의미 없다고 이구동성이다. 그런데도 '6성급 호텔형 프리미엄 봉안당'처럼 극도로 상업화한 '명품' 납골당이 등장해 눈길을 끈다. 장묘 시설마저 대한민국 1퍼센트와 나머지 99퍼센트로 양극화하고 있다. 죽음은 모두에게 평등한데 말이다.

다들 소박하게, 그러나 존엄하게, 자연으로 돌아가면 좋겠다고 말을 모았다. 어떻게 하면 그럴 수 있는가만 분분했을 뿐이다. 자리 좋은 곳에 이름표 단 나무 벤치를 세워 지나가는 사람들 쉬어가게 하면 어떨까? 분골 섞은 본차이나 도자기를 만들어 간직하면 어떨까? 꽃 가게 앞으로 유산을 위탁해 생전 일터, 또는 자주 가던 곳에 꽃바구니를 정기 배달시켜 놓아두면 어떨까? 자연으로 돌아가겠다면서도, 뭔가 뜻있고 아름다운 것을 남기고자 원했다. 말이 그렇지, 바람처럼 사라지고 싶지 않은 본능이 그렇게도 뿌리 깊었다.

소설《백치》의 한 대목이 생각난다. "어찌하면 더 잘 죽을 수 있을까요?" 말기 폐병 환자가 물으니, 주인공이 '백치'다운 명언을 한다. "그냥 지나가세요, 그리고 살아 있는 우리의 행복을 용서해주세요!"

P.S.

조상 성묘도 제대로 안 하면서 무슨 묘지 타령이냐고 나무랄 수 있겠지만, 외국에 나갔을 때 묘지 방문하는 걸 즐기는 편이다. 여행객들이 유명인의 무덤에 헌화한 생화를 통해 기억의 불멸을 확인하곤 한다. 조용하고 평화롭다. 유럽 작은 마을의 성당 부속 묘지 한 귀퉁이를 차지한 유아 묘지는 언제나 새로운 충격을 준다. 생후 며칠에서 몇 개월 사이에 죽은 아이들이 묻힌 곳이다. 당연히 무덤은 아주 작고, 거기 세워진 천사상과 십자가 조각도 장난감처럼 조그맣다.

석양이
아름다운
집을 짓다

오래전 한 시인이 '석가헌夕嘉軒'이라는 이름을 지어놓고 자랑하셨다. '저녁이 아름다운 집.' 평화롭고 의젓한 어떤 정경이 피어난다. 아름다운 석양 무렵이다. 그가 노래한 "이것들 저것 속에 슬기 없이 녹아/ 사람 미치게 하는/ 저 어스름 때"(정현종,〈나의 명함〉) 내 마지막 하루도 저물면 어떨까 싶었다. 겸허한 노후 안식처에 그 이름을 붙이리라 내심 탐도 냈었다.

　태양이 빛 갈채 속에 무대로 등장하고 퇴장하는 때는 둘 다 너무나 장엄하고 압도적인 시간인지라 일출과 일몰 중 어느 하나만 택하기가 힘들다. 그래서인지 러시아 여류 시인 마리

나 츠베타예바는 노을녘에 죽고 싶다고, 아침노을과 저녁노을
두 번 죽고 싶다고 했다.

수학여행, 성지 순례, 고산 등반 같은 집단행동형 여행에는
대개 일출 감상이 포함된다. 뜨는 해를 마주해 '만세!' 하며 하
루를 시작하는 사람은 건강하다고 한다. 그러나 일몰은 단체
감상 대상이 아니다. 그것은 하루를 마무리하는 여운의 시간,
운수 좋은 하루였다면 감사하고, 운 나쁜 하루였다면 서럽게
울거나 위로받고 싶은 사적인 시간이다. 내면으로 스며드는
뉘엿뉘엿 시각의 한 잔 술맛도 최고다. 전망을 중요시하는 외
국에서는 일출보다 일몰 조망 주택이 단연 인기가 높다.

그런데 이게 다 젊음의 관점에서 하는 말이지, 노년의 관점
은 다를 수 있다. 노인요양보호 교육서에 '석양 증후군sundown
syndrome'이라는 용어가 나온다. 해 질 무렵 치매 환자에게 악
화하는 불안, 격앙, 우울, 망상, 혼동 등의 이상 증세로, 전체
환자의 20퍼센트 정도가 시달린다. 요양원 입소자들을 관찰
해온 간호사가 1987년에 '낭만적'으로 명명한, 그러나 결코 낭
만적이지 않은 이 병증의 원인은 밝혀지지 않았다. 불면증, 수
분 부족, 약물 부작용, 통증, 피로, 낮 동안의 과도한 흥분, 어
둠 등과 관련된 증상으로만 설명된다.

젊음은 늙음을 추측할 따름이다. 의학도, 문학도 여기서는

한계에 부딪힌다. 직접 체험하지 못한 것을 얼마나 알고 설명할 수 있을까? 건강한 사람이 아픈 사람을, 젊은이가 늙은이를 어디까지 이해할 수 있을까? 인생의 한창때 바라보는 석양과 종착지에서 바라보는 석양이 다르다는 자명한 사실을 언제가 되면 실감할 수 있을까?

19세기 시인 튜체프는 쉰 살 전후에 〈마지막 사랑〉이라는 연애시를 썼다. 가정이 있는 몸으로 자신보다 무려 스물세 살 어린 처녀 — 딸의 동급생 — 와 사랑에 빠져 쓴 시다. 이 사랑은 그녀가 결핵으로 먼저 세상을 떠나기까지 14년간 이어졌다. 첫사랑에 대한 시는 많아도 마지막 사랑에 대한 시는 드물다. 과연 마지막일지 아닐지는 삶이 끝나기 전까지 모르는 터, '이것이 마지막이다'의 전제야말로 가장 강력한 사랑 고백이 아닐 수 없다. 서른이면 인생 다 살았다고 생각되던 시대의 '노인' 시인은 쓴다.

삶이 저물어갈 무렵의
사랑은 우리를 얼마나 애틋이 사로잡는지...
비추어라, 비추어라, 작별의 광휘여
마지막 사랑의 노을이여!

어둠이 하늘 절반을 뒤덮어

광휘는 저기 저 서쪽에서 서성인다

저녁 빛이여, 조금만 천천히, 조금만 천천히

황홀한 이 순간을 조금만 더, 조금만 더

혈관의 피는 옅어져도

심장의 사랑은 옅어지지 않느니

오, 은총이요 절망인

그대, 마지막 사랑이여!

조금만 천천히, 조금만 더. 어둠이 코앞에 닥쳐 있기에, 저녁 빛은 더없이 간절하다. 당연히 마지막 사랑의 행복감은 깊은 절망감과 교차한다. 병증으로서의 '석양 증후군'에 대해서도 비슷한 해석이 가능할 듯하다. 황혼 때 발현하는 이 증상은 종말에 대한 불안감과 맞닿았다. 강건한 의식이 병든 무의식에 고삐를 빼앗겨 드러내는 본능의 제스처라고 본다면, 그것은 "내가 아무것도 아닌 것이 되리라는 사실과 화해할 수 없다"(마르그리트 뒤라스)는 절규의 양상일 수 있다. 실제로 석양 증후군의 완화법으로는 친숙한 환경 유지와 어둠 차단이 권고된다.

　그러나 이 또한 덜 늙고 덜 아픈 내 입장의 해석이다. 병리학이 규명하지 못한 현상을 이토록 단순하게 심리 해석하는 실례는 내가 아직은 마지막 지점에서 석양을 감상하지 않기에 함부로 범하는 것이다. '마지막'과 '마지막 이전'의 심연이 궁금하고 무섭다. 그래서 노인요양보호에 대한 교육을 받기 시작했다. 마음속에 '석양이 아름다운 집'을 지으려 한다. 석양이 아름다운 집은 '마지막'의 두려움과 스스로 화해하는 공간이다. 아무리 위대한 문학도 그 비밀만큼은 잘 가르쳐주지 않는다.

P.S.
노인요양보호 교육은 어머니 때문에 받기 시작했지만, 실은 나 자신의 노후를 준비하는 방법이기도 했다. 당시 89세셨던 아버지도 함께 교육을 받아 재수 끝에 자격시험에 합격하셨다. 요양보호 기관에서 이수해야 하는 연수 과정도 함께 마쳤다. 국내 최고령에 가깝다. 아버지 역시 어머니의 말년과 당신의 말년을 잘 직시하고 싶어 하셨다. 그러나 두 분은 여전히 삶에 대한 애착이 강하시다. 석양에는 한껏 즐거워야 한다고 생각하시면서도, 실은 쓸쓸하고 우울하실 것이다.

글은

곧

그 사람이다

이젠 아득해졌지만, 내게도 대입 논술 출제·평가에 관여하던
시절이 있다. 입시 업무는 기밀 사항인지라 자세한 얘기는 할
수 없고, 다만 이태준의 〈무서록〉 중 다음 대목으로 마음 한편
을 대신한다.

> 작문에 있어 점수를 매긴다는 것은 가장 불유쾌한 의무다.
> (…) 90점을 주면서도 이것은 어째서 90점에 해당한다는 논
> 리적인 선언은 할 수 없다. 대체가 감정 속에서 처리되는
> 것이므로 작문 점수란 영원히 부정확한 가점수일 것이다.

　이태준이 그 옛날 이화여전과 경성보육학교에서 강의한 것은 ‘작문(글짓기)’이었다. 그러면 논술은 무엇인가? 한 대학 입학처에 의하면, “논술은 글쓰기가 아니”며, 인문 논술의 첫 번째 정의는 “어떤 주제에 대해 논리적으로 서술하는 것”이다. 논술과 글쓰기가 차별되고, 글쓰기와 논리가 분리되었다. 어쩌면 이 이분법 안에 입시 논술의 맹점이 숨어 있는지 모른다.

　논술만이 아니라 모든 글쓰기가 논리의 산물이다. 논리, 즉 사고와 서술 방식의 정연함 없이는 어떤 글도 성립되지 않는다. 부조리 문학에서조차 ‘비논리의 논리’는 필수적이다. 생각이 없으면 쓸 수 없고, 역으로 자신이 무엇을 생각하는지 알기 위해 쓰는 측면도 있다.

　이태준이 작문을 “사색하는 공부”라 일컬은 것은 그런 의미에서였다. 그의 〈글 짓는 법 A·B·C〉는 “작문이란 글을 짓는 것인 동시에 인격을 짓는 것”이라는 전제에서 출발한다. 글은 근본적으로 “마음의 사진”이며, 작법作法은 덧칠에 불과하다. 물론 그 덧칠도 마음의 움직임을 따른다. 그러므로 글쓰기는 교육·문화 일반의 “중대한 기초 공사”고, “글은 곧 그 사람이다.”

　입시 논술은 그 같은 글쓰기가 아니다. 논술은 주어진 몇몇 제시문을 읽고 비교 분석함으로써 설득력 있는 견해를 피력하는 일이다. 문해력, 분석력, 사고력, 표현력이 모두 요구되는 글을 고작 두 시간 안에 써내야 한다. 나는 그렇게 못한다. 이 엄청난 과제를 완수하려면 생각에 앞서 '전략'이 필요하다.

학생은 이르면 초등 과정부터, 늦으면 수능 직후 집중적으로 그 전략을 전수받는다. 전문적인 훈련을 많이 받은 학생일수록 논술형 사고와 표현 방식에 능란할 수밖에 없다. 적당한 양비론과 윤리적 언어, PC(정치적 올바름)를 두루 갖춘, 그러나 혼자만의 오랜 사색에 낯설어하는 '표준' 엘리트가 그렇게 만들어진다.

논술 훈련의 순기능이 없지는 않다. 요즘 학생은 옛날보다 확실히 글을 잘 쓴다. 컴퓨터 자동 기능 덕분이기도 하겠으나, 비문과 오탈자는 거의 사라졌다. 대신 글이 비슷비슷해졌다. 어떤 사안에 곧장 뛰어들어 텀벙대기보다는, 한 걸음 물러나 비교하고 따지며 대세론에 편승하는 경향이 눈에 띈다.

평가를 의식하면 신중을 넘어 소심해지는 법이다. 어느 주제로건 뭔가를 써낼 능력은 충분하지만, 마음 기울여 생각하고 쓰는 일에는 취미를 잃은 듯하다. 살아 있는 글을 보기 힘들다. 가령 "밤길을 걸을 때는 밤하늘의 별을 봅니다" 같은 단순하고도 정서적인 문장은 오히려 글쓰기를 연습 안 한 이공계 학생에게서나 기대할 수 있다.

내 경험상 학습 능력과 논술 능력은 정비례한다. 그렇다면 논술은 시험으로서 중복적이며, 따라서 굳이 필요 없는 입시 유형인 셈이다. 현재의 교육 현실에서는 변별력 있고 유의미한 평가가 이루어지기도 어렵다. 과연 두 시간 안에 제조된 글 한 편이 학생의 '잠재적 역량'을 증명해줄 수 있는가? 그 역량 진단이 정확하다고 확신할 수 있는가? 논술을 통해 판명하려는 역량의 본질은 대체 무엇인가?

교육부와 대학이 이런 질문을 먼저 하지 않는 것이 유감이다. 왜 쓰는가, 무엇을 위해 쓰는가를 논술은 묻지 않는다. 학생이 어떤 사람인지에 별 관심 없으며, 글쓰기 본연의 교육 기능도 따지지 않는다. 기계적이라고까지 여겨지는 이 시험의 논리 앞에서 '글은 곧 그 사람'이라는 이치는 고리타분해진다.

그런데(!) 이제 인공지능 시대라 한다. 인간보다 훨씬 빨리, 그리고 필경 더 논리적으로 서술할 줄 아는 인공지능 세상에서 인간은 왜, 그리고 어떻게 써야 하나? 그 질문의 시간이 왔다. '글은 곧 그 사람'임을 다시 입증해야 할 때다.

이태준은 글쓰기를 "인격의 공사工事"로 보았다. 18세기 러시아 작가 니콜라이 카람진도 비슷한 생각을 했다. 글은 영혼과 가슴의 초상이므로, 나쁜 사람은 좋은 작가가 될 수 없다고까지 단언했다. 서로 나라와 시기는 다르지만, 이태준과 카람진 둘 다 한 민족의 근대어 형성기에 글을 쓰고 가르친 작가들이다. 언문일치의 좋은 글쓰기가 개인은 물론 민족의식의 보루라고 믿었던 시대의 사람들이다.

P.S.
토론 수업이 중요하다고들 하는데, 읽지 않고 하는 토론은 잡담과 하등 다를 바 없다. 그런데 학생들은 그냥 놔두면 책을 잘 읽지 않기 때문에, 작품에 대해 글 쓰는 과제를 먼저 내줌으로써 책 읽기를 강제한다. 이때 중요한 것이 학생의 글을 정성껏 읽어주는 일이다. 선생이 자신의 글을 읽고, 짧지만 성실한 코멘트를 달아준다는 사실이 학생에게는 가장 큰 동기 부여다. 교수의 피드백이 성실하면, 대부분 학생의 학습 태도도 성실해진다.

아니,
저 사람 귀가
왜 저런 거야

'낯설게 하기'라는 문학 용어가 있다. 러시아 형식주의자들이
문학이란 무엇인가 설명하기 위해 도입한 개념으로, 문학은
낯익은 것 ― 언어, 감정, 풍경, 사고 등 ― 을 새삼스럽게 만든
다는 얘기다. 단골 예시가 톨스토이 소설 《안나 카레니나》의
귀 묘사 부분이다. 소설 초반부에 나오는데, 여주인공 안나는
며칠간 모스크바 오빠 집에 다녀오는 길이고, 페테르부르크
기차역에는 남편이 마중 나와 있다. 기차에서 내린 순간 그녀
눈에 제일 먼저 들어오는 것이 남편의 귀. 그런데 그 귀가 영
낯설다. 그녀는 생각한다.

아니, 저 사람 귀가 왜 저런 거야?

여러분은 귀를 자세히 본 적 있으신가? 사실 우리가 평소에 그냥 지나쳐 그렇지, 좀 이상하게 생기기도 했다. 절망에 찬 반 고흐가 자신의 귀를 자른 것도 거울로 본 귀가 낯선 이물질처럼 눈에 거슬렸기 때문인지 모른다. 귀뿐만 아니라 손가락도, 발가락도, 막상 들여다보면 생경하게 느껴진다. "오래 보아야/ 사랑스럽다"(나태주) 이전에, 오래 볼수록 낯설다.

안나 카레니나의 경우, 남편 귀의 낯섦은 부부관계의 낯섦을 의미한다. 여행길에 마주친 멋진 장교와 열정의 싹을 틔운 그녀에게 남편은 이미 육체적으로 타인이 되어버렸다. 애초에 남편을 사랑하지도 않았던 터, 혐오스러운 귀는 그 사실을 무의식적으로, 그러나 분명히, 깨닫게 해준다.

문학을 읽고 공부하는 일에 효용성이 있다면, 다름 아닌 '낯설게 하기'의 효력 아닐까 싶다. 작가는 미처 보지 못했던 것을 보고 보여주며, 또 항상 봐온 것도 달리 보고 보여준다. 이른바 문학의 '기법'이다. 이 기법을 읽어내는 일에 친숙해진 독자는 때론 자신의 일상까지도 낯설게 읽기 시작한다. 익숙한 나머지 눈길조차 주지 않던 것을 새롭게 바라보기도 하고, 자동화된 시선을 거둔 채 멈춰 서기도 한다. 삶의 관성이나 일반론 같은 것에 거리를 두며 딴 곳을 바라보려고 한다. 낯설게 본다는 것은 어쩌면 제대로 본다는 것이다.

언어에도 민감해진다. 언어는 생각의 전달체이므로, 생각에 대해서도 다시 생각하게 된다. 낡아빠진 것, 더는 의미 없어 보이는 것은 거부하기에 이른다. 사회적 상투어, 집단적 캐치프레이즈와도 작별을 고한다. '아니, 저 말이 왜 저런 거야?' 자각하는 것이다. 큰소리로 펄럭이는 것일수록 우습고, 진실과 거리가 멀다는 확신을 품는다.

말 나온 김에 길거리에서 마주치는 '큰소리', 즉 구호 관련하여 한 마디 덧붙인다. 외국 나가 다녀본 나라 중에 선거철이나 축제 같은 특별한 경우를 제외하고는 이처럼 사시사철 방방곡곡 구호가 난무하는 곳을 보지 못했다. 나라 전체가 플래카드 왕국이고, 일상이 표어 천지다. 혹 외국인의 낯선 눈에는 '다이내믹 K-컬처'의 증표 — '이것이 한국이다!' — 로 신기하게 여겨질지 모르겠으나, 익숙해진 눈에는 뻔한 아우성 같다. 원색적이면서 천편일률적인 언어는 일상적 삶의 수준을 그렇게 전염시키고, 급기야 상상력과 심미안의 싹마저 잘라버린다. 사회적 낭비요 공해요 해악이 아닐 수 없다. 그래서 고개를 돌린다.

성공한 구호는 낯설고도 익숙하다. 메시지를 향한 무의식의 눈을 뜨게 한 후, 입에 붙는 말로써 순식간에 각인시켜 전파한다. 그런 목적을 위해 빌려 쓰는 수단이 언어의 시적 기능이다. 일상어를 낯설게 만드는 것이다.

대표적인 예가 그 옛날 미국 대통령 캠페인 구호였던 "I Like Ike(아이 라이크 아이크)." 아이젠하워의 애칭(Ike)과 '나는 좋다I Like'는 동사구의 메아리 효과를 이용한 일종의 말장난pun인데, 미국 역사상 가장 인상적인 캠페인 문구로 손꼽힌다. '좋다'는 단어 안에 이미 후보 이름이 들어 있어 그를 지지하는 것이 당연해 보이고, '좋다'라는 평범한 말은 덩달아 비범해진다.

최근 등장한 서울 브랜드 'Seoul, My Soul(서울 마이 소울)'도 비슷한 사례다. 고유명사 '서울'과 영어 단어 '소울(마음, 영혼, 생명)'이 서로 메아리친다는 사실을 이전엔 미처 인식하지 못했다. 끄덕이게 된다. 덕분에 서울이 의미를 찾았다.

말장난이 다는 아니다. 유사 기법의 유머, 조롱, 폭언을 무수히 보지만, 저질 말장난은 지루함만 유발하며, 시적 언어유희의 격을 떨어뜨린다. 억지스럽고, 기계적이고, 그 너머의 메시지가 텅 비었기 때문이다. 한편, 눈이 번쩍 뜨이는 순간도 있다. 숲속에서 작은 현수막을 발견한다. "도토리는 저의 소중한 식량입니다"라 적혔고, 옆에 '도토리 수호대'가 세운 '도토리 저금통'이 놓였다. 다람쥐가 공손하게 말하고, 다람쥐가 알

뜰하게 저축한다! 그러니 사람도 함부로 도토리를 쓸어가기
어렵겠다. 누구 아이디어였을까?

P.S.
한 국가의 이미지 브랜딩은 그 나라 문화 수준을 말해준다. 시적이라고
생각할 만한 국가 브랜딩은 흔치 않다. 'Seoul, My Soul'이 그나마 성
공적이라고 생각되는데, 이전의 'I·Seoul·U'는 억지다. I 옆의 붉은
점은 열정을, U 앞의 푸른 점은 여유를 상징한다는 설명부터가 유치하
다. 상트페테르부르크 홍보 문구는 다음과 같다. 'White Winter Days,
White Summer Nights.' 겨울에는 눈으로 하얗고, 여름에는 백야로 하
얀 곳. 역시 문화 도시답다.

진리는
대학 밖에 있다,
그러나…

자신이 생각하는 것이 무엇인지 알기 위해 시를 쓴다.
자신이 아는 것이 무엇인지 알기 위해 말을 한다.

— 이오시프 브로드스키

　　망명 시인 브로드스키가 미국 대학에서 강의하던 시절 애기다. 소련 사회의 '기생충'으로 낙인찍혀 끝내 추방당한 시인의 학력은 중등학교 중퇴가 전부. 열다섯 살 되었을 때 레닌과 스탈린으로 도배된 학교를 뛰쳐나와 각종 노동 현장을 전전하며 책만 읽었다 한다.

독서와 실체험으로 단련된 그는 박학다식했고, 좋아하는 시인들을 번역하며 익힌 영어는 특이하고도 유려했다. 사회가 오염시키지 않은 혼자만의 눈, 세상이 들어본 적 없는 혼자만의 언어를 통해 그는 절대 되풀이하지 않고 또 되풀이될 수 없는 한 시인으로 완성되었다. 누구보다 지적인 글을 썼고, 그 글로 노벨상 타고, 명예박사 학위 받고, 명문 대학에서도 가르쳤다.

한 학기 동안 진행된 시 수업 마지막 시간에 브로드스키가 말했다. "나는 평가 시스템을 믿지 않는다. 그러므로 여러분 모두에게 A를 주겠다." 학생들이 환호했을까? 아니었다. 공부 잘하는 학생일수록 불만이 컸고, 그중에서도 가장 우수한 학생은 강의 평가서 작성마저 거부한 채 교실을 박차고 나갔다. 미국 명문대 학생의 몸에 밴 능력주의가 소비에트 망명 시인의 몸에 밴 탈능력주의를 이해했을 리 없다.

시인도 실은 난감했을 듯하다. 대체 어떻게, 무엇을 근거로 평가한단 말인가? 어떤 분야에서건 평가는 가능하며 또 필요하다. 더 좋은 시와 덜 좋은 시는 분명 구분되고, 더 뛰어난 학생과 덜 뛰어난 학생도 구분된다. 그러나 그들 사이를 가르는 선이 항상 두부 자르듯 매끈하게 그어지는 것은 아니며, 그 기준을 명문화하기란 더욱 힘들다. 객관화할 수 없는 영역에서 평가의 객관성을 기대하는 것은 치명적인 자기모순이고 기만이다. 그렇기에 브로드스키는 평가가 아니라 평가 '시스템'을 믿지 않는다고 정확히 말한 것이다.

그러나 어쩌면 실제로 교실 안 모두에게 A를 주고 싶었는지 모른다. 크나큰 세상에서 스스로를 완성시킨 사람에게는 학교 제도의 많은 것이 부질없어 보인다. 참된 교육은 학교 밖 학교에서 이루어짐을, 교육의 목적은 평가가 아니며 중요한 건 그 너머에 있음을 알기 때문이다. 영혼의 통이 크고 깊은 이 시인은 위대한 시 정신에 관심을 보였다는 사실만으로 모든 학생이 칭찬받아 마땅하다 믿었을 거다.

대학의 온갖 제도에 순응해온 나 같은 사람에게도 평가는 쉬운 일이 아니며, 평가 시스템에 관해서는 갈수록 확신이 안 선다. 나의 문학 수업은 읽고, 쓰고, 토론하는 세 영역으로 구성된다. 학기말에 성적을 내긴 하지만, 학생들과 달리 나 자신은 큰 의미를 두지 않는 편이다. 의외로 대학에 온 많은 학생은, 문과 전공생조차, 책 읽기를 별로 좋아하지 않는다. 입시 논술에 질려 글쓰기도 귀찮아하고, 정답이 아닐까봐 자기 견해를 선뜻 밝히지도 않는다. 그러니 한 학기 동안 읽고, 쓰고, 말하는 일에 참여한 것만으로 모두가 A를 받을 만하다.

요즘 학생들은 온갖 스펙 쌓기와 자기 계발로 바쁘고, 인생

성공의 길은 책이나 교실 안이 아니라 밖에 있다고 여긴다. 그래서들 조급하고, 그래서들 지름길을 찾는다. 대학 와서도 어릴 적에 익숙해진 요점 정리와 정답을 원하며, 가장 효율적인 방법으로 ― 큰 수고 하지 않고 ― 대학 나온 사람의 언어와 생각을 얻으려 한다. 그런데 이른바 대학 나온 사람답다고 생각되는 품새, 즉 '교양'마저도 가령 《지대넓얕(지적 대화를 위한 넓고 얕은 지식)》 같은 베스트셀러 한 권이면 족한 것이 현실이다.

대학 교육이 명분을 잃어간다. 오죽하면 《내가 알아야 할 모든 것은 유치원에서 배웠다》는 제목의 책이 인기를 끌었겠는가. 30년도 더 전에 나온 그 책에서 저자는 "진리는 대학원의 상아탑이 아니라 유치원의 모래성에 있다"고 썼다. 일면 수긍되는 말이지만, 수정이 필요해 보인다.

진리는 대학 밖에 있다. 그러나 진리를 찾아가는 의미를 그나마 조금 더 단시간에, 집약적으로 알려주는 길은 대학 안에 있다. 그것이 대학의 본령, 특히 인공지능 시대 대학이 지켜야 할 존재 이유다. '자신이 생각하는 것이 무엇인지, 자신이 아는 것이 무엇인지' 스스로 깨닫게 도와주고, 기계적인 시험과 평가의 노예에서 즐거운 자기 탐구의 경험자로 해방시켜주는 길은 대학 안에 있어야 한다.

P.S.

대학은 경험의 배움터라는 생각이 갈수록 확고해진다. 대학은 배운다
는 것이 무엇인가를 경험하게 해주는 곳이다. 그렇기 때문에 교과서에
다 나와 있는데도 굳이 교실에 모여 수업을 하고, 혼자 읽어도 될 것을
함께 읽으며 경험을 나누는 것이다. 책은 함께 읽고 얘기할 때 이해가
깊어진다. 그런데 어느 날 내 수업을 들은 한 학생이 강의 평가서에 "배
울 거 하나 없다"는 악평을 남겨 상처받았다. 그(녀)는 무엇을 배우고
싶었던 걸까?

나의 살던
고향은
꽃피는 산골

'엑소더스'는 구약성경에만 나오는 사건이 아니다. 한일합방
에서 전쟁, 분단, 산업화, 도시화로 이어진 20세기 한국사야말
로 민족 대이동의 역사였다. 일제 강점 말기에 망명·징용·징
병으로 나라 떠난 사람들이 당시 인구의 30퍼센트, 해방 직후
한 달 반 사이에만 북에서 남으로 이주한 월남민이 10퍼센트
에 달했다는 통계가 있다.

 강제로 내쫓기던 시기에 한국문학의 주요 주제는 '고향'이
었다. 향수, 방랑, 망향, 귀향 등을 주제 삼은 고향 시편이 서정
시를 지배했고, 어머니, 누이, 시골집 같은 연관어도 단골로 등

장했다. 실향의 운명이 그런 노래를 만들어냈다. "고향을 노래하면 반드시 서러워지는 심정은 (…) 조선 시에서만은 진리"라고 임화는 쓰고 있지만, 뿌리 뽑힘의 서러움이 한반도의 전유물이었던 것은 아니다.

그것은 두 차례 대전을 포함해 여러 전쟁과 격변을 겪은 20세기 세계사 전체의 현실이었고, 혁명과 내전까지 치러야 했던 러시아는 특히 충격의 여파가 컸다. 그 상처를 노래해 인기 끈 시인이 랴잔 출신 세르게이 예세닌이다.

'농촌 최후의 시인'을 자처한 예세닌은 나라 잃은 한국 근대 시인들에게도 사랑받았다. 오장환은 동경 유학 시절 술에 취해 예세닌을 읊으며 울었다 한다.

> 그렇다. 두 번 다시 누가 돌아가느냐
> 아름다운 고향의 산과 들이여!…

정지용의 저 유명한 시구 ─ "고향에 고향에 돌아와도/ 그리던 고향은 아니러뇨" ─ 도 얼핏 예세닌의 메아리처럼 들린다.

> 내 태어난 곳에 왔다.
> 　　(…)

아, 사랑하는 고향 땅이여!

너는 예전의 네가 아니로구나.

누가 누구를 따라 썼다는 게 아니라, 고향 상실의 보편적 시대색을 말하는 것이다.

잘 아는 노래 〈고향의 봄〉 가사가 이렇다. "나의 살던 고향은 꽃피는 산골/ (…) / 그 속에서 놀던 때가 그립습니다." 정확히 말해 그리운 건 고향이 아니다. 고향에서의 어린 시절이 그리운 거다. 고향은 원초적 기억과 원초적 사랑으로 이루어진 어린 시절의 요람, 어머니 품이다. 그런데 어린 시절은 지나가기 마련이니, 실낙원은 고향의 숙명일 수밖에 없다.

얼마 전 경주 근교 모량리에 갔다가 함경북도 부령에서 월남한 분의 개인 집을 발견했다. 독문학자 김연순 교수의 말년 거처다. 한반도 남북과 독일을 떠돌며 평생 '내 집병'에 시달렸던 고집 센 경계인의 인생 스토리는《내겐 돌아갈 고향이 없다》는 한 권 책으로 남아 있다. 세 아이를 둔 채 홀로 독일 유학 떠날 만큼 모진 삶을 산 이 여인은 끝내 고향 닮은 시골 마을에 마지막 둥지를 틀고 자신의 "치유될 수 없는 노스탤지어"를 달래야 했다.

이제는 주인의 손길을 잃어 쓸쓸해진 곳이다. 그러나 복낙원의 자취만큼은 아직 지워지지 않았다. 손수 벽돌 쌓아가며 고향집을 재현해놓은 처소에 이름까지 '과목장'이라고 따라 붙였다. 부령의 과목장은 갖가지 나무와 호수와 동물들 모여 사는 풍요의 낙원이었다는데, 모량리 과목장은 부뚜막을 안에 들여 정주간 — 부엌방 — 을 만들고, 방바닥은 단차를 두어 조금 들어 올린 함경도식 가옥의 축소판이다. 부엌 온기로 난방을 대신하고 신발을 방안까지 신고 들어오는 추운 지방 특유의 구조로, 러시아 농가의 페치카와 원리가 비슷하다. 요즘 식 거실에 해당하는 이 따뜻한 공간을 중심으로 어린 시절의 정겨운 가족사가 펼쳐졌을 것이다.

'고향'이라는 말이 점차 잊혀간다. 고향을 주제로 한 동요가 교과서에서 사라지고, 90년대 이후 대중가요에서도 고향이 자취를 감췄다. 덩달아 '향수'라는 말도 듣기 어려워졌다. 모두가 떠도는 인생이다. 서울 토박이 — 3대째 서울 거주 — 는 5퍼센트에도 못 미치며, 호적제 폐지 이후부터는 아예 토박이 개념 자체가 무의미해졌다. 디아스포라와 디지털 노마드가 실존 방식으로 떠오른 21세기에 '뿌리'의 강조는 시대착오적 냄새마저 풍긴다.

하지만 기억의 시선은 여전히 머무를 공간을 필요로 한다. 그곳이 고향이다. 실향민의 기억에 기초해 《북한의 옛집》을 쓴 건축사학자가 말하기를, 월남민에게 설문지를 돌려 반세기 전 떠나온 집 도면을 그려 달라 했더니 답신이 쇄도했고, 실사 스케치는 놀라울 정도로 구체적이었으며, 답변지 대부분이 눈물에 젖은 듯 부풀어 있었다 한다. '꽃 피는 산골'이 아닐지라도, 강제로 빼앗겼건 자발적으로 떠나왔건, 고향 구석구석은 슬프고 행복한 이야기투성이다. 서울에서 나고 자란 나도 울게 만든다. 불현듯 내 어린 시절의 고향, 저기 저 작은 아파트, 온갖 '보물' 깊숙이 감춰놓고 기어들던 침대 밑 어둠 속이 그리워지는 것이다.

P.S.
어느 나이 든 의사 선생님으로부터 연락이 왔다. 만나서 얘기를 듣고 보니 기막힌 사연의 주인공이었다. 북한 농촌 출신인 그는 독일 유학생으로 선발되어 동독 라이프치히대학에서 의학을 공부하다가 서독으로 망명했다. 그곳에서 외과 의사로 정년퇴직한 후, 고향 어머니 — 실은 어머니 무덤 — 와 가까운 곳에서 여생을 마치고 싶어 한국에 정착했다. 불효자식의 회한이 컸다. 문학을 좋아하고, 시 쓰는 시인이기도 하고, 거머리 대체 요법에도 일가견이 있는 분이었다. 나라 역사가 파란만장하니, 파란만장한 개인사가 많다.

그때의 잣대로
지금을
잴 수 없다

오래전 교수들 사이에 오가던 우스갯소리가 있다. 젊었을 땐 아는 거 모르는 거 다 가르치고, 그다음엔 아는 것만 가르치고, 그다음엔 필요한 것만 가르치고, 맨 나중엔 기억나는 것만 가르친다는 얘기였다. 나이 든 분들이 킬킬 웃으며 얘기할 때, 젊은 나는 옆에서 멋모르고 따라 웃었다.

옛날 강의록이나 강의 계획서를 보면, 선배 교수들이 나눴던 그 농담이 결코 농담만은 아니었음을 알겠다. 시간을 거슬러 올라갈수록 강의 노트는 빽빽하고 성실하다. 어디선가 많이도 주워섬겨 놓았으니, 모르는 것까지 가르치려 들던 설익은 시절의 흔적일 테다.

학생들은 초년병의 과욕을 다 받아들여주었다. 당시 학생 기록부는 손으로 작성했다. 기록부에 '장래 희망' 항목이 있었는데, 외국 어문학 전공생은 대부분 외교관, 통번역사, 언론인, 교육자 등을 써넣기 마련이었다. 그런데 일본에서 유학 온 한 남학생 ― 통일교도라는 설 ― 의 카드에는 서툰 글씨로 '행복해지는 것'이라 적혀 있었다. 과연!

90년대 한국 대학생에게 '행복'은 결코 공표할 만한 인생 목표가 아니었다. 소련 붕괴의 충격, 반미·반자본·통일 투쟁의 여진, '살아남은 자의 슬픔'과도 같은 공동의 부채감이 그림자를 드리웠고, '사회적 대의'의 중력은 여전했다. '지식인의 책무'에 대한 막연한 컨센서스가 있었다. 소설가 윤후명 선생을 강연에 초청했더니만, 학생이 이상과 현실의 괴리를 호소하며 졸업 후 진로에 관해 조언을 구했다. 선생의 대답이 걸작이었다. "여러분, 라면이 있는데 무슨 걱정입니까?" 그때 다 함께 폭소를 터뜨리며 라면에 마지막 희망의 고리를 걸던 그 학생들이 바로 지금의 사회 주역이다.

그 후 시간의 강은 흘러 나는 아는 것, 필요한 것만 가르치는 사람이 되었다. 때론 기억나는 것만 가르치는 것도 같다. 학교에서 일하는 사람에게 나이 듦의 척도는 다름 아닌 학생들이다. 학생들은 변하고, 그들이 필요로 하는 것도 바뀐다. 그러므로 필요한 것만 가르친다는 것은 학생의 변화에 관심을 기울여 적응해나가는, 꽤 부지런한 작업이다. 교육은 선생이 생각하는 '필요'와 학생이 원하는 '필요'가 조화를 이룰 때 완성된다.

요즘 학생들의 화두는 공정이다. 기준은 분명하고, 과정은 투명하며, 예외 규정에는 근거가 따라야 한다. 경우 바른 그들은 사소한 것에, 어쩌면 사소한 것일수록, 목숨 걸고 따진다. 가령, 출결 체크가 제대로 되었는지, 지각 횟수가 올바로 적혔는지 말이다. 뒤에 앉아 딴 일 하면서두 강의실(비대면 포함)에는 꼬박꼬박 들어온다. 90퍼센트에 해당하는 공부 내용이 아니라 10퍼센트도 안 되는 형식 요건에 더 신경 쓰는 태도다. 왜 그럴까?

'공정'은 '불공정'의 상대어지만, 실은 '경쟁'의 개념적 파생이다. 어릴 적부터 경쟁의 트랙을 달려온 그들에게는 어떻게 성공할까보다 어떻게 낙오되지 않을까가 더 절실하며, 비록 태생적 스펙 — 천재성, 경제적 배경 등 — 은 어쩔 수 없다 처도 후천적 스펙 — 요건 충족, 자격 취득 등 — 만큼은 뒤지지 않겠노라 각오한 터다. 남들이 하는 것은 빠짐없이 해야 하고, 시험에서는 절대 실수하면 안 되고, 1점짜리 봉사 점수, 별 의미 없는 증명서까지 긁어모아야 한다. 경쟁은 치열하고, 당락은 소수점에서 갈릴 수 있음을 오래전 터득했기에.

'살아남아야 하는 자의 불안'이 오늘의 20대를 잠식하고 있다. 삶이 죽음보다 두렵다는 말이 쉽게 나온다. 공부 잘하는 학생들은 국가고시를 목표 삼으면서도, 공무원이 꿈인 사회가 불행하다고 한편으로는 인정한다. 공무원 입성은 경쟁과 불안의 종식을 의미한다. 그들은 '리더', '엘리트'라는 말을 거부하고, '사회적 대의'의 고민을 멀리하며, 대신 소시민의 '소확행(사소하지만 확실한 행복)'을 선택한다. '찌질함'의 상상조차 혐오하는 그들에게 '라면이 있는데 무슨 걱정이냐' 식의 조언은 영락없는 꼰대 발언이다.

그들은 정치 논쟁도 싫어한다. 현 정치·사회 현상에 빗댄 얘기가 나오면 입을 다물지만, 그래도 속으로는 다 알고 판단한다. '피로 사회'의 일원인 20대가 자주 입에 올리는 단어는 치유와 힐링, 환호하는 단어는 솔직 담백과 쿨함이다. 거대한 담론이나 위선적인 감상은 '노잼(재미없음)'으로 일축해버린다.

체호프 단편 중에 〈노년〉이라는 작품이 있다. 오랜 세월이 지나 고향을 찾게 된 사람이 옛 지인을 만나 과거를 되새기는 내용이다. "지금의 잣대로 그때를 잴 수 없지요"라는 말이 거기 나온다. 맞는 말이다. 한마디 더 보태자면, 그때의 잣대로 지금을 잴 수도 없다.

P.S.

옛날 원로 교수님들 하던 얘기가 다 맞았다. 은퇴가 가까워진 교수들은 지식으로 가르치는 것이 아니라, 경험으로 가르친다. 디테일은 미흡할지 몰라도, 큰 그림을 보는 눈, 종적·횡적으로 관통하는 눈이 있다. 젊은 교수가 볼 때는 노교수가 엉터리 같았겠지만, 그분들은 '젊은 것'들이 영 못 미더웠을 것이다. 요즘 내가 그들을 못 미더워하는 것과 똑같다. 학생은 대부분 옛날 학생들이 더 나은 것 같지만, 어떤 때는 요즘 학생들이 더 잘난 것도 같다. 교수에게 학생은 언제나 알 수 없는 존재다.

텅 빈
객석 너머,
음악의 힘

새해 첫 문화 행사로 빈 필하모닉 신년 음악회에 다녀왔다. 실제로 빈에 갔던 것은 아니고, 서울의 영화관 실황 중계였다. 매년 1월 1일 열리는 요한 슈트라우스 음악 중심의 이 공연은 며칠 지나 TV로도 볼 수 있는데, 여태껏 처음부터 끝까지 다 본 적이 없다. 비슷비슷한 곡으로 이루어진 프로그램이 좀 지루하게 느껴지는데다, 대중화된 부르주아 연례행사를 두세 시간씩 지켜볼 여유도 흥미도 없어서다. 하지만 올해만큼은 답답하던 차에 부모님을 모시고 갔다.

이번 음악회의 주빈은 빈 의자였다. 무관중 공연이다.

1,700여 붉은 의자에 대고 지휘자와 단원들이 절한다. 녹음된 가짜 박수가 터지자 멋쩍게 웃는다. 스크린에 전 세계 90여 개국 시청자-치어리더의 작은 창 — 아이콘 — 들이 띄워진다. 빈 필 음악회에 텅 빈 객석이라니, 충격적이다. 관례에 따라 〈푸른 도나우 강〉 연주 전 신년 인사를 건넨 지휘자 리카르도 무티도 그렇게 말했다. 그러나 텅 빈 객석은 아름답다.

무티의 메시지는 대략 다음과 같았다.

> 이토록 유서 깊고 아름다운 홀이 텅 비어 이상하지만, 우리를 연주하게 하는 건 여기 깃든 작곡가·연주가의 정신spirit이다. 건강, 건강, 건강만 생각하며 살아낸 한 해였다. 건강이 무엇보다 중요하다. 그러나 마음의 건강도 중요하다. 음악은 기쁨, 희망, 평화, 형제애, 그리고 대문자형 사랑Love으로 그 건강을 지켜준다. 음악은 엔터테인먼트가 아닌 미션이다.

〈푸른 도나우 강〉 왈츠가 흘러나왔다. 지금까지 들어본 중 가장 아름다운 연주 같았다. 연주가 끝나자 기쁨으로 상기된 단원들이 전혀 멋쩍지 않게 환히 웃었다. '황금홀'에 울려 퍼진 오랜 박수 소리를 진짜로 듣는 듯했다. 무티도 예의 멋진 이

탈리안 제스처로 자연스레 인사했다. 수백만 청중을 진짜로 보는 듯했다.

그러나 아니다. 실은 그게 아니다. 그들의 인사는 눈에 보이는 관객이나 귀에 들리는 박수를 위한 것이 아니었다. 코로나 이전에도 그랬고, 코로나 이후에도 그럴 것이니, 그들의 인사는 음악이 가리키는 곳 저 너머를 향해 있었다. 무릇 모든 음악, 모든 아름다운 정신의 목적지는 코앞의 것 저 '너머'이기 때문이다. 관객의 빈 자리에는 그 '너머'가 앉아 있었다.

오래전 넬리 리라는 고려인 성악가가 해준 말이 있다. 진정한 음악가는 음 하나를 위해 죽을 수 있다는 것이다. 비유적 의미에서라도 단 하나의 음, 단 하나의 획, 단 하나의 문장을 위해 죽을 예술가들이 있다. 그들의 창조물 앞에 기꺼이 목숨을 내놓을 찬미의 경지도 있다. 아름다움이 베푸는 감동의 최면술 안에서는 충분히 가능한 일이다. 감동의 순간 인간은 용감해지는 법이어서, 비록 몸은 죽어도 의식이 죽음을 넘어설 수 있다.

톨스토이는 이런 음악의 위력을 두려워했다. 음악을 너무 사랑했기에 두려워했다. 톨스토이에 의하면 예술의 목적은 '하나 됨union'이고, 예술은 감염 능력을 발휘해 사람과 사회의 통합을 이루어낸다. 좋은 예술일수록 감염력이 막강하다. 다른 어떤 예술보다 전파력이 크고 빠른 음악은 인간을 최면에 빠뜨려 정신까지 마비시킨다. 〈크로이체르 소나타〉에 나오는 말인데, "음악의 영향 아래서 나는 나 자신이 느끼지 않는 것을 느끼고, 나 자신이 이해할 수 없는 것을 이해하고, 나 자신이 못하는 것을 할 수 있게 된다." 그래서 음악이 무섭고, 따라서 음악은 중국에서처럼 국가가 관장해야 한다고까지 했다.

음악의 최면력은 악용과 선용이 모두 허락되는 양날의 칼이다. 음악이 전체주의 지배와 선동의 도구일 때 인간은 꼭두각시로 전락한다. 반대로 음악이 공동의 용기와 인내와 위로의 동반자일 때 인간은 초인적일 수 있다. 무티가 말한 미션으로서의 음악은 영웅적인 후자 편이다.

인류사의 전범인 신화 속 인물 오르페우스가 생각난다. 죽은 아내를 되찾기 위해 지하 세계로 내려가면서 그는 노래했다. 그 노래가 죽음의 신을 감동시켰고, 죽음의 괴물을 잠재웠다. 오르페우스 때부터 인간은 공포감을 물리치는 가장 손쉬운 방법으로 노래를 부르기 시작한 것 아닐까 상상해본다. 죽음 앞에서 노래하는 존재는 인간밖에 없을 것이다.

코로나가 지구를 봉쇄한 지 1년, 세계 인구 200만 명이 사라져간다. 얼마를 더 견뎌야 하는지, 얼마나 더 희생해야 하는지 모르겠다. 다만 상대적으로 점점 또렷해지는 것이 있으니,

그것은 곧 코로나 '너머'를 바라볼 줄 아는 인간만의 힘이다.
음악은 그 힘의 일부다.

P.S.

2019년 11월에 발발한 코로나로 전 세계 7억 가까운 인구가 전염되어
7백만 명 넘게 사망했다. 이 글은 코로나가 한창 번성하여 마스크 없이
는 집 밖에 나가는 것조차 두려워하던 2021년 초에 썼다. 아직도 주변
에서 코로나에 걸렸다는 얘기를 듣곤 하지만, 그때처럼 무섭지는 않다.
전염병의 위세는 지나가는데, 음악의 전염력은 지나가는 힘이 아니다.
나는 '너머'라는 말을 자주 쓰는 편이다. 인간의 한계, 인간 본성의 용
렬함, 계산성 따위를 너무 잘 알아서다.

찬장은
찬장이고
바람은
바람일 뿐

시 못 쓰면 소설 쓰고, 소설조차 못 쓰면 평론한다는 우스갯소리가 있다. 나로 말하면 시도, 소설도, 심지어 평론도 하지 않는 사람이다. 시도 소설도 평론도 안 한다면 남는 것은 공부인데, 그 공부가 시간이 흐를수록 이론과 분석보다 감상(鑑賞이자 感賞) 쪽에 기울어간다. 그냥 순하게 잘 읽는 것, 음미하고 이해하고 감동하는 것이 문학 공부의 최고봉이라 여겨진다. 학생에게 가장 많이 하는 주문도 맘껏 자유롭게 읽고 생각한 바를 쓰라는 말이다.

그것이 기본이고 중요할진대, 예상외로 쉽지 않다. 주로 시험을 위해 책 읽어온 학생들이다. 그들에게는 단어마다 의미가 숨어 있고, 의미는 하나로 정해져 있다. 단 하나뿐인 정답을 될 수 있는 한 빨리 찾는 일 — 수능 — 에 익숙해졌고, 어떻게 논리를 전개해야 하는지 — 논술 — 도 훈련받았다.

'개념'의 좌표도 뚜렷하다. 실제 삶은 어떤지 모르겠으나, 역사관은 진보적이고, 도덕관은 순결주의에 가까우며, 문학관은 정의로운 메시지를 추종한다. 옳고 그름의 판정에 가차 없다. 그러나 PC(political correctness, 정치적 올바름)의 용사들인 그들이 썩 자유롭지만은 않은 것 같다. 일탈을 피한다. 틀릴까 봐, 튈까 봐 겁내며 주위에서 큰 소리로 자주 들어온 상투어를 따라 한다. 뜻밖의 오답은 거기서 비롯된다.

가령 "나는 쓴다 밝은 햇빛 속에서/ … 불충분한 빛 속에서는 자물쇠를 찾으며/ 바다로 가는 부서진 문들을 열어놓는다/ 찬장을 거품으로 채울 때까지"라는 파블로 네루다의 시구가 있다. 노동자 민중을 대변한 공산당원 시인에 대해 미리 알아본 학생 입에서는 대번 찬장=칠레, 거품=사회주의라는 등식이 등장한다. 시인은 실제 바닷가 집을 풍경으로 자연과 사랑과 시의 '충만한 힘'을 기리고 있는데 말이다. 순간 시가 죽는다.

밥 딜런이 노벨문학상을 타자 '저항 시인'에 대한 환호가 터져 나왔다. 하지만 밥 딜런 자신은 '저항'이란 단어를 일찍이

거부한 '자유로운 영혼'이다. "올바른 정신을 가진 사람이라
면 정직한 마음으로 그 말을 할 때 딸꾹질이 나올 것이다. '메
시지'라는 말은 치질에 걸린 것처럼 들린다"고 했다. 그러므
로 〈바람만이 아는 대답Blowin' in the Wind〉에서 반전·평화의
메시지만 찾는 순간, 노래는 죽는다.

파스테르나크의 《닥터 지바고》는 러시아 혁명기를 다룬 대
하소설이다. 눈보라 몰아치는 시베리아 빈집에서 주인공 남
녀가 사랑을 나눈다. 땅과 하늘과 구름과 나무가 더 원하고 기
뻐한 사랑이었다. "눈보라는 유리창에/ 원과 화살을 조각한
다./ 촛불은 탁자 위에서 타올랐다./ 촛불은 타올랐다. … 서
로 얽힌 팔, 서로 얽힌 다리,/ 서로 얽힌 운명" 운운하는 '겨울
밤' 시가 나오는데, 도덕으로 무장된 우리 학생들은 불륜을 용
납하지 않는다. 사랑의 현장성에 대해서는 눈을 감은 채 영혼
의 구원과 희망, 우연과 의지의 상징성 등등을 거창하게 나열
한다. 순간 사랑이 죽는다.

이렇듯 순진하게 오염된 집단 독법에 브레이크를 밟는 일로
수업의 상당 시간이 소요된다. 균형을 맞추려다 보수·진보·리
버럴·탐미주의가 뒤범벅된 기이한 '꼰대' 꼴이 되는 적도 있
다. 내 정체성이 하나의 틀로 고정되지 않아 힘들다고 고백할
때 학생들은 웃는다. 선생이 솔직하면 받아들이고 용서한다.

문학에서, 그리고 물론 삶에서 정답이란 없는 법이니, 예단하고 심판하기보다 이해하자고 하면 수긍한다. 위대한 시와 소설 ― 특히 역사소설 ― 이 가르치는 것은 이분법이 아니라고 하면 고개를 끄덕인다.

똑똑한 학생들의 자동화된 언어와 지각 체계를 뒤흔들 필요가 있다. 그것은 습관을 뒤집고, 편견이 된 좌표를 지우고, 완전히 다른 방향에서, 즉 오직 자신만의 눈으로 볼 수 있게 격려하는 일이다. 강요된 '정답'에 대해서는 잊어도 좋다고 안심시키는 일이다. 저항과 투쟁의 메타포나 이념의 상징성 이전에, A = A라는 뻔하고도 놀라운 진실을 먼저 확인하는 일이다.

제대로 된 문학은 상식적이고 자유롭다. 그렇기 때문에 제대로 읽는 문학이 상식과 자유를 지켜준다. 요즘처럼 정신 잃은 시대에는 제정신의 보루 역할도 톡톡히 할 것이다.

그러니 오늘은, 교단 위의 권위를 이용하여, 이렇게 한번 속삭여본다. 여러분, 찬장은 찬장이에요. 내가 무엇을 물어도 바람은 제멋대로 불기만 하죠. 답은 없어요. 이 겨울밤 촛불 아래서 저들이 뜨겁게 사랑하고 있네요. 그뿐이에요.

P.S.

언젠가 '이념의 백지 상태'라는 말까지 들은 적 있는 사람으로서 이념, 혁명, 민중 같은 단어를 입에 올릴 때면 얼어붙곤 한다. 옳지 않은 얘기를 하고 있나, 너무 순진한 얘기를 하고 있나 항상 의식이 된다. 나의 단 하나 원칙은 모든 것이 아주 복잡해서 쉽게 한마디로 단정할 수 없다는 것인데, 그것이 많은 사람이 볼 때는 말도 안 되는 생각이다. 스스로 직접 확인하지 않은 그 어떤 정론도 그대로 따르고 싶지 않으려는 청개구리 심보가 내게 있다. 문학은 그렇게 읽어야 한다고 생각한다.

보는데
보지 못하는 시대의
교육

몇 해 전 학교 1백 주년 기념으로 책이 나왔다. 일제 강점기 전
문학교 때부터 2000년대 학번까지의 동문 대표 회고 문집이었
는데, 그들이 회상한 학창 시절의 여러 정경 중 진정한 배움은
단연 책 너머, 교과목 너머의 것들이었다. 일례로 한 저명한 어
학자께서는 출석부를 가슴에 안은 채 학생들이 보나 안 보나
꼭 목례를 한 후 교실에 들어오셔서 강의 시간이 저절로 경건
해졌다. 또 한 시인 교수님은 갑자기 엄청난 소나기가 쏟아지
자 지금은 빗소리 듣는 게 수업이라며 말을 멈추시는 바람에
그 순간이 그냥 시가 되어버렸다.

과연 이런 장면들 없이 배움이 가능할까? 이런 풍경 없이 학교가 의미 있을까? 온라인 강의라는 걸 하면서 든 생각이다. 코로나 덕분에 'u-러닝(ubiquitous learning, 사이버 공간을 이용하여 자유롭게 수행되는 교육)' 시대가 부쩍 다가와, 급작스레 등 떠밀린 교수들은 각자의 방법을 찾아 분투 중이다. 동영상 '뽀샵', 만화·인형 활용 등 온갖 '꿀팁'과 '모범 사례'도 나왔다. 학생들은 클로즈업된 얼굴에서 요점 정리 슬라이드까지 한 눈으로 보게 되었지만, 사설 학원 '인강(인터넷 강의)'을 경험한 눈높이에는 어설프고 따분할 수 있다.

그런데 정작 학생들의 실망감은 기술적 측면에 앞서 더 본질적인 문제와 맞닿아 있지 않나 싶다. 사이버 세계에 익숙한 학생들로서는 대학만큼은 사이버 공간 이상이기를 기대한다. 그것이 대학의 특별함이라고 믿는 것이다. 그들은 푸른 나무 우거진 교정, 축제와 응원 연습의 열기, 젊음의 온갖 몸짓과 함께 이전 경험과는 다른 '진짜' 배움을 원한다. 학원을 다닌 학생들은 기본적으로 '내 돈 주고 산 강의'라는 의식이 강하지만, 그렇기 때문에 돈으로 살 수 없는 것을 향한 갈증도 그만큼 강하다.

보면서 배운다는 말이 있다. 어깨너머로 배운다는 말도 있다. 보통 가정교육이 그렇게 이루어지고, 거장으로부터의 도

제교육도 마찬가지다. 학교는 교과 과정의 제도를 포함하여 '보고 보여주는' 상호 작용까지가 모두 한곳에 마련된 총체적 배움터다. 그 면에서 '스승의 그림자도 밟지 않는다'던 옛말에는 학습의 적정 거리에 대한 비유적 의미가 숨어 있을 것만 같다. 그림자 안에 바짝 붙어 따라다니면 존경하는 스승의 모습을 온전히 보고 배울 수 없지 않은가.

비대면·언택트untact 교육이 그래서 역설적이다. 우리가 누군가에게서 실제로 배우는 건 그가 가르치려 들 때가 아니라 그러지 않을 때인 경우가 많다. 학생은 선생의 살아 있는 어투, 표정, 몸가짐, 무의식적 반응, 헛소리, 심지어 그의 말이 아닌 침묵을 보며 은연중에 배운다. 그것이 '진짜' 학원의 풍경이자 전통인데, 사이버 모니터 안의 확대된 얼굴은 아쉽게도 그 큰 그림을 가려버린다. 보는데 보지 못하는 맹점이 거기에 있다.

사실 비대면 원격 강의는 신자유주의 입장의 대부분 대학이 꽤 오래전부터 유도해오던 바다. 시대 변화에 발맞춘 첨단 교육의 효율성과 확산력은 대학 평가의 주요 기준이자 강의 성과의 표준으로 자리 잡았다. 대학의 전통과 혁신, 즉 가르치는 콘텐츠의 내용과 형식, 질과 양을 다 좇아야 하는 오늘의 강단이 선생에게는 솔직히 힘겹다. 넉넉히 두 마리 토끼를 다 잡는 사람, 한 마리만 잡는 사람, 또는 한 마리도 못 잡는 사람이 있다. 그런데 혹시라도 한 마리만 잡은 그것이 형식과 양의 '껍데기'라면, 우스꽝스러운 노릇이다.

교육에 있어서만큼 단순 자유 경쟁과 발전 논리가 억제되어야 한다고 생각해오던 나는 포스트 코로나 대학의 미래를 걱정한다. u-러닝의 '뉴 노멀'이 벌써부터 대학에 잠식해 든 형식과 양의 관성을 부추기고 정당화할까 우려해서다. 배움의 본질이 망각될까 두려워서다. 책에 다 나와 있을뿐더러 다양한 인터넷 자료를 통해 한층 흥미롭게 제공되는 정보를 재탕하는 것은 무의미하니, 하나의 마스터(원판) 강의, 한 명의 마스터 교수만 있으면 된다는 논리도 충분히 가능하다. 그렇다면 여러 학교가 왜 필요한가? 여러 교수가 왜 필요한가?

실존적인 질문이다. 내게는 비대면 강의 테크닉보다 이 질문이 중요하다. '보는데 보지 못하는' 시대에 '보지 못해도 보는' 강의가 어떻게 가능할까 고민하다가 우선 학생 한 명 한 명에게 더 정성을 쏟기로 했다. 가령 학생이 제출한 과제에 매번 대화하듯 온라인 답장을 쓰면, 그 시간만큼은 온전히 그 학생 몫이 된다. 비록 서로의 얼굴은 보지 못해도, 일대일 관계가 이루어진다. 학생이 보건 안 보건 인사하는 바로 그 마음으로, 나는 답장을 쓴다. 그것이 내 당장의 존재 이유일 테다.

P.S.

비대면 강의만 허용되던 코로나 시절, 노벨문학상 수상 작가들에 관한 교양 수업을 진행했다. 서로 다른 전공 분야의 학생 60여 명이 여러 작품을 읽고, 쪽글 쓰고, 온라인에 10개 그룹으로 헤쳐 모여 토론하는 방식이었다. 얼굴을 보며 할 수 없었기 때문에 더 열심히들 했다. 60명 학생 글을 매번 읽고 댓글 다는 것이 결코 쉽지 않았지만, 그렇게 했다. 학생은 학생대로 유일하게 깊이 '소통'할 수 있는 수업이라며 인상 깊어했다. 모두들 실체로서의 대학 생활을 목말라하고 있었다.

대통령의

서재

책이 없었다면 사랑의 형태는 지금보다 훨씬 다양했을 수 있다. 문명화한 규범으로서 사랑은 애초 책 ─ 요즘 같으면 TV 드라마나 영화 ─ 을 통해 전파된 것이기 때문이다. 가령 플로베르의 《마담 보바리》나 김동인의 《김연실전》 같은 작품에서 여주인공을 타락에 빠뜨리는 결정적 함정은 연애의 환상을 심어준 '위험한 소설'들이다. 자신이 읽은 책의 세계를 맹종하지만 않았어도, 불쌍한 그 여인들은 파멸할 이유가 없었다.

'삶을 모방한 책'이 아니라 '책을 모방한 삶'이 대세가 된 세상에서 책은 마음의 양식 이상을 의미한다. '책이 사람을 만든다You are what you read’는 경구에도 묘한 아이러니가 스며든다. 삶이 책을 따라가는 관계 속에서 책은 원본이고 책 읽는 사람은 복사본이다. 그러므로 중심이 약하거나 지나치게 순수한 독서가는 자칫 자신이 읽은 책의 그림자로 전락해버릴 수 있다.

푸시킨의 대표작 《예브게니 오네긴》에서 여주인공이 실연의 아픔을 극복하게 되는 것은 바로 그 점을 인식하면서이다. 자신을 거부한 남자의 서재에 들어가 그가 남겨놓은 책들, 그 책에 남겨진 갖가지 자국들을 ‘읽음’으로써 그녀는 비로소 이제껏 동경해온 상대의 실체를 의심하기에 이른다. “그는 과연 무엇인가?” 그녀의 머리에 떠오른 이 질문은 ‘그는 누구인가?’보다 한 차원 높은 물음이다.

누군가 어떤 책을 어떻게 읽었는가는 실제로 그에 관해 많은 것을 알려준다. 그렇기에 사람들은 타인의 책꽂이를 염탐하며 그의 취향과 수준, 그가 살아온 삶 전체를 짐작하고는 한다. 책을 뽑아 펼쳤을 때 여백에 끄적인 메모라도 있으면 여간 재미있지 않다. 그때는 그 흔적 자체가 텍스트다. 책을 스쳐 간 순간의 파장을 상상하기도 하고, 자신과의 동질성 혹은 차이를 저울질하기도 한다. 인물 내면의 수수께끼를 풀어볼 수도 있다.

그런 일이 벌어지는 서재는 매혹적이다. 무서운 곳이다. 가장 은밀한 동시에 자칫 들키기 쉬운 위험한 공간이다. 그래서 서재는 원래 밀실로 여겼다. 르네상스 시대에는 서재와 화장실을 동격으로 간주했고, 고대의 서재와 화장실은 심지어 같은 벽지로 장식했다는 기록이 있다. "자유와 은둔과 고독을 누릴 수 있는, 완전히 자유로운 자신만의 골방"을 염원했던 르네상스인 몽테뉴는 외부로부터 격리된 탑을 세워 그 안에서 20년간 책 읽고 글만 쓰다 갔다. 탑 꼭대기 대들보에는 "나는 무엇을 아는가?"라고 직접 새겨놓았다.

이렇듯 감춰두었던 내실의 서재가 언젠가부터 과시의 공간으로 변모했다. 서재를 세속적 사교 장소로 삼기 시작한 르네상스 시대에서 기원을 찾게 되는데, 현대에 오면서는 훨씬 적극적인 자기선전 무대로 진화했다. 주인의 참된 개성보다는 보편적 특수성 ─ 얼마나 모순인가! ─ 을 증명하는 데 더 급급한 전시장이 되어버린 것이다. 대통령을 위시한 공인들의 서재가 특히 그렇다.

한때 '아무개의 서재'라는 제목으로 대통령이나 대선 급 정치인의 독서 체험 기록물이 유행했다. 물론 인물 홍보용으로 기획된 것이었지만, 어떻든 문헌에 따르면 우리의 전·현직 지도자들은 다독가이다. 수감 경험 ─ 감옥에서는 책을 많이 읽는다 ─ 이 있건 없건, 출신 배경과 관계없이, 그들은 대부분

책을 두루 많이 읽어 국정 운영에 활용했다 한다. 어느 대통령은 활자 중독이 염려될 만큼 책을 좋아한다고 전해진다.

그런데 대통령들이 공개한 독서 목록에는 공통분모가 있다. 정치·사회·경제·과학 분야에 걸쳐 회자 되는 최신 서적, 당대의 화제작, 역사물, 리더십 훈련서가 주를 이룬다. 통치를 위한 참고서, 통치 이념의 학습서가 많은 데 비해 순수 문학, 철학, 역사서는 거의 없다. 출판사의 기획 의도가 그런 것인지, 긴 호흡으로 책 읽을 여유가 없었던 것인지, 대통령의 깊은 내면보다는 수험생의 필독서를 재확인시켜주는 책들이 많다. 공부한 흔적은 있어도, 은밀한 자아와 마주친 흔적은 잘 안 보인다.

대통령의 서재가 궁금하다. 한 대통령은 취임 후 '대통령의 서재'라는 프로젝트를 시행해 국민 추천도서 580권을 청와대 본관 서재에 배치했다. "국민의 생각을 가까이 듣고, 공감해 소통하겠다"는 취지는 훌륭하다. 그러나 그 서재는 대통령의 진짜 서재가 아니다.

러시아 시인 이오시프 브로드스키가 말하기를, 국가 지도자를 뽑을 때 정치적 강령 대신 독서 목록을 판단 기준 삼는다면 나라의 불행이 줄어들 것이라고 했다. 대통령 후보에게는 외교 정책 이전에 위대한 작가들에 대한 견해를 물어야 한다고 했다. 대통령의 숨어 있는, 진짜 서재가 궁금하다.

P.S.

〈푸시킨의 서재〉라는 제목의 논문을 쓴 적이 있다. 푸시킨 시대의 서재는 단순히 책만 두고 읽는 곳이 아니라, 온전한 자기 자신이 될 수 있는 사적 공간이었다. 조선 시대 선비의 사랑방 같은 곳이었다고나 할까? 그들은 그 안에 문 딱 잠그고 들어앉아 무슨 일을 했을까? 책만 읽었을 리 없다. 한 선비는 '그냥 얌전히 앉아 있는다'고 했다. 푸시킨은 온갖 상상력이 생생하게 들끓는 그 순간에도 이런 생각을 하며 앉아 있었다. "뭘 먹고 살아야 하나?"

필사책
유행을
생각한다

책방에 갔더니 필사책 코너가 눈에 띈다. 대문호의 명작을 처음부터 끝까지 옮겨 적게 하는 책도 있고, 사회 이슈를 부각한 책도 있고, 이런저런 베스트셀러에서 한 문장 혹은 한 단락씩 뽑아 베껴 쓰라고, 그러면 굉장한 일이 벌어질 거라고 유혹하는 책도 있다. 《더 나은 어휘를 쓰고 싶은 당신을 위한 필사책》,《부모를 위한 강철 멘탈 필사노트》,《폭싹 속았수다 노랫말 필사집》,《대통령 탄핵 결정문 필사노트》,《북한어로 쓰는 마가복음》 등등이 눈길을 끈다.

필사는 오랜 역사를 지녔다. 고대 문명사회에서 국가 대사의 기록·전달을 담당했던 극소수 문필가, 신의 언어를 받아 적고 옮겨 쓰던 수도사들은 모두 '문서'라는 세계의 열쇠를 움켜쥔 채 지식 소유와 통제, 조작과 교정을 독점할 수 있었다. 겉으로는 하나님과 국왕에 순종적인 말 없는 종복이었지만, 실은 막강한 그림자 권력이기도 했다.

근대 자본주의 사회에서 필경사는 세속적 전문직으로 진화한다. 플로베르가 "우리 시대의 가장 흥미로운 동물"이라며 관찰한 그들은 고골의 〈외투〉, 도스토옙스키의 《가난한 사람들》, 멜빌의 《필경사 바틀비》, 플로베르 자신의 마지막 소설 《부바르와 페퀴셰》 등을 거치며 무척이나 흥미로운 근대적 인간형의 계보를 형성한다. 법률·행정 사무실에서 번성하던 이 곤궁한 소시민 집단은 대부분 애처로운 외톨이다. 써주는 대로 복사하고 불러주는 대로 받아 적는 일에만 함몰되어 창조력으로부터 멀어진 데다, '개성'이나 '의지'랄 것이 스며들 여지도 없다.

가령 고골 작품에 등장하는 필경사. 관청 구석에 앉아 문서 베끼는 일만 해온 이 하급 관리가 장기근속 끝에 얻은 보상이라곤 '제복 단추와 치질'뿐이지만, 그는 자신이 하는 일을 사랑한다. 정서할 때면 자신만의 다채롭고 즐거운 세계에 빠져들어 만면에 화색을 띠는 것이다. 그에게 "정서 외에는 아무

것도 존재하지 않"는다. 짓궂은 동료들이 놀려대며 일을 못할 정도로 방해할 때가 돼서야 이렇게 한마디 내뱉는 정도다.

나를 그냥 내버려둬요.

때는 바야흐로 디지털 혁명의 시대. 문서 작성부터 정리, 복사, 인쇄, 확산까지를 기계가 너끈히 처리해낸다. 사무실 안 필경사는 멸종됐다. 그런데 밖에서 필사가 각광 받고 있다. 예전에는 주로 어르신이 노년의 평정심을 위해 성경이나 불경을 필사했건만, 지금은 젊은이와 사회인이 일상적으로 뭔가를 베긴다. 필사용으로 기획·편집된 책들이 잘 팔리고, 필사용 문구류도 덩달아 잘 팔린다. '필사는 힘이다'라고 말하는 세상이 왔다.

한때 컬러링이 유행했다. 색칠하기와 문장 베끼기의 단순 행위에는 이른바 '멍 때리기' 식 치유력이 있다. '피로 사회' 일원들이 잠시나마 '힐링' 효과를 맛보는 방식이다. 원래 언어는 인지적 정신 활동의 매개체인지라 '멍 때리며' 쓴다는 것은 원천적으로 불가능하다. 그러나 남의 글을 내 종이(자판)에 옮겨 적는 과정에서는 그것이 가능해진다. 내 생각이 용케도 사라져버린다! 잡념도, 감정도, 어쩌면 위대할 수 있을 상상력마저 사라진다. 그리하여 무념무상의 경지에 다다르면, 실존의 평온함마저 느껴진다.

오늘의 필사책은 선전한다. 필사하면 더 나은 문장과 어휘를 구사하게 되고, 마침내 자신의 글을 쓸 수 있게 되며, 더욱 품격 있는 삶을 살 수 있게 된다고. "필사는 나의 삶이 되어 나를 변화시키고 내 삶을 혁신시킨다"고 저자들은 확신한다. 필사책은 이제 나를 위한 실용 도구다. 습작의 도구, 자기 계발의 도구, 이념의 도구, 오락의 도구, 책 판매의 도구…

생각해보니, 나도 필사를 많이 해왔다. 베끼면서 공부하고, 가르치기 위해 베껴왔다. 다만 내 글을 향상하려고 베끼지는 않은 것 같다. '필사하면 내 글도 쓸 수 있다'는 설명에 선뜻 동의하기 어려운 것이, 남의 글을, 그것도 토막토막 필사하다 보면 오히려 표절하기 쉬워진다. 오래전 한 소설가가 그런 '실수'로 곤욕을 치른 적 있다.

베스트셀러 작가의 글을 또 다른 작가가 취사선택해 책자로 엮는 경우, 저작권은 어떻게 규명될지 의문이다. 남의 좋은 것을 내 것으로 만드는 일이 필사의 궁극적 목적이라면, 독창성 문제는 또 어찌되는지 궁금하다.

필사책 유행은 독서율과 무관한 현상이다. 작품의 '엑기스'만 맛보고 마치 한 권 다 읽은 양 뿌듯해할 확률이 높다면, 정작 원작 구매와 완독 욕구는 낮을는지 모른다. 사실 누군가 내게 어느 특정 책 어느 특정 부분을 베껴 쓰라 명령하는 것 같아 슬그머니 심술이 나기도 한다. 그렇지만, 인간 고유의 문자 문화가 홀대받는 메마르고 숨 가쁜 사회에서 그나마 아름답고 무게 있는 말 — 생각 — 의 오아시스겠다 싶어 꾹 참는다.

P.S.

이 글이 왜 몇몇 독자들의 부아를 돋게 했는지 알 수가 없다. 평소 열심히 필사하던 사람들인가? 혹시 '필사는 힘이다' 류의 책을 발간한 사람들인가? 저작권 전문가인 법학대학원 남형두 교수로부터 필사책 유행 얘기를 듣고 대형 서점에 나가봤다. 필사가 중요하다고 역설하는 책도 사왔는데, 그건 정말 돈 낭비였고, 소녀 취향의 베스트셀러 필사책은 나도 따라서 몇 문장씩 필사하며 마음이 정돈되는 듯한 느낌을 받았다. 필사 자체가 나쁜 것은 아니다. 필사의 상업화와 그 유행의 '생각 없음'이 맘에 안 들 뿐이다.

교수라는
이름의
직업

교수라는 직업을 생각한다. 네티즌 토론방에 들어가 보면 '만족도 1위의 끝판왕'과 '과대평가에 사회악 1위'라는 양극론이 공존하는데, 대체로는 자식에게 대물림해도 좋을 직종으로 얘기된다. 하고 싶은 공부 하고, 사회에서 대접받고, 방학과 연구년 누리고, 상사 스트레스 없고, 정년까지 웬만큼 연봉 보장되고 등등. 그러나 겉보기와 다른 측면도 있다.

정년 보장이 된다지만 요즘 다른 전문직에 비해 연봉 수준은 그리 높지 않고, 연구 업적과 행정 업무 스트레스, 학문 후속 세대에 대한 부채감, 동료 간 갈등이 상당하다. 대학 사회도 똑같은 이익 집단이며 인간 군상은 어디나 비슷하므로, 세력 다툼의 암투가 좁은 울타리 안에서 벌어지기도 하고, 그렇게 형성된 기득권 네트워크는 결속력이 여간 공고하지 않다.

지성인인 척, 덜 세속적인 척, 진실과 양심 편인 척하면서도 반드시 그렇지 않다는 점에서는 교수 집단이 더 위선적이다. "위선, 우둔, 전횡은 장사꾼 세계나 감옥만이 아니라 학문에도, 문학에도, 젊은이들 사이에도 존재한다"고 러시아 작가 안톤 체호프는 갈파했다. 프랑스 역사학자 미셸 푸코는 권력에 대한 저항을 지식인의 기본 책무 삼았지만, 실은 교수가 권력 지향적인 면이 있다.

각자 좁디좁은 1인 왕국의 제왕인 까닭에 누군가의 제재 아래 짓눌리는 것을 참지 못하고, 그런 성향이 작게는 대학 내 보직 욕구로, 더 나아가서는 사회·정치권으로까지 뻗어나가 횡행하기도 한다. 정권 바뀔 때마다 상당수 교수가 이때다 싶게, 혹시나 싶어, 권력 주변에 몰려드는 듯한 인상을 주는 것은 특히나 한국형 고질병이다.

나는 지금 '교수'라는 이름의 '직업'을 말하고 있다. 지식인의 본질과는 다른 얘기다. 교수직을 학문의 본령, 그리고 지식인의 본분과 동일시하던 시절은 행복했다. 내가 직장을 구한 30여 년 전만 해도 이전의 전설 같은 학문 세계에 관해, 대학의 법도에 관해 쉽게 들어 배울 수 있었다. 서슬 퍼런 호랑이 교수, 존경받는 교수, 정말 학자다운 풍모의 교수들이 남아 있었다. 그들의 '실력'은 평소 언행의 품격, 사통팔달의 지적 유연성과 놀라운 기억력, 개성, 그 밖에 인격이라 통칭할 수 있는 다른 덕목들로써 가늠되었지, 아무도 안 읽을 논문을 1년에 몇 편 썼는가가 척도는 아니었다.

지난 30년간 일어난 변화를 생각하면, 가장 먼저 계량화와 파편화 현상이 떠오른다. 모든 것이 숫자로 환산되고 등급으로 나뉘는 세상이 되었다. 양보다 질이 중요하지만 질 평가가 어려운 것은 자명하기에, 결과적으로는 질마저 계량화했다. 누군가가 만들어놓은 정량 지표에 의해 대학과 교수 모두 A, B, C급으로 분류된다. 등급에 따라 명성은 물론 재정 지원이 차등 배분되기 때문에 대학 간에도, 또 교수 사이에도 계층 격차가 벌어진다. 대학의 서열은 곧 인생의 서열이다.

물론 교수 대부분은 이런 '객관적' 평가 시스템의 위력과 허상을 잘 이해하고 있다. 그래서 그 제도를 한편으로는 우습게 여기면서도, 다른 한편으로는 메커니즘에 순응해 ─ 또는 이용해 ─ 열심히 달린다. 전자는 동료의 학문 성취에 대한 냉소적 무관심으로, 후자는 실적 위주의 단발성 업적 양산으로 이어지기 쉽다. 둘 다 학문 공동체를 위해서 좋을 게 없다.

사회가 변하면 대학의 교육 목표도 바뀌고, 교수의 역할도 바뀌게 되어 있다. 대학은 사회가 필요로 하는 전문가를 양성하는 것이 목표라는데, 사회는 숫자로 드러난 효율성과 생산성을 요구한다. 핵심은 당장의 성과와 이윤 추구. 대학은 사회의 요구를 따라가고 있을 뿐이다. 다만 그 추세가 성난 해일과도 같아 그동안 대학이 지켜온 최후의 보루들이 거의 초토화되었다. '상아탑', '진리 탐구', '인문 가치' 같은 단어는 머리에 떠올리는 순간부터 저항력 상실이다. '교수'라는 이름 역시 '지식 노동자'에서 '정보 전달자'의 의미로 납작해져 간다.

더 큰 문제가 있다. 인공지능 시대 대학과 교수는 더 이상 지식이나 정보의 공급원 역할조차 할 수가 없어졌다. 필요한 건 대학 밖에 널렸고, 거기서 '신박하게' 창조되어 전파된다. 그 질주를 대학은 능가하지 못한다. 그렇다면 무엇을 할 수 있는가?

이 질문 앞에서 하나의 역설이 가능해진다. 지금껏 좇아가느라 급급했던 과녁에서 고개를 들어 다른 방향을 바라보는 것이다. 코앞의 지표가 아닌 더 먼 비전, 미래와 과거를 함께 품은 인간적 사유, 기계적 저울질로 측정되지 않는 오직 인간만의 속도와 잠재력. 이것이 21세기 대학의 틈새시장이고, 어쩌면 오늘의 사회가 '교수'라는 이름에서 막연하게나마 기대하고 싶은 모습인지 모른다. 어느새 대학을 떠날 때가 가까워진 사람의 뻔한 헛소리라 치부해도 좋다. 부끄러운 마음으로 썼다.

P.S.

교수가 기득권이 되는 것은 바람직하지 않아 보인다. 세속적인 안락을 앞장서 찾고, 자신이 뭘 제대로 아는지도 모른 채 우쭐대고, 끼리끼리 힘 과시하고, 으레 대접받으려 들면서 남들이 자기 알아주지 않는다고 불평이나 하고, … 나도 해당되지 않는다고 자신할 수 없어 부끄러워지는 초상이다. 체호프 희곡 『바냐 아저씨』의 은퇴 교수 세레브랴코프가 대표적 인물. 자기기만을 부끄러워하면서도, 나 역시 수십 년 넘게 과분한 대접을 받으며 살아오지 않았나 싶다.

저
외로워요

저 외로워요.

아들이 보내온 문자 메시지에 어머니는 겁부터 덜컥 나신 듯했다. 그 아들이 누군가 하면 바로 내 동생인데, 외롭다는 말을, 그것도 어머니에게, 할 사람이 절대 아니다. 이건 요즘 유행하는 '제미나이' 장난이 분명하다.

제미나이는 구글이 개발한 인공지능 프로그램으로, 꽤 인간적인 대화 기능을 가졌다. 뭔가를 질문하면 금방 진지하고 충실한 답변을 내놓는다. 언젠가 동생이 스마트폰으로 시연해 보인바, 이렇게 한다. "…가 뭐야? 그게 뭐냐니까? 빨리 말해봐." 그러면 몇 초도 안 돼 답이 돌아온다. 그 답변에 대해 또 격의 없이 물으면 또 답이 온다. 내 눈길을 끈 건, 인공지능 답변 내용이 아니라, 인공지능과 '대화'하는 동생 모습이다. 그는 기계와 말하고 있지 않다. '메시지'가 아니라 '교감'을 위한 소통을 꾀하고 있다.

이번에도 제미나이에게 물어봤을 것이다. "어머니가 귀찮게 자꾸 전화하고 안부 문자 보내는데, 어떻게 하면 좋겠어? 방법 좀 알려줘 봐." 그러자 제미나이가 이건 어때요, 라고 답을 제시했을 법하다. 내가 한번 — 처음으로 — 점잖게 물어봤더니, 점잖게 대답해왔다. "어머니의 잦은 전화에 대한 고민, 정말 힘드시겠어요. 이럴 땐 감정적으로 대응하기보다는 현명하게 상황을 풀어가는 게 중요합니다. 몇 가지 현실적인 방법을 제안해 드릴게요."

그 방법 중 첫 번째가 '솔직하고 부드럽게 이야기하기.' "엄마, 저를 걱정하고 생각해주서서 감사해요. 그런데 제가 요즘 바쁜 일이 많아서요. 전화 올 때마다 바로 받지 못하면 엄마도 걱정하시고, 저도 마음이 쓰여요."

쯧쯧, 마음의 대본에 없는 이 답변보다는 '저 외로워요'가 훨씬 정직하고 효과적이다. 누군들 그런 문자 받으면 당장은 다시 전화하기가 두렵지 않겠는가. 여기까지 쓰고 보니 어쩌면 동생 문자가 인공지능 답변이 아니었을 수도 있겠다는 생각이 든다. 동생은 진짜로 '솔직하고 부드럽게' 이야기한 거였는지 모른다. 다만, '저도 외로워요'라고 썼더라면 더 좋을 뻔했다. 어머니도, 동생도, 나도, 모두 외로운 존재다. 그러나 109(정신건강 상담전화)에 다이얼을 돌리지 않는 한, 보통 사람은 외롭다고 직설하지 않는다.

외롭다는 게 무엇인가? 러시아 낭만주의 시인 레르몬토프는 "영혼이 힘든 순간에/ 손 내밀 곳 없구나"로 자신의 비관론을 정리했다. 명상시 〈나 홀로 길을 나서니...〉에 보면, 대지는 하늘에 귀 기울이고, 별은 별과 서로 이야기 나누는 가운데, 시인 홀로 길을 걷는다. 세상천지에 그에게만 영혼의 얘기 나눌 상대가 없다. 시인은 모든 소리와 현상에 귀 기울여 화답하건만, 시인에게는 아무도 응답하지 않는다. 다분히 염세적이던 레르몬토프는 스물일곱 살에 자살과 다를 바 없는 결투로 생을 마감했다.

20세기 혁명기의 선동 시인 마야콥스키도 떠올릴 만하다. 마야콥스키는 189센티미터 거구였고, 목소리도 우렁차고 발걸음도 활기찼다. 항상 우레 같은 목소리로 성큼성큼 걸으며 행진의 리듬을 선창하던 군중 시인이다. 앞서 언급한 레르몬

토프 시를 두고, '그러니 함께 걷자'는 선동 연애시라며 비웃
던 반감상주의 모더니스트다.

그가 속으로 얼마나 힘들었는지는 서른여섯 나이로 어느
날 갑자기 권총 자살할 때까지 아무도 알지 못했다. 자살한 다
음에야 사람들은 그의 시가 외로움의 일관된 호소였으며, 죽
음의 오랜 예행연습이었음을 깨달았다.

> 들어보세요!
> 별이 뜬다는 거
> 누군가 그걸 필요로 한다는 뜻 아니겠어요?
> 누군가 별이 있었으면 한다는 뜻 아니겠어요?

별은 왜 뜨는가? 사람은 왜 태어나는가? 별에 빗대어 자신
의 존재 이유를 해명한 이 절규에 사람들은 귀 기울여주지 않
았다. '시대의 시인' 마야콥스키가 시대와 소통하지 못했다는
사실은 아무리 생각해도 역설이다.

소통의 시대에 소통하지 않는다는 의미에서 실은 우리도
역설의 세상을 살고 있다. 개인의 삶은 여러 양태의 매스미디
어를 매개로 타인의 삶과 깊숙이 엮였지만, 그 바람에 각자 고
립된 섬이 되어버렸다.

‘나 홀로 길을 나서니’, 저마다 손에는 스마트핸드폰, 귀에
는 스마트이어폰이다. 바깥세상 추세에 주파수를 맞춰가며 소
외되지 않으려고 무진 애를 쓰면서도 정작 옆 사람과의 진정
한 소통 창구는 차단했다. 외롭고 불안해하면서 지독히 폐쇄
적이다. 기계에 대고 내 말 좀 들어달라고, 내 얼굴 좀 봐달라
고 외치지만, 실제로는 아무도 보거나 듣지 않는다.

P.S.
이 글이 2025년 추석 즈음 신문에 실린 것 또한 아이러니다. 명절 때 외
롭지 않은 이에게 복이 있나니. 예전에 러시아인 교수가 한 말이 생각
난다. “나는 나 자신만 있으면 절대 외롭지 않다.” 우스우면서도 심오한
진술이다. 오직 나 혼자면 외로울 일 없다. 진짜 외로움은 사람들 사이
에서 발생한다. 정현종 시인의 “사람들 사이에 섬이 있다./ 그 섬에 가
고 싶다”는 단 두 줄짜리 시. 아주 외로웠을 때 쓴 시라고 하셨다. 이제
야 그 뜻이 온전히 이해된다.

그레이스풀 엔딩

송년의 이 계절에 35년 재직한 대학에서 마지막 강의를 했다. 그 교실, 그 학생들, 그 분위기에서 하는 수업은 더 이상 없을 것이다. 내친김에 5년 넘게 지속해온 '자작나무 숲' 칼럼도 닫기로 했다. 스스로 끝내는 느낌, 자발적 마무리의 의지 같은 것을 위해서다.

기분이 어떠세요? 시원섭섭하지요? 주위에서들 묻고 답한다. 떠나는 쪽은 대부분 아무 실감이 없고, 떠나보내는 쪽에서 오히려 말이 길다. 그동안의 수고를 치하하고, 정년을 채우기란 쉽지 않은 일이라며 치켜세우고, 덕담도 좀 보태고, 그러면서 아마 속으로는 시원할 테다. 시어머니가 ― 또는 적이 ― 사라졌다! 드디어 우리 세상이다!

초년병 교수들의 단톡방 이름이 놀랍게도 '머니 토크money talk'라는 얘기를 들었다. 신입 시절부터 그렇게 집단 무장하면, 은퇴할 때까지 다들 재테크에 성공할 것이라 본다. 퇴임하는 교수들 관심사도 다르지 않다. 만나면 머니 토크다. 온 나라가 취업난, 민생고로 허덕이는 마당에 송구스럽지만, 은퇴의 실감은 오랜 세월 아지트였던 연구실에서 짐을 뺀 후, 또박또박 받아오던 월급이 뚝 끊기는 순간 밀려든다고 했다. 낭만주의 시인 푸시킨의 원고에서 빚 계산한 숫자들을 발견하고 웃었던 때가 떠오른다. 위대한 시인도 노상 돈 생각했다.

직종 직급 불문, 단순 연금 생활자들의 공통된 걱정이 그것이다. 그 걱정은 품위 있는 여생에 대한 불안과 맞닿아 있는데, 가만히 보면, 불안의 요인이 돈이라고만은 할 수 없다. 돈이 품위를 지켜주는 것은 사실이지만, 품위가 돈에서 비롯되지는 않는다. 결국 이 불안은 어느 날 갑자기 잉여의 존재가 되어버린 자신에게 어떤 새로운 의미를 부여하는가와 관련된 것이다. 인생 제2막이라 불리는 국면에서는 지금껏 의탁해온 공적 요새가 아닌 사적 울타리가 필요하다. 몸과 정신을 위해 경제 자립은 기본이고, 생활의 일정한 자율 체계가 요구된다.

교수였던 사람은 어떤 형태로건 공부를 계속하는 경우가 많다. 외국 문학을 전공한 사람은, 가장 쉽게는 번역을 한다. 좋아하는 작가의 삶으로 자신의 남은 나날을 덮어쓰는 방식인데, 일종의 문학적 도 닦기에 해당한다. 학회에서 원로는 대개 기조 강연을 하거나 사회를 보는 것이 통례지만, 계급장 떼고 일반 세션에 등장해 후속 세대와 나란히 논문 발표하는 것도 신선해 보인다. 물론 학문과 전혀 무관한 영역으로 옮겨갈 수도 있다. 전원생활로 전환하거나, 북 카페를 열거나, 지역 봉사를 하거나, 요리책을 쓰거나, 문화 가이드를 하거나… 어쩌면 다 내가 하고 싶고 할 수 있는 일일 것 같다. 돈도 벌고 싶은데, 그건 아무래도 자신이 없다.

그러나 정말로 하고 싶은 건, 이거다. 그레이스풀 엔딩Graceful Ending. 우아한 마무리, 우아한 퇴장 등으로 번역될 수 있겠다. 만사 끝이 중요하고 어렵다. 글 한 편 쓸 때도 방점은 마지막 문장에 찍힌다. 그것이 여운이고, 여운이 감동이다. 하물며 한 사람이 주인공으로 등장하는 '삶의 소설'에서랴. "끝이 좋으면 다 좋아요. 끝이 승리의 화관이죠. 과정이 어떠했든, 남는 건 끝이에요." 셰익스피어 희극에 나오는 대사다.

끝이 좋으면 다 좋다All's well that ends well. 승부는 맨 마지막에 판가름 나는 것이니, 그때까지 두고 보라는 말로 들린다.

굳은 결의와 희망과 인내심의 선포와도 같다. 셰익스피어의
여주인공은 그 원칙을 고수함으로써 원하던 남자를 남편으로
만드는 데 성공했다. 그레이스풀 엔딩 역시 '좋은 끝'이다. 그
러나 결이 좀 다르다. 이건 승부수 얘기가 아니다. 어떻게 끝
나는가가 아니라, 어떻게 끝맺는가가 핵심이다. 과연 무엇이
좋은 끝인가의 본질을 묻는 화두라고 할 수 있다.

끝맺음은 어느 정도 선택이 가능하다. 의지와 가치의 문제
이기 때문이다. 그레이스풀 엔딩의 조건은 하나, 나는 맡은 바
를 다했으니 이제 너의 길을 축복한다는 선의의 다짐이다. 연
연해하지 않는 담박한 작별이다. 아쉽게도 모든 소임이 성공
적으로 완수되지는 않는다. 인정받지 못한 헛수고가 있고, 뜻
대로 되지 않은 일이 적지 않다. 그런데 끝은 어김없이 온다.
삶의 마지막이 바로 그러할 것이다. 이 마지막은 그 마지막의
전주곡이다.

그러니 이것은 마음의 자세라고밖에 볼 수 없다.

네게 자리를 내주마

이제 내가 썩고 네가 꽃피울 차례다.

— 〈소란한 거리를 헤맬 때...〉 부분

서른 살 푸시킨의 이 시구는 자식을 향한 유언도, 소명을 다
한 자족감의 과시도 아니었다. 언제나 외롭게 분투했기에, 그
는 항상 준비하고 연습해야만 했다. 그것이 진짜 '좋은 끝'이
라는 걸 일찌감치 알았던 것이다. 나는 이제서야 그 연습을 시
작했다.

P.S.

이제야 그 연습을 시작한다. '그레이스풀'하지 못한 엔딩을 주위에서
많이 보는데, 정치권의 경우가 특히 그렇다. 슬픈 일이다. 일반인도 하
루하루 생존이 어렵거나 살아온 방식 자체가 너무 거친 경우에는 언감
생심이다. 이 또한 인간적으로 너무 슬프다. 은퇴건, 폐업이건, 죽음이
건, 종료의 모든 순간에 존엄이 깃들었으면 한다. 스스로도 노력해야겠
지만, 사회가 관심 갖고 도와야 할 문제다. 모멸감 주는 사회, 조롱 즐
기는 사회를 보며 드는 생각이다.

자작나무 숲에
덧붙여

자작나무 숲에
덧붙여

레닌그라드에서 온 편지

이 글을 쓰기 위해 1990년 4월에 엮어낸 소련 여행기《레닌그라드에서 온 편지》를 다시 읽었다. 자신이 쓴 글이 대개 그러하듯, 창피하게만 여겨져 30년 가까이 한구석에 밀어두었는데, 지금 보니 그리 나쁘지만은 않다. 책 제목 옆에 '한국인 최초의 소련 유학기'라는 설명이 붙어 있다. 다분히 과장된 면이 있으나, 또 완전 거짓말도 아니다.

한국은 1990년대 이전인 20세기 전반의 일제 강점기에 이미 소련 붐을 경험했다. 나라 잃은 조선 청년들에게 러시아는 자유와 방랑의 유토피아였으며, 일본·미국·유럽을 대체할 서구 선진 학문의 본향으로 여겨졌기에, 그 시절엔 너도나도 러시아행을 꿈꾸곤 했다.

특히 혁명 후에는 "러시아만 가면 돈 없이 공부한다"라는 풍문 속에 러시아 유학 희망자가 많았다고 한다. 박헌영, 주세죽, 김단야 같은 조선공산당원들은 1920년대 말 소련으로 도피해 모스크바 동방노력자공산대학에서 수학했다. '이빈손'이라는 필명의 고학생이《개벽》잡지에 러시아 유학 정보를 게재하면서 무작정 오지는 말라 당부한 것으로 미루어, 1920년대 소련 유학의 물결이 꽤 거세기는 했던 것 같다.

굳이 유학을 계획하지 않았더라도, 또 사상적 경향성에 물들지 않았더라도, 식민지 조선인은 위대한 휴머니즘 문학의 원천이자 혁명 이론의 실현지인 러시아를 궁금해 하며 동경했다. 혁명 이전에 발 디뎠던 이광수, 이극로, 한용운, 진학문 등을 시초로 혁명 후에 행해진 수많은 러시아(시베리아)방랑의 의미가 거기에 있다.

그들은 빼앗긴 조국의 현실을 '러시아'라는 개념의 이상향으로 대체했고, 그곳을 향한 방랑의 꿈을 통과의례 삼아 성장해갔다. 그런 의미에서 20세기 전반의 모든 지식인 방랑자들은 일종의 '러시아 유학생'이었다. 그리고 그들은 다만 '유학기'라는 이름이 붙지 않고, 한 권 책 분량만 아니었을 뿐, 저마다의 길고 짧은 러시아 인상기(방랑기)를 남겼다.

플레하노프가 6번지 게르첸대학

나는 1989년 9월부터 12월까지 레닌그라드에 있었다. 한러 수교 전이었다. 당시 예일대학에서 박사 논문 준비 중이었는데, 미국 러시아어 교육 위원회American Council for Teachers of Russian의 교환학생 프로그램에 신청해 게르첸사범대학으로 파견되는 25명 그룹에 선정되었던 것이다.

문제는 비자였다. 고르바초프의 개방 정책에 힘입어 몇몇 학자, 사업가, 언론인이 소련을 방문하고, 한국 상사들도 모스크바 진출을 현지에서 준비하던 때였지만, 민간인 신분의 학생에게 장기 체류 비자가 나올지는 확신하지 못했다. 비자 발급 여부를 이틀 전까지 알 수 없었기 때문에, 정 안되면 워싱턴 구경이나 하고 오겠다는 마음으로 대강의 짐만 싸 주최 측 연수생 오리엔테이션에 참석한 것이 9월 3일이다. 거기서 내 이름 앞으로 나온 한 장의 푸른 빛 종잇조각을 감격 속에 발견한 뒤에야 나는 한국 영사관으로 가서 공산권 국가 여행 허가 신청서 내랴, 마지막 쇼핑하랴, 부랴부랴 뛰어다닐 수 있었다.

그때 내 여행 가방은 왕년의 미군 부대 보따리장수 가방을 방불케 했다. 겨울옷, 장화, 몇 권의 책을 제외한 나머지는 소화제, 감기약, 진통제, 종합 비타민, 콘택트렌즈 약, 기본 식기, 음식물, 넉 달치 비누, 세탁제, 샴푸, 화장실용 휴지, 크리넥스, 빨랫줄, 넉 달치 여성 필수품, 배터리, 그리고 선물용으로 마련한 볼펜, 스타킹, 담배, 껌, 화장품, 전자계산기가 자리를 차지했다. 말보로 담배, 위스키, 스타킹, 스카프와 더불어 피임용품이 당시에는 가장 인기 좋은 선물이었고, 최고로 막강한 위력은 물론 달러 지폐에 있었다. 1달러 당 공정 환율이 65코페이카던 시절 암거래 환율은 10~15루블, 즉 15배 차이가 났다.

9월 5일 핀란드항공에 올라 헬싱키에서 1박 후, 그때 눈으로도 시골 간이 공항 정도밖에 안 돼 보이던 레닌그라드 폴코보.Пулково국제공항에 도착했다. 사진으로만 봐왔던 쑥색 군복 입은 병정들이 지키고 서 있었다. 화려한 맛도, 웅장한 맛도 없이 단지 삭막하고 허름했다. 넵스키대로의 카잔성당 뒤편에 위치한 플레하노프가街 6번지, 게르첸대학 기숙사로 향하며 생각했다. 누가 레닌그라드를 아름다운 도시라 했던가.

공항에서 차로 달려 허허벌판 ─ 지금은 아파트와 쇼핑몰로 화려하게 개발되었지만 ─ 을 지나 스탈린식 회색 건물 줄지은 모스크바대로에 이어 넵스키대로 중심가에 접어들기까지의 30분. 그때는 불빛도 어두웠고, 해군성admiралтейство 황금 첨탑도 지금처럼 반짝이지 않았다. 야경이란 것이 없었다. 눈에 띄는 건 건물 위에 새겨진 혁명의 단어들. 레닌, 승리, 영광, 영웅, 노동자 계급... 요즘도 공항에 도착해 시내로 이동할 때면 그때 그 건물, 그 글자를 어김없이 확인해보고는 한다. 길은 변함이 없다.

여전히 창피하게 느껴지지만, 고작 4개월 체류 후 한 달 만에 책 한 권을 써낼 만큼 나의 레닌그라드 시절은 순정의 하루하루였다. 그토록 많은 것을 그만큼 밀도 깊게 흡수하여 분출한 적은 내 인생에 다시없다. 하긴 1896년 2개월 좀 넘게 '피득보(페테르부르크)'에 머물렀던 민영환도《해천추범》을 쓰고, 1946년 9주간 소련을 방문했던 이태준도 당당히《소련기행》을 출간했었다. 반세기 만에 러시아 여행이 가능해진 1990년대 초반에도 각종 여행기가 쏟아져 나왔다. 시대와 상황을 막론하고 러시아 여행자들은 하나같이 열광했으며, 모두가 마치 수수께끼 왕국의 최초 목격자라도 된 것만 같았다.

러시아 여행기는 하나의 현상으로서 분석할 필요가 있다. 19세기 말부터 20세기 말까지의 기록을 관통하는 '마스터 플롯'의 형태학이 분명 존재한다. 그곳에서 보낸 "황홀한 수개월"— 이태준의 표현으로, 개념적 황홀경을 말한다 — 은 한결같은 역사의식과 사적 감상의 흥분감 속에 서술되기 마련인데, 그 저변에는 언제나 '한국·한국인'에 대한 자의식이 묵직하게 자리한다. 그만큼 러시아와 한국의 근현대사가 운명의 사슬로 얽혀 있는 까닭에서다.

페레스트로이카, 1989년

내가 레닌그라드를 처음 활보했던 1989년 하반부는 아마 소련 현대사에서 가장 흥미진진한 시기였을 것이다. 오늘의 젊은 러시아인들은 상상조차 못하겠지만, 모든 것이 결핍이었다. 상점 진열대는 텅 비었고, 가는 곳마다 줄을 섰고, 학생인 나도 극소의 생활비와 함께 차, 설탕, 비누, 공책은 배급표를 받았다. 근처 우체국에 가서 바꾸는 식이었다.

물론 외국인인 나는 '베료즈카(Берёзка, 국영외환상점)'에서 달러로 물건을 구할 수 있었는데, 그때 그곳에서 가장 자주 구매한 것이 화장지와 선물용 술 친자노이다. 러시아 젊은이들의 꿈이었던 리바이스 청바지도 부탁받아 두어 벌 사서 넘겼다. 대신 큰 유리병 가득한 캐비아와 박스째 배달된 코카콜라, 팔레흐 공예품, 염소 털로 짠 오렌부르크 숄, 극장표와 같은 '결핍 물자(데피치트)'를 선물 받았다.

'데피치트дефицит'는 '코오페라티브кооператив', '파르초브식фарцовщик', '스페쿨라치야спекуляция'와 함께 페레스트로이카 시대를 대표했던 용어다. 새 아파트를 구했는데 양변기가 데피치트라서 아직 이사할 수 없다는 식이었다. '인맥을 통해по знакомству', '연줄을 통해по блату'도 생활 러시아어였다. 모든 러시아인에게는 각자 열 명의 '친구'가 필요하다는 얘기도 공공연했다. 그만큼 개방기 러시아의 정치경제는 혼란스러웠으며, 사적이고 공적인 '줄서기'는 일상의 생존 방식이었다.

소련은 결코 최대 다수의 최대 행복을 위한 유토피아가 아니었다. 민중은 지쳐 있었고, '자기 사람'과 '남'을 철저히 구분했으며, 보다 나은 내일 따위는 아예 기대하지도 않았다. 그럼에도 불구하고 그들은 열렬하게 논쟁하며 변화의 필요성을 역설했다. 어딜 가나 정치 이야기, 소련 사회주의의 미래 이야기로 가득 찼고, 소연방최고회의가 열리던 동안에는 TV 중계방

송에 귀 기울이느라 밤거리가 조용할 정도였다.

카잔성당 앞 광장에서는 매일 저녁 수많은 사람들이 여기저기 모여 서서 정치사회 문제를 토론했다. 모두들 도스토옙스키의 '지하 생활자' 같았다. 소설에서 튀어나온 듯한 가난한 역설주의자들이 저마다의 '사상'을 피력하는 그 뒤숭숭하고도 열띤 광경을 나는 매일 저녁 목격했다.

하루 5~6시간의 학교 수업 외에는 도시의 유령처럼 여기저기 기웃거리며 배회했던 것 같다. 사람도 많이 만났는데, 레스토랑과 카페가 극히 드물던 시절이라 집으로 초대받았다. 코뮤날카(공동 주택)의 방 하나에서 침대에 모여 앉아 '만찬'을 즐기기도 했고, 아흐마토바와 만델슈탐 시대를 연상케 하는 지식인의 부엌에도 가보았고 ─ 가장 인상적인 것은 브로드스키의 절친 블라디미르 우플랸드의 집. 여전히 사미즈다트 문예지가 돌고 있었다 ─, 고려인들의 한국 음식 ─ 식혜, 증편, 국시, 계장국 ─ 도 여러 번 맛보았다. 그때의 만남과 체험은《레닌그라드에서 온 편지》에 기록되어 있다.

러시아인과의 친교는 대개 누군가의 소개로 이루어졌다. 가령 지도교수(T. 벤츨로바)는 레닌그라드로 떠나는 내게 전화번호 두 개를 적어주었고, 내가 전화하면 그쪽에서 즉각 나를 초대하면서 자신의 다른 친구까지 또 소개해주었다. 그렇게 해서 나는 아흐마토바로 거슬러 올라가는 레닌그라드 지식인 서클의 아름다운 공간에 잠시나마 얼굴을 내밀 수 있었다. 그때 시인 우플랸드가 한국시를 들려 달라 하여 김소월의 〈진달래꽃〉을 엉터리로 읊었던 기억이 난다.

고려 사람과 북한 사람

고려인과 북한인은 다른 방식으로 만났다. 한국인으로서 내 진정한 역사 인식은 이들과의 만남에서 시작되었다 해도 과언이 아니다. 나는 레닌그라드에서 처음으로 이들을 만났고, 그 존재를 알게 되었다. 스탈린의 강제 이주 정책에 대해서도 그때 들었고, 남한을 향한 고려인들의 관심과 동경도 그때 접했다. 더불어 '민족의 비극'이라는 것을 그때 비로소 실감했다.

페레스트로이카는 고려인의 정체성을 일깨워준 대사건이었다. 88올림픽을 통해 한국의 발전상을 알게 된 이들은 자신에게도 자랑스러워할 '조국'이 있음에 흥분해 있었고, 소련 내에서 오래 세월 차별받던 '2등 민족'의 열등감 대신 독립 민족으로서의 긍지와 주체성을 찾고자 했다. 그렇게 해서 조직된 것이 '고려문화센터'였다. 고려문화센터는 바실리예프 섬 키로프문화궁전에서 매주 금요일 저녁 모였는데, 나는 기숙사에서 만난 불가리아 출신 고려인 — 원래 하바롭스크 출신인데 불가리아로 이주한 러시아어 교사였다 — 을 따라 그곳에 갔다가 졸지에 '스타'가 되어버렸다.

별종 박물관의 전시품처럼 빙 둘러싸여 온갖 관심과 호기심의 대상이 되었다는 말이다. 그때까지 북한 사람들만 봐왔던 그들에게 본토박이 한국 사람의 출현은 처음이었다. 센터 모임에 나오던 북한 유학생 총책임자에게도, 레닌그라드 한국학과 학생들에게도 남한 사람은 처음이었다. 그리하여 러시아 땅에서 생전 처음 만난 남한인, 북한인, 고려인이 모두 서로를 신기해하며 반가움과 경계심의 쌍곡선을 왕래하는 진풍경이 벌어졌다.

마침 한국에서는 대학생 임수경이 북한 방문으로 재판 중이었고, 북한 유학생 지도부는 임수경이 나오는 평양축전 다큐멘터리 영화를 고려문화센터에서 상영했다. '통일의 꽃' 임수경에 대한 북한인들의 반응은 대부분 열렬했다. 멋있다, 대단하다며 박수했고, 내게도 임수경 닮았다면서(!) "조국 통일의 여주인공героиня이 되어야 한다"는 당부를 잊지 않았다. 전대협이 '훌륭하다Молодец!'라며, 왜 '자유의 나라' 남한 정부가 한 개인의 다른 나라(북한) 방문을 금지하는지 따져 묻기도 했다.

아무튼 그때 난 생전 처음 극장을 가득 채운 1백여 명의 북한 사람들을 실제로 보았던 것이다. 당시 레닌그라드에는 6백 명 가까운 북한 사람들이 있다고 들었다. 대부분 학생·연구자였는데, 개방 후 소환되었다 한다. 유학생 지도원 윤 동지 같은 공식 인사를 제외하고는 남한 사람과 개별적으로 접촉하는 것이 허용되지 않았지만, 그래도 그들 중 세 사람은 나와 비밀스럽게 만나며 속마음을 털어놓았다.

민, 철진, 명철. 이제는 그들의 이름을 불러도 될 것 같다. 특권층 출신의 최고 엘리트였던 그들은 북한 현실에 비판적이었다. 그리고 철진과 명철은 결국 한국으로 망명했다. 1990년 초에 넘어온 소련 유학생 중 두 사람이 그들이다.

미국으로 돌아온 지 얼마 되지 않아 망명 결심이 적힌 그들의 편지를 받고는 즉시 가슴 두근거리며 뉴욕 영사관에 달려갔던 일이 생생하다. 과연 나의 움직임이 그들의 행보에 도움이 되었는지는 모르겠지만, 1년쯤 지나 내가 연세대학교에 갓 부임했을 때 우리는 대학 건물 복도에서 정말이지 영화 속 한 장면 같은 해후를 했다. 그들은 강연도 다니고 기업에도 취직해 자리를 잡아갔다. 그러나 썩 행복해 보이지는 않았다. 마지막으로 만났던 때에는 자신들의 결행을 깊이 후회하고 있었다. 왠지 내 책임인 것 같아 미안했다. 30년이 지난 지금은 어떻게 적응하고 있는지 다시 만나 확인하고 싶다.

그리고 꼭 막냇동생만 같던 민. 온건한 비판주의자였다. 공부가 잘 안된다며 하루빨리 북한에 돌아가 사람들을 깨우치고 싶다던 사람이다. 부디 무사해서 이제는 자신의 아버지처럼 평양의 대학 교원이나 연구원이 되어 있기 바란다. 얌전한 귀공자 타입이었는데, 나를 만날 때면 꼭 카네이션 꽃을 들고 서 있었다. 당시 넵스키대로의 유일무이한 레스토랑이었던 '카잔'에서 저녁도 사주었다. 내가 내겠다는데도 막무가내였다. 헤어질 때는 개성 수삼주와 금강산 그림을 선물로 주었다. 그의 용돈이 되거나 달리 쓰였어야 할 귀한 물건들인데, 그때를 생각하면 가슴이 아련하다. 꼭 한 번 다시 만나고 싶다.

소련을 보고 돌아온 이태준의 일성은 "무엇보다도 인간들이 부러웠습니다"였다. 소련은 "인간의 낡고 악한 모든 것은 사라졌고, 새 사람들의 새 생활 새 관습 새 문화의 새 세계였다"고 자신의 기행문에 쓰고 있다. 전후 소련의 외적 초라함과 궁핍 속에서도 "인간성의 최고의 것"을 보았다고 믿었기에, 그리고 그것이 새 조선의 나아갈 길이라고 확신했기에, 그는 월북을 확정지었다.

반면 1989년 레닌그라드 체류 후의 내 감상은 '그저 인간들이 가엾다'는 것이었다. 마침내 러시아 땅을 밟았다는 격한 흥분감에도 불구하고, 무거운 발걸음의 둔탁한 러시아인, 영원한 방랑객 신세의 고려인, '의식의 충격' 속에 게토화 되어가던 북한인 집단, 그리고 바람처럼 스쳐 지나가던 나마저도 어둡고 쓸쓸하게만 느껴졌다. 교육과 문화와 의식 수준은 높았지만, 현실적인 삶의 환경은 그렇지 못했다. 이태준은 소련에서 '신흥'의 기운을 느꼈다지만, 내가 느낀 것은 끝없는 유배의 기운이었다.

페테르부르크 일기

1996년 가을, 교수가 되어 맞이한 첫 연구년에 나는 다시 레닌그라드를 찾았다. 그때는 이미 '상트페테르부르크'로 개명된 때였으나, 삶은 여전히 녹록지 않았다. 무식한 졸부 내지는 마피아로 치부되던 '뉴러시안новый русский'들이 황금 목걸이와 무전기 사이즈의 핸드폰 들고 대로를 활보하던 황금만능주의 시기였다.

　루블의 가치는 페레스트로이카 시기에 비해 천 배 이상 평가 절하되어 있었고 ― 89년 당시 1달러 = 6루블 환율에서 1달러 = 6,000루블로 ―, 실업자가 속출했으며, 루블이 불안정했기 때문에 고가의 상품 ― 집, 자동차, 사치품 ― 은 으레 달러를 기준으로 거래되었다. 당연히 일반 시민의 삶은 궁핍했다. 청바지 한 벌이 300불일 때, 대학 정교수 월급은 200불 미만이었던 것으로 기억한다. 상트페테르부르크대학 교환교수 신분이었던 내게는 월 120불의 급여와 방 2개짜리 아파트가 제공되었다.

　바로 검은 개울(초르나야 레치카) 옆에 있는 흐루쇼프카 아파트였다. 시내에서 멀지 않고 자연 환경이 좋은 동네였지만, 아파트는 정말 형편없었다. 네바 강변의 귀족 저택을 꿈꿨던 나로서는 다만 푸시킨의 결투지 근처라는 사실만을 위안 삼아 그 어두컴컴한 아파트에서, 꼬박 1년을, 진짜 현지인처럼 살았다. 한국에서 방문 왔다가 내 아파트에 들러 화장실을 본 동료 교수는 뭔가 서글프다고 평했고, 역시 여행 차 오셨던 아버지는 "넌 너무 돈을 쓰지 않는 것 같다"며 안되었다 하셨다.

　겉으로 보기에는 분명 결핍으로 채워진 '미니멀리즘의 삶'이었다. 그러나 그것은 겉모습뿐이었고, 실제는 '맥시멀리즘의 삶'이었음을 고백해야만 한다. 꽃 사치, 공연 관람 사치, 책

사치는 부족함이 없었고, 갖고 싶은 기념품과 예술품도 큰 어려움 없이 손에 넣을 수 있었다.

지금은 도저히 불가능한 일이 되어버렸지만, 그때는 '로마노소프 차이나'—지금의 '황실 도자기императорский фарфор'—를 매일의 식기로 사용하는 것이 충분히 가능했다. 러시아 친구들을 방문할 때면 아무렇지 않게 예브로파호텔의 고급 케이크를 사갈 수도 있었다. 러시아문학연구소Пушкинский дом 푸시킨연구실Пушкинский кабинет을 들락거리며 차도 많이 마셨다. 맨날 모여 차 마시고 잡담하면서 대체 연구는 언제 하는 것일까 많이 궁금했다.

그렇게 한 해 내내 살았다. 러시아적인 것을 한껏 흉내 내며 즐기는 풍족한 이방인의 삶이었다. 체제 변화기의 혼란스러운 사회 상황이 내게는 물심양면의 상대적 여유를 허락해주었던 것인데, 바로 그렇기 때문에 그해 말 러시아와 한국 모두 IMF 관리에 들어갔을 때 충격과 수치심이 무척이나 컸던 것도 사실이다.

그 시기의 기록은 〈페테르부르크 일기〉라는 칼럼으로 월간 잡지《삶과꿈》에 1년간 연재되었다. 그때 쓴 에세이에서 나는 러시아를 유배의 공간으로 규정했다. 러시아는 유배의 공간이고, 유배를 향한 충동이 나를 그곳으로 이끌었다. 그리고 그

런 나 자신을 정당화하기 위해 유배가 곧 사유와 상상력의 작
동 원리이며, 그래서 러시아가 사람을 생각하게 만든다는 그
럴싸한 논리를 굳혀나갔다.

아흐마토바가 《예브게니 오네긴》을 '구름처럼 떠 있는 거
대한 부유물'—"Онегина воздушная громада, / Как облако, стояла
надо мной"— 에 비유했듯이 러시아, 그중에서도 특히 첫사랑
레닌그라드(페테르부르크)는 내게 하나의 거대한 공기 덩어리와
도 같은 존재다. 커다랗게 떠 있는, 그래서 매우 느리고도 무
겁게 부유하는 유배의 공간, 그리고 그곳을 감싸고도는 고독
의 기운. 이것이 내가 어렸을 적 직감했고, 또 아직껏 체감하
고 있는 러시아다. 러시아에 대한 수수께끼가 생길 때면 난 그
막연하고도 본능적인 '유배의 기氣'를 돛대 삼아 길을 찾고는
했다.

지금도 페테르부르크에 도착하면 예전의 공기를 확인하며
숨 쉰다. 풍선처럼 꼬리를 흔들며 날아가던 한없이 가벼운 내
가 30년 전 레닌그라드의 거대한 구름에 걸려 가까스로 무게
중심을 잡았나 보다.

자작나무 숲

러시아문학과 한국, 그리고 나

1판 1쇄 인쇄 2026년 1월 20일
1판 1쇄 발행 2026년 1월 30일

지 은 이   김진영
펴 낸 이   유지범
책임편집   현상철
편   집   신철호·구남희
마 케 팅   박정수·김지현

펴 낸 곳   성균관대학교출판부
등   록   1975년 5월 21일 제1975-9호
주   소   03063 서울특별시 종로구 성균관로 25-2
전   화   02)760-1253~4 팩스 02)762-7452
홈페이지   http://press.skku.edu

ISBN 979-11-5550-694-3 03890